A Sand County Almanac

沙乡年鉴

Aldo Leopold

［美］奥尔多·利奥波德 著

李静滢 译

图书在版编目（CIP）数据

沙乡年鉴 /（美）奥尔多·利奥波德著；李静滢译
. -- 北京：中国友谊出版公司，2017.8（2022.9重印）
书名原文：A Sand County Almanac
ISBN 978-7-5057-4118-8

Ⅰ.①沙… Ⅱ.①奥… ②李… Ⅲ.①散文集-美国-现代 Ⅳ.①I712.65

中国版本图书馆CIP数据核字(2017)第174249号

书名	沙乡年鉴
作者	[美]奥尔多·利奥波德
译者	李静滢
出版	中国友谊出版公司
发行	中国友谊出版公司
经销	新华书店
印刷	天津丰富彩艺印刷有限公司
规格	880×1230毫米　32开
	8.25印张　190千字
版次	2017年11月第1版
印次	2022年9月第3次印刷
书号	ISBN 978-7-5057-4118-8
定价	32.00元
地址	北京市朝阳区西坝河南里17号楼
邮编	100028
电话	(010) 64668676

版权所有，翻版必究
如发现印装质量问题，可联系调换
电话 (010) 59799930—601

Leopold

我告诉邻近教堂里的牧师，修路人员正在他的公墓里以除草为由焚烧史书。

目录

01 / 初版序言
01 / 增订本序言

第一部分 沙乡年鉴

003 / 一月
006 / 二月
017 / 三月
022 / 四月
031 / 五月
033 / 六月
037 / 七月
045 / 八月
047 / 九月
049 / 十月
058 / 十一月
067 / 十二月

第二部分 随笔——地景特质

081 / 威斯康星州
102 / 伊利诺伊州和艾奥瓦州
107 / 亚利桑那州和新墨西哥州

119 / 奇瓦瓦和索诺拉

133 / 俄勒冈州和犹他州

137 / 曼尼托巴

第三部分 关于乡野的沉思

145 / 乡野

148 / 闲暇时间

153 / 环河

164 / 大自然的历史

170 / 美国文化中的野生动植物

180 / 鹿径

182 / 大雁的音乐

第四部分 结论

189 / 土地伦理

210 / 荒野

222 / 环保美学

233 / 附录I

235 / 附录II

246 / 译后记

初版序言

有些人离开了野生生物也可以生活,有些人却做不到。这里的随笔就表达了后者所感受到的欣悦与所面临的窘境。

在文明进程开始摈弃自然环境以前,野生生物在人们眼中,就像晨风和落日一样理所当然。现在我们面临的问题就是:为了追求更高的生活水准,是否值得牺牲自然的、野生的、自由的万物?只有和我一样的少数人会认为,看到大雁给我们带来的快乐要比看电视所得到的快乐更生动自然,寻找一朵白头翁花的美妙情趣与言论自由一样,都是不可剥夺的权利。

我承认,在机械化生产为我们带来丰盛的早餐之前,在科学为我们揭示野生动植物从何而来、如何生存之前,自然环境里的这些东西几乎没有多少人文价值。因此,全部矛盾就归结为一个值得思量的问题。我们这些少数派看到了进化过程中的递减定律,反对我们的人却没有看到。

人们必须根据事物的状况调整对策。这些篇章就体现出了我的对策。它们分为三部分。

第Ⅰ部分叙述的是,我和家人在远离现代生活的简陋木屋中过周末时，观察到了什么景象，产生了什么感受。威斯康星州的这个沙地农场，先是被日趋庞大与完美的社会耗尽资源，之后又遭到了抛弃。我们则试图用铲子和斧头，在这座农场上重建我们在其他地方失去的东西。正是在这里，我们进行寻找，并仍能找到上帝所赐予的食物和无穷乐趣。

这些木屋随笔按照月份先后排列为"沙乡年鉴"。

第 II 部分是"随笔：四处漫游"，其中细述了我生活中的一些插曲，它们让我明白，我的同行者并非步调一致。这一逐步加深的认识过程有时是痛苦的。40 年来，我在美国大陆各个地方亲身经历的这些插曲，对于各种可被共同归结为"自然资源保护"的议题，是很有代表性的例证。

第 III 部分是"结论"，其中提出了一些逻辑性更强的观点，科学合理地解释了我们这些少数派所持有的不同观点。只有对我们非常有认同感的读者，才会费神思索这里提出的具有哲学意味的问题。可以说，这些随笔告诉了我的同行者，应该怎样做才能恢复我们应有的步调。

自然资源保护并未取得应有的进展，因为它与亚伯拉罕式的土地观念毫不相容。人们认为土地是属于自己的商品，因此滥用土地。只有把土地视为我们所隶属的群落，我们才有可能带着爱与尊重来使用土地。只有通过这种途径，土地才能在机械化时代的冲击中幸存下来；也只有通过这种途径，在以科学为主导的情况下，我们才仍有可能收获土地奉献给人类文化的美学价值。

土地是一个群落，这是生态学的基本观念，但是土地应该得到爱与尊重，这种观念是伦理规范的延展。土地会带来文化上的收获，这一事实很早就被人们所接受，之后却又常常被人遗忘。

这里の文章试图融合这三种观念。

当然，关于土地与人的看法，会受到个人经历和偏见的混淆与扭曲。然而，不论怎样，水晶般透彻的一点是：我们日趋庞大而完美的社会，如今就像患上了疑难杂症，由于时刻担心自己的经济状况是否运行良好，竟至失去了维持的能力。整个世界都如此贪婪地要求得到更多的浴缸，结果却失去了制造这些浴缸所需……了关掉水龙头的性能。在这种时候最自然、……稍微放一放业已泛滥的物质享受。

……的转变，我们或许应该对照自然的、野生……非自然的、驯养的、失去自由的事物要重……

——奥尔多·利奥波德
1948 年 3 月 4 日
于威斯康星州麦迪逊市

……版序言"，根据作者初版时的原文译……第 I 部分、第 II 部分、第 III 部分与本版……全一致是正常的）

增订本序言

1948年，奥尔多·利奥波德去世时，《沙乡年鉴》还只是草稿。这些手稿由利奥波德之子卢纳进行编辑，于1949年成书出版。之后，利奥波德生前从未发表的另一批随笔和日记也由卢纳加以整理，并在1953年以《环河》为标题出版。

这里的新版本包括《沙乡年鉴》的全部内容以及《环河》中的随笔。文章的排列顺序在此有所变更，其中的两篇随笔被合并在一起，旨在避免重复，并更好地呈现利奥波德的主要观点。重新编排之后，本书初版序言中所介绍的各个部分发生了下述变化：第II部分已被重新命名，第III部分调整为第IV部分，新的第III部分主要选自《环河》。我们还修改了文本中一些有可能误导读者的过时引证。

很多人都曾阅读并引用过这些文章，然而，公众在强烈追捧"自然美"的价值时，却遗忘了这些文章的主旨。比如在路边种些花草进行美化，这绝非利奥波德所理解并宣扬的人与土地之和谐。美国一方面在立法中声称要保护自然之美，另一方面却计划着在两处极具自然价值的地方修筑水坝。在科罗拉多大峡谷修水电站的提案早已呈交国会，这样的工程最终会毁掉生机盎然的河流，大水将会淹没这一独特自然遗产的大部分地区。

若干年来，筹建中的项目还包括在阿拉斯加开发水电，所选位置将使太平洋沿岸的迁徙水禽因为蓄水而失去主要的繁殖地。许多个年代里，野鸭、大雁和其他鸟类每年都要飞过华盛顿、俄勒冈和加利福尼亚，但是水坝的修建，会在瞬间消灭这些鸟中的绝大部分。当年奥尔多·利奥波德写下"大雁的音乐"时，这一切还都无法想象，而现在这种景况随时都有可能降临到我们头上。遗憾的是，提议、拥护并实行这一计划的美国人，会以经济利益之由为自己的行为辩护，尽管经济学不应成为决定性的因素，何况人们本可以寻找并采用其他可行的发电方法。

奥尔多·利奥波德的孙辈这一代人，有的是大学校园里的叛逆青年，有的在为社会事务工作或参加游行，有的正在异域的土地上战斗。当年，奥尔多·利奥波德对于"野生的、自由的万物"做出了睿智的理解与雄辩的阐述，而随着他的孙辈这一代人变得成熟，保护"野生的、自由的万物"也到了关键时期。

在吸引这些年轻人注意的所有事务中，大自然所面临的困境已然是最后的呼唤。人类对土地的冷漠态度，正在给野生的、自由的生灵带来毁灭。要遏制对自然的破坏，最好的办法或许就是，把弘扬土地伦理的紧迫任务托付给年轻一代。

卡罗琳·克拉格斯顿·利奥波德
卢纳·利奥波德
1966年6月于华盛顿

第一部分 / 沙乡年鉴

一月

一月雪融

　　每年，隆冬的暴风雪过后，冰雪总会在某个晚上开始消融。清冷的滴水声在大地上响起，不论是夜里刚刚入眠，还是入冬以来一直酣睡的动物，都会感受到那滴答声带来的奇异悸动。在幽深的洞穴里蜷缩着冬眠的臭鼬此时舒展开身体，大着胆子开始探索湿漉漉的世界。它拖着大肚皮，在雪地里留下串串足迹。在人们称之为一年的周而复始的循环中存在着可以推定发生日期的事件，它的足迹就是一年初始的标志性事件之一。

　　茫茫宇宙之中，在其他季节这个足迹毫不起眼，但如今它径直穿过乡野，仿佛它的主人正恣意追逐着远在天际的目标。我好奇地跟随其后，想知道臭鼬的心态和胃口如何，倘若它真有目的地，又在何方。

　　在一月到六月这几个月份，大自然赠予人们的消遣乐事是按几何级数递增的。在一月，你可以追踪臭鼬的足迹，寻找山雀的脚环，或者看看鹿儿啃过哪些幼松的枝叶，水貂破坏了哪些麝鼠的家。除此之外，能引起你些许兴趣的事情只会间或出现。在一月，能做的观察就像白雪一样简单平静，像寒冷一样持续不变。你可以有充分的时间观察谁做了什么事，而且可以探究它们做这些事的原因。

一只田鼠在我靠近时惊跳起来，踩着雪水横蹿过臭鼬的行迹。它为什么会在大白天出来活动呢？或许是对冰雪融化感到难过吧。此时，它在蓬乱的草丛间辛辛苦苦啃咬出来的秘密地道，已经不再是隐藏于积雪之下的隧道迷宫，而是暴露在光天化日之下的让人讥讽的小径。事实上，融冰化雪的太阳已在嘲笑这渺小生灵经济实用的基础建筑。

田鼠是精明的栖息者，它知道草的生长是为了让它把干草储藏在地下，它知道雪的飘落是为了让它修筑连通干草堆的隧道。供给、需求和运输就这样完美地组合在一起。对田鼠而言，下雪意味着远离饥饿与恐惧。

一只毛脚鵟在草地上空翱翔。此刻它停止向前飞行，像鱼鹰一般盘旋起来，然后如同插着羽毛的炸弹一样，向湿地俯冲下去。它没有再飞起来，可以确信它已经捕到了某只忧心忡忡的田鼠工程师，正在享受鼠肉美餐。那只田鼠本该等到夜晚再出来查看原本井然有序的世界受到了什么损害。

毛脚鵟并不知道草为什么生长，但是它很清楚冰雪的消融是为了让它能重新抓到老鼠。它从北极飞来，一心怀着对冰雪消融的期待，因为对它而言，冰雪消融意味着远离饥饿与恐惧。

臭鼬的足迹延伸到树林里，并穿过一片林中空地，这里的雪已经被兔子踩实，上面留下了粉红色的斑驳尿渍。新生的橡树苗为融雪付出了代价，它们枝茎上的树皮都被兔子啃咬过了。一簇簇的兔毛证明，雄兔之间已为争夺异性进行了本年度的首场战斗。再往前走，我发现了一处血迹，周围是猫头鹰张开翅膀扫过的弧形痕迹。融雪使这只兔子远离饥饿，同时也使它莽撞地忘记了警惕。猫头鹰则提醒它，不能因为一心想着春天就忽略了小心谨慎。

　　臭鼬的足迹继续向前延伸，看起来它对可能存在的食物不感兴趣，也毫不关心邻居们的嬉闹或不幸。我不禁奇怪，它究竟在想些什么，又是什么让它离开了卧眠之处呢？这只肥墩墩的家伙拖着大肚皮涉过雪泥，难道会有什么浪漫的动机吗？最终，足迹消失在一堆浮木之中。我听到原木间传来清亮的滴水声，我想臭鼬也一定听到了这个声音。我转身回家，一路上仍然感到困惑。

二月

优质橡木

如果没有自己的农场，就有可能形成两种错误的看法。一种是认为早餐都来自杂货店，另一种是认为温暖来自壁炉。

为了避免第一种误解，人们应该亲手种植菜园，而且最好是在没有商贩的地方，免得让他们把问题搞得混乱不清。

为了避免第二种误解，人们应该在壁炉的柴架上放一段优质橡木，而且最好是放在没有暖气炉的地方，等到二月的狂风暴雪摇撼屋外的树木时，再让这段橡木温暖你的小腿。倘若有人曾经砍倒属于自己的橡树，把橡木劈开、拖走、堆放在一起，与此同时头脑一直没有停止思索，他就会记得温暖从何而来，并能以翔实的理由，否定那些坐在暖气旁过周末的城里人对这一问题的见解。

此刻在我的壁炉里熊熊燃烧的这段橡木，原本生长在一条移民走过的古道旁边。那是一条顺着沙丘蜿蜒而上的道路。我在砍倒那棵橡树时，曾经量了一下它的树桩，直径约为 30 英寸[①]。它

[①] 英寸：英制长度单位。1 英寸等于 2.54 厘米。

有80圈年轮,因此,当年新生的树苗肯定是在1865年,也就是内战结束时,留下了第一圈年轮。不过从现在树苗的生长过程来看,橡树要长到兔子够不着的高度,必须经过十年或更久的时间周期。在这期间,每年冬天,橡树都会被兔子啃掉一圈圈的树皮,等到来年夏天才会重新发芽生长。不过,很清楚的是,橡树能幸存下来的原因,或者是由于躲过了兔子的注意,或者是由于兔子的数量不够多。也许有一天,某位有耐心的植物学家可以绘制出橡树生长年份的频率曲线,这条曲线每隔十年就会出现隆起的波峰,每个波峰都对应着兔子数量的低谷(正是通过这种物种内部和物种之间恒久的争战过程,一个动物种群和植物种群达到了共存共荣)。

因此,我的这棵橡树在19世纪60年代中期开始留下年轮时,很有可能出现过兔子数量的衰减。而生长成这棵橡树的橡子在50年代就已经落到地上了,那时有篷马车①还会经由我说的这条道路驶向大西北。或许是由于移民交通的洪流翻起了路边的泥土,除去了路边的杂草,这颗独特的橡树种子才在阳光下舒展开初生的嫩叶。在一千颗橡子中,只有一颗能在萌芽后长到足以与兔子抗争的高度,其余的全都消失在苍茫的大草原了。

令人感到温暖的是,这株橡树逃脱了夭折的厄运,它幸存下来并吸收贮藏了八十载的六月阳光。直到我的斧锯介入它的生长过程,这些阳光的热量才被释放出来,在80次大风雪后温暖着我的木屋和我的心灵。每次大风雪来临时,我的烟囱冒出的缕缕轻烟都在向人们证明,阳光并没有白白照耀。

我的狗并不在意温暖从何而来,但它热切关注着温暖的到

---

① 有篷马车:这里泛指美国独立战争后至19世纪末发生的越过阿巴拉契亚山脉开发西部的群众性移民垦殖运动中的移民车流。

来，而且是迅速到来。实际上，它认为我有奇异的魔力，能够带来温暖，因为我在寒冷的拂晓摸黑起床，瑟缩着蹲在壁炉前生火时，它会讨好地挤到我和放在炉灰上的引火木柴之间。而我不得不把火柴从它的两腿间伸出去，才能引燃柴火。我想，它对我的这种信任与忠诚可以使群山为之所动。

让这棵橡树无法继续生长成材的是一道闪电。那是七月的一个夜晚，炸雷声把我们从睡梦中惊醒。我们意识到附近肯定有被闪电击中的地方，不过既然没有击到我们，就又继续睡觉了。人总是以自己为标准来检测一切，遇到雷电时更是这样。

第二天早晨，当我们在沙丘上漫步，与沐浴过新鲜雨水的金光菊和三叶草一起感受雨后的喜悦时，突然看到一大片新从路边橡树的树干上撕扯掉的树皮。树干上留下了长长的、宽约一英尺的螺旋形伤痕，白色的木质还没有被太阳晒黄。一天之后，橡树的叶子就枯萎了，这让我们知道，雷电已给我们留下了超过十立方米的柴薪。

我们哀悼这棵老树的逝去，但也知道它有众多子孙后代，它们正笔直地耸立在沙地上，接替了成材的重任。

我们把这棵老橡树留在它已无法利用的阳光下风干了一年时间。之后，在一个清冷的冬日，我们用一把新锉好的锯子，锯入它棱堡般坚实的根部。写满历史的细小木屑带着芳香从锯子切入的地方喷溅而出，落到跪在树两边的伐木者面前，很快就在雪地上堆积起来。我们感到这两堆锯屑不仅仅是普通意义上的木屑，而是一个世纪的完整记录。锯子来来回回、一点一点地切入树的生涯年表，这个年表是由橡树年轮所构成的同心圆写成的。

锯子只拉了 12 下，就切入我们开始拥有这棵橡树的短暂岁月，在此期间我们学会了热爱和珍视这座农场。突然间，锯子就进入了属于我们前任农场主的年代，那是个私酒酿制者，他恨这座农场，榨干了土壤的所有养分，烧掉了农场上的农舍。在他把农场连同拖欠的赋税扔给郡县管理之后，就和其他在经济大萧条时期没有土地的人们一样，一去不见踪影了。但是橡树依旧为他献上了优等的木材，属于他那几年的木屑和属于我们那几年的一样，清香、粉红、坚实。橡树对任何人都一视同仁。

在 1936 年、1934 年、1933 年或 1930 年的尘暴干旱期的某个时候，这个私酒酿制者对农场的统治结束了。那些年里，从他的酒坊蒸馏室冒出来的橡木烟，以及沼泽燃烧散发出的泥炭烟尘，肯定是遮天蔽日。那时由政府颁布的一系列的保护措施已经开始在这片土地上推行，但锯屑并未显示出任何变化。

"休息一下！"掌锯者喊道。于是我们停下来歇口气。

现在我们的锯子切入了 20 世纪 20 年代，这是巴比特①的年代，一切事物都在缺乏审慎与傲慢自负中变得更大更强，直至 1929 年股市崩盘。即或橡树听到了这崩盘声，它的木材也不会显露任何迹象。同样，它也不会留意立法机构数次发布的保护树木的举措。这些举措包括：1927 年制订的国家森林法及伐木法、1924 年决定在密西西比河上游的低地设立一个大的保护区，以及 1921 年的新的森林政策。它也未曾注意到，这个州在 1925 年失去了最后一只貂，在 1923 年迎来了第一只紫翅椋鸟。

1922 年 3 月，一场冰雹压折了邻近每一株榆树的树枝，但我们这棵橡树却没有一点儿受损的痕迹。对一棵优质橡树来说，一

---

① 巴比特，美国作家辛克莱·刘易斯（Sinclair Lewis）的小说《巴比特》（Babbit）的主人公，小说刻画了这位 20 世纪 20 年代美国小城市的中产阶级商人的形象，被视为美国中产阶级和市民性格的代表。

吨左右的冰又算什么呢?

"休息一下!"掌锯者喊道。于是我们停下来歇口气。

现在,锯子进入了1910年至1920年间,那是人们做排水之梦的十年。在那期间,蒸汽挖土机抽干了威斯康星州中部的沼泽地,试图开辟出一片片农场,结果却只得到一堆堆灰土。我们的沼泽逃过此劫,并非因为工程师更为审慎或暂缓行动,而是因为从1913年到1916年泛滥的河水在每年四月都会淹没这片沼泽,而且势不可当,或许这是大自然的防御性报复。橡树则一直在生长,即使是在1915年。那一年最高法院废除了州有森林,州长菲利浦傲慢武断地宣称,"州立林业不是有利的商业计划。"(这位州长从未想过,对于什么是有利,甚至对于什么是商业,定义的方式或许不止一种。他也没有想过,立法机关在法规中为"有利"写下一种定义时,大火正在土地上写下另一种定义。或许,身为州长,在这类事情上必须这样不存疑虑)

那十年间,在林业衰退的同时,动物保护却取得了进展。1916年,雉在沃基肖安了家;1915年,一项联邦法令的出台禁止了春季狩猎;1913年,一座州立猎场开始成立;1912年,"雄鹿法令"的出台为雌鹿提供了保护;1911年,全州各地纷纷设立禁猎区"庇护"动物。"庇护"成了一个神圣的词,但是橡树并没有受到这些事情的影响。

"休息一下!"掌锯者喊道。于是我们停下来歇口气。

现在,我们锯到了1910年。这一年,一位伟大的大学校长出版了一本有关保护环境的书[①];一次严重的叶蜂灾害使数百万株美洲落叶松死亡;一场大旱灾造成松林大面积枯死;一台大型挖泥

---

① 指威斯康星大学前校长查尔斯·R. 范海斯(Charles R. Van Hise)在1910年出版《美国自然资源的保护》一书。

机排干了霍里孔沼泽的水。

我们锯到了1909年。这一年，胡瓜鱼首度被放养于五大湖区。另外，由于这一年夏天雨水较多，州议会缩减了防治林火的拨款。

我们锯到了1908年。这一年气候干旱，森林大火无情地燃烧；威斯康星州失去了最后一只美洲狮。

我们锯到了1907年。这一年，一只流浪的猞猁在寻找乐土时走错了方向，在丹恩郡的农场上不幸身亡。

我们锯到了1906年。这一年，第一位州林务官正式上任；大火烧掉了沙郡地区的17 000英亩林地。

我们锯到了1905年，这一年从北方飞来的一大群苍鹰吃光了当地的松鸡（毫无疑问，它们也曾停落在这棵树上，吃掉了我们农场的一些松鸡）。我们锯到了1903年和1902年，这两年的冬季奇冷无比；接着1901年，这一年发生了有记录以来最严重的旱情（年降雨量仅17英寸）；然后是1900年，在这充满希望和祈祷的百年纪年，橡树只是和以往一样增加了一道年轮。

"休息一下！"掌锯者喊道。于是我们停下来歇口气。

现在，我们的锯子进入19世纪90年代，那些把目光转向城市而非土地的人们称之为快乐的年代。锯子进入1899年，这一年，在北方两个郡之外的巴布科克附近，最后一只旅鸽被子弹击中而陨落。锯子进入1898年，这一年的秋天干旱少雨，接着又是无雪之冬，土壤冻到了7英尺[①]深，苹果树全都冻死了；1897年，又一个干旱之年，又一个林业委员会成立；1896年，仅在斯普纳村就有25 000只草原榛鸡被装船运往市场；1895年，又

---

① 英尺：1英尺约等于0.3米。

是森林大火肆虐；1894年，又是干旱的年份；1893年，发生了"蓝鸻暴风雪"，这年三月的一场暴风雪几乎冻死了所有迁徙的蓝鸻（首先到来的蓝鸻总是在这棵橡树上落脚，但到了90年代中期就肯定见不到这种景象了）。我们锯到1892年，又是森林大火之年；1891年，周期出现的松鸡数量稀少的年份。我们锯到1890年，"巴布科克[①]牛奶试验器"就是在那一年问世的。由于有了这种试验方法，在半个世纪之后，州长海尔才可以夸口说威斯康星州是美国的乳品场。如今，该州的汽车牌照上都展示着这值得自夸的特色，即使发明者巴布科克教授本人恐怕也想不到会有这番情景。

也是在1890年，历史上阵容最庞大的松木排沿威斯康星河顺流而下，准备为草原各州的奶牛建造一个红色的牛栏帝国，我的这棵橡树就目睹了这一景象。这些优质松木现在为奶牛挡住了暴风雪，如同优质橡木帮我抵御了暴风雪一样。

"休息一下！"掌锯者喊道。于是我们停下来歇口气。

现在，我们的锯子进入19世纪80年代。锯子进入1889年，在这个干旱之年，植树节首次被确定下来；锯子进入1887年，这一年威斯康星州任命了首批狩猎管理员；进入1886年，这一年农学院首次为农场主开设短期课程；进入1885年，此前的冬季是"未曾有过的漫长与酷寒"；进入1883年，学院院长 W·H. 亨利在报告中指出，麦迪逊市的春花比平均记录晚开了13天；进入1882年，经历了1881年至1882年间那罕有的"大雪"和酷寒之后，门多塔湖的解冻时间比以往推迟了一个月。

1881年，引起威斯康星州农业协会争论的问题就是：过去30

[①] 斯蒂芬·穆尔顿·巴布科克（Stephen Moulton Babcock）：美国农业化学家，发现了测定牛奶含脂量的巴布科克试验。

年间，在全国各地大范围出现了黑橡树次生林，对于这样的现象该怎样解释？我的橡树正是这些次生林中的一株。有人认为这属于自然发生，有人则认为这是由南飞的鸽子吐落的橡子造成的。

"休息一下！"掌锯者喊道。于是我们停下来歇口气。

现在，我们的锯子切入19世纪70年代，这是威斯康星州疯狂种植小麦的十年。到了1879年，在某个星期一的早晨，麦长蝽、蚱蟛、锈病，加上土壤沙化，终于让威斯康星州的农场主意识到，在种植小麦的竞赛中耗尽了土壤的肥力，但他们依然无法胜过西部的原始草原。我猜想我们这个农场可能也参与了这场竞赛，而这棵老橡树北面的风沙，起源就在于当初的小麦过度种植。

也是在1879年，威斯康星州开始养殖鲤鱼，偃麦草也第一次随船从欧洲偷渡而来。1879年10月27日，6只迁徙中的草原榛鸡落到麦迪逊市的德国卫理公会教堂屋顶，俯瞰这座成长中的城市。11月8日，有报道称，麦迪逊的市场上堆满了鸭子，每只仅售10美分。

1878年，一名来自索克的猎鹿人极富远见地评论道："今后猎人的数量将比鹿还多。"

1877年9月10日，在马斯基戈湖持枪狩猎的兄弟两人仅用一天就猎取了210只蓝翅鸭。

1876年，记录中最潮湿的一年，降雨量达50英寸。这一年草原榛鸡的数量减少，或许正是由于连降大雨。

1875年，4名猎人在往东一个郡以外的约克草原上猎杀了153只草原榛鸡。同年，美国渔业委员会在这棵橡树以南10英里之外的德弗尔斯湖中放养了大西洋鲑鱼。

1874年，首批由工厂制造的带刺铁丝网被钉到了橡树上。但愿我们正在锯的这棵橡树中没有埋下此类人工制品。

1873 年，在芝加哥仅仅一家公司就收购了 25 000 只草原榛鸡，并在市场上销售。芝加哥一共销售了 60 万只草原榛鸡，价格是每打 3.25 美元。

1872 年，在西南方两个郡之外，威斯康星州的最后一只野生火鸡被杀。

可以说，70 年代这十年既终结了拓荒者种植小麦的狂热梦想，同时也结束了拓荒者的鸽血狂欢宴会。据估计，1871 年，在从这棵橡树往西北方向延伸 50 英里的三角区域内，曾有大约 1 亿 3600 万只鸽子筑巢，有几只可能就把巢筑在了这棵橡树上，因为它那时是一棵茂盛的 20 英尺高的小树。成群的猎鸽者拿着网和猎枪、棍棒和盐砖来捕杀鸽子，一列列的车厢满载着未来的鸽肉馅儿饼，不断地驶向南方或东方的城市。那是鸽子最后一次在威斯康星州大规模筑巢，此后，这种大规模筑巢在其他任何一个州几乎都再未出现过。

1871 年也给出了帝国发展的其他证据：佩什蒂戈大火烧光了几个郡的草木，留下一片焦土；而芝加哥大火据说是一头奶牛发怒后拼命踢蹬油灯所致。

1870 年，草原田鼠已经上演了它们的帝国进行曲，在这个年轻的州的年轻果园里，它们吃光了所有的果树，然后死去。不过它们并没有吃掉我的橡树，那时这棵树的皮对田鼠来说已经太厚太硬了。

同样是在 1870 年，一个专业猎人在《美国运动家》杂志上夸耀说，他在一个狩猎季节里，在芝加哥附近猎杀了 6 000 只鸭子。

休息一下！掌锯者喊道。于是我们停下来歇口气。

现在，我们的锯子切入 19 世纪 60 年代。那时，成千上万的人为了解决这样一个问题而死：人与人组成的群落是否会轻易解体①?他们解决了这一问题,然而不论当时的人们还是现在的人们都没有意识到,同样的问题也出现在人与土地组成的群落之中。

这十年也不乏对这更广义的问题的探究。1867年,英克里斯·拉帕姆②劝导州园艺学会提供奖金奖励植树造林。1866年,威斯康星州的最后一头土生驼鹿被杀。锯子现在锯到了1865年,这一年我们这棵橡树长出了髓心。这一年,约翰·缪尔③想从他兄弟那里买一块地来保护野花,因为野花在他的年轻时代给他留下了温馨的回忆。缪尔的兄弟在这棵橡树以东30英里处拥有一座家庭农场,虽然他拒绝让出这块土地,但却无法制止缪尔产生这样的想法——在威斯康星州的历史上,1865年是人们对自然的、野生的、自由的生灵最初产生悲悯之心的一年。

我们已经切入了树心。此刻,锯子在历史的年轮上逆转了方向。在回溯了那些年代之后,我们又往外切向树的另一边。最后,巨大的树干颤抖了一下,锯缝突然变宽。锯木者迅速拉出锯子,向后跳到安全的地方。所有的人都喊着:"倒啦!"我的橡树开始倾斜、嘎吱作响,最后伴随着震撼大地的声音轰然倒下,躺卧在曾经赋予它生命的移民古道上。

现在的工作就是把树劈成木材了。大锤咣咣地砸在铁楔子上,一段段倒立起来的树干被逐一劈开,变成带着浓郁芳香的木块堆积在路旁。

锯子、楔子和斧头的不同功能可被历史学家视为一种类比。

---

① 此处指美国南北战争。
② 英克里斯·拉帕姆(Increase A. Lapham),美国地质学家。
③ 约翰·缪尔(John Muir),美国著名博物学者和探险家,代表作有《夏季走过山间》(1869)、《加利福尼亚的群山》(1894)、《我们的国家公园》(1901)等。

锯子只能横切过各个年代，而且必须按顺序一年一年地切进去。锯齿会从每个年份抽出细小的碎片，碎片一小堆一小堆地聚积起来，伐木者称之为锯屑，历史学家称之为史料。伐木者和历史学家都是根据样本外在可以看到的特性来判断事物的内在本质。直到锯子完全横切过树身时，这棵树才会倒下，它的残株才会展现出一个世纪的全貌。树木倒下后，可以显示出被称为历史的大杂烩的内在连贯性。

另一方面，劈入木头的楔子只会造成放射状的裂口，每个裂口或者能让你纵览所有的年代，或者什么也无法向你呈现。这取决于楔入位置的选择技术（如果没有把握，最好是让那段树干干燥一年，直至它自己出现裂缝。许多匆匆忙忙敲进树干的楔子都选错了楔入点，最后陷进无法劈开的木材斜纹里，只好被留在树林里等着生锈了）。

斧头则只能朝各个年代的年轮斜砍，而且只能砍中树身外围的近期年轮。斧头的独特功能是砍掉枝杈，在这方面锯子和楔子起不到作用。

对于优质的橡木和完整的历史而言，这三项工具都是必不可少的。

在我思索这些事情时，水壶正在炉火上唱歌，而优质橡木已在白色的灰烬上烧成了红色的木炭。春天来临时，我将把这些灰烬归还给沙丘脚下的果园。它们将再一次回到我身边，那时它们或许已经变成了红苹果，或许变成了一只十月里的松鼠的进取精神——那只肥胖的松鼠正在一心一意地种植橡子，尽管它自己并不知其原委。

三月

大雁归来

独燕不成春。但是,在三月雪融时,当一群大雁冲破晦暗的天空,春天就来到了。

一只在雪融时歌唱春天来临的北美主红雀,如果很快发现自己搞错了,只需要重归冬日的沉寂就可以纠正错误。一只钻出来想晒晒太阳的花鼠,如果发现自己遇到的是暴风雪,只要回洞里睡觉就可以了。但是一只迁徙的大雁为了寻找湖面上解冻的缺口,要以生命为赌注,在黑暗中飞过长达两百英里的路程,因此是没有机会轻易后撤的。伴随着大雁的,是破釜沉舟的先知所具有的坚定信念。

只有那些不会抬头仰望天空,不会侧耳倾听雁鸣的人,才会认为三月的早晨是如此单调乏味。我曾经认识一位颇有教养的佩戴着美国大学优等生荣誉标志的女士。她告诉我说,她从未注意到大雁飞过,也从未听到过雁鸣。然而,那些大雁会一年两次对她那具有良好隔音效果的屋顶宣告季节的循环更迭。或许教育的过程是以自身的认知与意识换回价值更低的东西?而做了这种交换之后，大雁很快就只是一堆羽毛了。

那些对我们的农场宣告季节更替的大雁知道很多东西，包括威斯康星州的法规。十一月南飞的雁群高高地从我们头顶的天空迅速掠过，遇到它们喜爱的沙洲和沼泽时，也几乎不会发出一声鸣叫。人们用"像乌鸦一样飞行"来形容直线运动，但是乌鸦与这些大雁相比未免相形见绌。大雁径直飞向此地以南20英里外的第一个大湖，在那里，它们白天在宽广的水面游荡，夜晚则到刚刚收割的玉米地里偷食残株上的玉米粒。十一月的大雁知道，从日出到日落，在每片沼泽和每个池塘附近，到处都埋伏着等待猎物的枪手。

三月的大雁则不同。尽管它们几乎整个冬天都在遭到猎杀——它们遭到大号铅弹轰击的羽翼就是证明——但它们知道春天的休战期已经到来。它们顺着蜿蜒曲折的U型河道低空飞行，掠过现在已经没有猎枪的岬角和小岛，像面对久别重逢的老友一样对着每片沙洲急促地低鸣。它们在沼泽和草地低空穿梭，向每个新融化的水洼和池塘问好。最后，在我们的沼泽上空试探地盘旋几圈之后，它们张开翅膀，黑色的双脚放低，白色的尾翼映衬着远方的山丘，静静地滑翔到池塘上。刚一触及水面，这些新光临的客人们就大声鸣唱着溅起水花，让那些脆弱的香蒲也抖落了最后的冬日思绪。我们的大雁又回家了！

每年的这个时候，我总希望自己是只麝鼠，那样就可以饶有兴致地在沼泽深处打量这一切了。

第一批大雁飞到这里之后，会欢快地鸣叫着对每一群迁徙的大雁发出邀请。于是，几天之后，沼泽里到处都是大雁的身影。在我们的农场上，我们根据两个标准来衡量每年春天的富足程度，一是我们种植的松树数量，一是在此栖留的大雁的数量。我们的最高纪录出现在 1946 年 4 月 11 日，共计有 642 只大雁。

和秋天时一样，春天的大雁每天都会造访玉米地，不过不必在夜晚偷偷摸摸地飞出去，而是在白天喧闹着成群地飞向玉米残株再飞回来。每次出发前，它们都要对哪里的食物味道最好进行高声辩论，每次返回时的争论声则更加响亮。归来的雁群一旦彻底放松，就不会再试探性地在我们的沼泽上盘旋，而是像飘落的枫叶一样忽左忽右地滑翔着从空中直落下来，叉开双脚冲向下面欢叫着的同伴。我猜想，那接下来的喋喋不休都是在评论晚餐的质量。它们现在吃到的残留的玉米粒在冬天时被积雪覆盖，因此没有被觅食的乌鸦、棉尾兔、田鼠和雉鸡发现。

一个清楚的事实是，大雁觅食时所选择的那些收割后的玉米地，往往都是当年的草原。没有人知道，这种对于草原玉米的偏好，究竟是反映了这种玉米具有更高的营养价值，还是反映了从草原时代的祖先那里代代相传下来的古老传统。或许这只反映了简单的事实：草原玉米地的面积总是很大。如果我能听懂它们每天向玉米地出发前后喧嚣震天的争论，大概立刻就会明白它们为什么偏爱草原玉米。不过我听不懂它们的争论，因此，一切仍是个谜。这倒让我很开心。如果我们洞悉了大雁的一切，世界将是多么乏味无趣啊！

这样观察一群春雁每天的活动时，可以发现到处都是飞来飞去不停哀鸣的孤雁。它们的叫声很容易让人认为是忧伤的悲鸣，并得出结论说，它们或是在为失去伴侣而伤心，或是父母在寻找失散的子女。然而，有经验的鸟类学家认为，对鸟类行为的这种主观诠释并不可靠。因此，长期以来，我对这个问题一直试图保持开放的心态。

我和我的学生对构成雁群的大雁数量进行了6年的观察后，意外地发现了出现孤雁的原因。数学分析的结果显示，构成雁群的大雁数目通常是6或6的倍数，这远远不是单纯的巧合。换句话说，雁群是由一个家庭或一些家庭组成的，而春天出现孤雁的原因，或许恰巧符合我们最初提出的那种多情的想象。这些孤雁是冬季狩猎的幸存者，此时正徒劳地寻找已遭猎杀的亲人。现在，我已有理由为这些孤单鸣叫的大雁感到哀伤不平，并与它们一同悲戚了。

乏味无情的数学竟能证实爱鸟者的伤感是合乎情理的，这样的情况并不多见。

四月的夜晚，当天气转暖，可以坐在户外时，我们喜欢倾听雁群在沼泽中的集会情形。有很长一段时间雁群是静悄悄的，能听到的只有沙锥鸟振动翅膀的声音，远处的一只猫头鹰低沉的叫声，或者某只多情的秧鸡带鼻音的咯咯声。随后，一声高亢的雁鸣突然响起，顷刻间引起无比喧嚣的回音。翅膀在水面上发出拍击声，黑色的雁头犹如船头破浪前进，脚蹼的划动激起一片水声，与此同时还有旁观者激烈争执的叫喊声。最终，一个深沉的声音进行了决定性的发言，喧闹声随之平息下来，变成雁群中很少停止的窃窃私语。这种时候，我再一次希望自己是只麝鼠。

到白头翁花盛开时，我们的雁群集会就减少了。五月来临之前，我们的沼泽已经再次成为仅有绿草的湿地，能带给它生机的只有红翅黑鹂和秧鸡。

历史性的一个讽刺就是，那些大国直到1943年才在开罗会议上发现，各国之间应该作为整体联合一致。然而世间的大雁很早以前就有了这种观念，每年三月它们都会以生命为赌注来证明这一基本的真理。

最初,存在的只是冰原这个整体。随之而来的是三月雪融的一致,然后是无国界之分的雁群一致向北迁移。自从更新世①以来,从中国海到西伯利亚大草原,从幼发拉底河到伏尔加河,从尼罗河到摩尔曼斯克,从林肯郡到斯匹次卑尔根群岛,每年三月雁群都要鸣响联合的号角。自从更新世以来,从柯里塔克到拉布拉多,从玛塔慕斯基特到昂加瓦湾,从霍斯舒湖到哈得孙湾,从艾佛利岛到巴芬岛,从潘汉德尔到马更些,从萨克拉门托河到育空河,每年三月雁群都要鸣响联合的号角。

通过雁群的这种跨国往来,遗留在伊利诺伊州田地中的玉米粒穿过了云层,被带到北极苔原,在那里,它们和六月极昼的富裕阳光一起为两地间的所有土地哺育小雁。在这一年一度的以食物换取阳光,以冬日温暖换取夏日寂寥的过程中,整个大陆获得的净利润,是从晦暗的天空降落到三月泥沼之上的荒野诗篇。

---

① 更新世:也称为洪积世和冰川世,地质年代名称。

四月

潮水来临

  大河流经的总是大城市，出于同样的原因，春天的潮水有时会把价值较低的农场围困起来。我们的农场属于价值较低之列，因此，在四月份来到农场时，我们有时就会被潮水困住。

  哪怕并非有意猜测，人们也可以根据天气预报大致预测北方的雪将在什么时候融化，也能估计出再过多少天洪水就会越过河流上游的城市。于是，到了星期天的傍晚时分，人们本应返回城里去上班，却暂时回不去了。漫涌的河水因为破坏了星期一早上的约会，向人们倾吐着同情的慰问，听起来是那么温柔！大雁们在巡视一片又一片正在变成泽国的玉米地时，鸣叫声又是那么深沉与自负！每隔几百码，就会有某只新来的大雁用力拍动翅膀，尽力地率领它的梯队在早晨巡视这新的水世界。

  大雁对潮水的热情很微妙，而且容易被那些不熟悉大雁饶舌声的人们忽视。但鲤鱼的热情却是显而易见不会弄错的。涌来的潮水刚刚淹没草的根部，鲤鱼就出现在这里了。它们就像被放到草场上的猪一样，兴致勃勃地在水里翻滚觅食；它们晃动着红色的尾巴和黄色的肚皮,在马车车辙和牛走过的小路上巡航;它们穿梭于芦苇和灌木丛中,急于探寻这对它们来说正在扩展的世界。

与大雁和鲤鱼不同,陆上栖息的鸟类和哺乳动物是以哲人的超然态度来迎接潮水的。一只主红雀站在一株红桦上,高声啼叫着宣告下面是它的领地,但是那块地已经看不到了,能够看到的只有那棵树。一只流苏松鸡在洪水漫过的树林里发出敲鼓似的振翅声,但它肯定是栖息在最高树木枝干的顶端。田鼠以小型麝鼠的镇定与审慎,游向突出水面的高地。果园里蹦出了一只鹿,通常白天它都在柳树丛中睡觉,现在水把它从卧榻上赶了起来。到处都是兔子,它们平静地接受了把我们的山丘作为临时住所,既然诺亚不在场,这山丘就成了它们的方舟。

春潮带给我们的不仅是巨大的冒险,也会带来从上游农场漂流下来的各种令人意想不到的东西。对我们来说,一块搁浅在草地上的旧木板,和刚离开伐木场时相比,价值已经倍增。每块旧木板都有它自己独特的经历,这经历总是无法为人确知,但是从木材的种类、尺寸,上面的钉子、螺丝、油漆,木材是否经过精加工或抛光、是否磨损或腐烂等方面,人们总可以或多或少地猜测出它的过去。人们甚至可以从其边缘和末端在沙洲上磨损的程度,来揣度它在过去的年份里经历过多少次洪水的裹挟。

我们的这个木材堆完全是从河流中搜集来的。因此,它不仅是具有个性的收藏,而且是上游农场和森林里的人们努力奋斗的历史纪实。尽管老木板的自传这种文学形式尚未在大学校园里讲授,但是任何一个河岸边的农场都是一个传记图书馆,使用锤子和锯子的人可以在这里随意阅读。河流每次涨水,都会让馆藏增加一些新书。

幽寂有不同的程度和种类。湖中的一座岛屿代表着一种幽寂，但是湖上会有船，也就总有客人登岛造访的可能；一座高耸入云的山峰是另一种幽寂，但大多数山峰都有小径，有小径也就会有游人。我不知道还有哪种幽寂可以与被春潮困守相提并论。大雁也一样不知道，虽然和我相比，它们经历过更多种类和不同程度的寂寥。

于是，我们坐在小山上刚刚开放的白头翁花旁边，望着大雁飞过，我看到我们所走的道路慢慢浸入水中。我内心喜悦而外表超然地断定，至少在这一天，交通问题只有鲤鱼才有资格谈论，不论是进农场还是出农场。

葶苈

从现在开始，在几个星期之内，葶苈——开花植物中花朵最小的一种——就会以微小的花朵装点每片沙地。

对春天的来临充满期盼却只知抬眼仰视的人，从不会注意到葶苈这样渺小的植物。对春天的来临感到绝望，视线低垂的人，就算踩在葶苈上也毫无知觉。只有趴在泥土里寻找春天的人，才会发现葶苈到处都是。

葶苈所要求的和所得到的，是几近于无的温暖和舒适。它的生存依靠的是没有人愿意要的时间和空间。植物学书籍会给它留下两三行的位置，并从不会为它附上插图或照片。贫瘠的沙土和微弱的阳光无法让它绽放出更大更好的花朵来，然而对葶苈来说已经足够。毕竟，葶苈算不上春之花，而仅仅是对希望的一种补充。

葶苈无法拨动人们的心弦。就算有香气，也消失在阵阵风中了。它的颜色是朴素的白色，叶子上覆盖着一层可见的绒毛。它太小了，不足以成为食物，也不足以成为诗人歌咏的对象。植物学家曾给它起过拉丁文的学名，过后就把它忘记了。总之，它无足轻重，只是一种迅速而有效地完成自身使命的微小植物。

大果橡

学校里的孩子为了选出州鸟、州花或州树而投票时，并不是在做出决定，而是在对历史进行认可。当大草原的草先行占据了南威斯康星地区时，历史就让大果橡成了这里的特色树种。这是唯一能在草原大火中生存下来的树。

你可曾感到疑惑，为什么整棵大果橡上都覆盖着又厚又结实的柔韧树皮，连最小的枝条也不例外呢？这层皮其实是一副盔甲。大果橡是扩张的森林派去攻击草原的突击队，它们必须和大火对阵。每年四月，在新生的青草为整个草原覆盖上无法燃烧的绿色装束之前，野火会在土地上四处燃烧，能幸存下来的只有树皮已经长得足够厚，不会被烧焦的老树，这些树大多数是大果栎。拓荒人所说的"橡树林中的空地"，其实就是由这些间距较大的零散老树组成的小片树林。

工程师并未发现隔热材料，他们只是从这些征战草原的老兵身上学到了如何制作这种材料。植物学家可以研究这场持续了两万年的战争，有关战争的记载包括埋藏在泥炭中的花粉颗粒，还有被扣押在后方并被遗忘在那儿的残留植物。记载显示出，森林的阵线曾经几乎退到苏必利尔湖，也曾向南大范围推进。森林一度向南推进得如此之远，结果在威斯康星州南部边界甚至更远的地方，都出现了云杉和其他一些做后卫的树种。在这一区域所有泥炭沼的某一层中，都出现了云杉的花粉。不过通常来说，森林和草原之间的战线大致都处于现在的位置,而战争的最终结果是胜负难分的平局。

之所以会出现这样的结果,原因之一就是一些盟友先支持一方,然后又去支持另一方。于是,兔子和田鼠在夏天扫荡了整个草原的青草,到了冬天又会啃掉火灾中幸存的橡树幼苗的树皮;松鼠在秋天散播橡子,但是在其他几个季节里会吃掉这些果实;金龟子在幼虫期会破坏草原的草皮,到了成虫期则会毁掉橡树的树叶。由于这些盟友们的左右摇摆,胜利也难有归属。若非如此,在今天的地图上,就不会出现这样一幅斑斓艳丽、极具装饰性的草原与森林的分布图。

对于拓荒之前的草原边界,乔纳森·卡佛[①]曾给我们留下了一段生动的描述。1763年10月10日,他游历了蓝丘,即丹恩郡西南角上现今已被森林覆盖的一群高山。他写道:

> 我登上最高的山峰之一,远眺广阔的乡野。在绵延数英里的范围内,除了更低些的群山以外什么也看不到。远远望去,这些光秃秃的山就像一个个干草堆,只有一些山核桃林和矮小的橡树遮盖着某些山谷。

19世纪40年代,一种新来的动物介入了草原之战,那就是拓荒者,尽管他们并非刻意参战。他们耕耘了足够多的田地,因而使草原失去了古老的盟友——火。于是,大批橡树幼苗轻而易举地越过草原,曾经是大草原的地区变成了种植林木的农场。如果你对这个故事有所怀疑,可以数一数在南威斯康星的任何一个

[①] 乔纳森·卡佛(Jonathan Carver, 1732—1780),美国旅行家。

山脊林场上的树桩上的年轮。除了最老的树以外，其他所有树木的年代都可上溯到19世纪50年代和60年代，正是从这个时期开始，草原大火不再燃烧。

在这一时期，新生森林战胜了古老的草原，橡树林中的空地上长满了一丛丛树苗。约翰·缪尔正是这期间在马凯特郡长大的，他在《童年与青年》一书中回忆道：

> 在伊利诺斯和威斯康星大草原的清一色的沃土上，生长着如此稠密高大的草供火燃烧，以致树木难以在草原生存。如果没有火，作为此地一大特色的茂盛草原就会被浓密的树林覆盖。一旦橡树空地被人拓垦，农场主就会预防草原大火的发生，小树随之生根长大并形成难以穿行的茂密树林，那些沐浴着阳光的橡树空地也就消失得无影无踪。

因此，拥有一棵大果橡的人所拥有的远远超过一棵大树。他拥有的是一座史料图书馆，以及那不断上演进化戏剧的剧场中的保留座位。有明辨能力的人能够看出，他的农场贴满了草原战争的徽章和标志。

空中之舞

拥有这座农场两年之后我才发现，四月和五月的每个黄昏，在我的树林上空都会上演空中舞蹈。自从有了这一发现之后，我和家人就不愿错过任何一次演出。

在四月第一个温暖的傍晚，6:50表演准时开场。此后每天，帷幕的拉开都要比前一天晚一分钟，一直到6月1日，那一天的表演将于7:50开始。这一有规律的变化是由虚荣心造成的，因为舞者要求与0.05英尺烛光①亮度丝毫不差的光线以保持浪漫效果。观众不要迟到，要安静地坐在那儿，否则舞者就会怒气冲冲地飞走。

舞台道具也和开场时间一样，反映出表演者的挑剔。舞台必须是林中或灌木丛中开阔的圆形剧场，中心必须有一处长着苔藓的地方，一片寸草不生的沙地，一块光秃秃的露出地面的岩石，或者一条空旷的小路。雄丘鹬为什么要如此坚持在空旷的地方表演呢，最初这让我感到迷惑，不过现在我认为原因在于它的腿。丘鹬的腿很短，要在浓密的草丛或杂草里昂首阔步，恐怕没有优势，也无法赢得它心仪的女士的欢心。大多数农场上的丘鹬都没有我这里多，就是因为我这里有更多长着苔藓的沙地，这些沙地太贫瘠了，长不出草。

知道了时间和地点后，你就可以坐到舞台东面的灌木丛下等待，在夕阳映照下守望丘鹬的到来。它从邻近的某个树丛低低飞来，落在光秃秃的苔藓地上，随即就奏响了演出序曲。这是每隔两秒钟发出的一段嘭嚓声，听起来古怪沙哑，很像夏天里夜鹰的叫声。

"嘭嚓"的声音突然停止，这只鸟拍动翅膀，绕着大圈飞起来，并发出富有乐感的啁啾声。它越飞越高，盘旋的幅度越来越陡越来越小，歌唱的声音则越来越高，直到观众只能看到空中的一个小点。然后它又像一架受损的飞机一样毫无预兆地直降下来，一面发出婉转柔和的颤音，这种曼妙的啼啭声就连善鸣的三

---

① 英尺烛光：光照度单位，现罕用。

月蓝鸲也要羡慕。在离地几英尺的地方它又开始平飞，落回到它奏响嘭嚓序曲的地方，而且通常丝毫不差地落在它开始表演的那一地点，并重新发出嘭嚓的声音。

天色很快就暗下来，无法再看清地面上的丘鹬，但是你可以连续一小时观看它在空中的飞翔。演出的持续时间通常也是一小时，但在有月光的夜晚可能会休息一会儿再继续，直到月光消失。

天亮的时候，整个演出的过程会重复。在四月初，演出的落幕时间是清晨5:15，此后直到六月，每天都要提前两分钟落幕，直至最后在凌晨3:15结束全年的演出。开场时间和结束时间的变化规律为何会出现这种差异呢？唉，恐怕就连浪漫也会有疲惫的时候，因为黎明的舞蹈结束时所要求的光线，只有在傍晚开始舞蹈时所要求的光线的五分之一。

不论人们如何专注地研究树林与草地中上演的数百种小型戏剧，都无法完全了解有关任何一出戏的所有重要事实，这或许是一种幸运。关于空中之舞，我仍不清楚的是表演者心仪的那位女士在哪儿？如果她也参与演出，那她会扮演怎样的角色？在丘鹬奏响嘭嚓舞曲的地面上，我经常看见两只丘鹬一起出现，它们有时还会一起飞翔，但我从未见过两只丘鹬一起发出嘭嚓的声音。那第二只鸟究竟是只雌鸟，还是与之竞争的雄鸟呢？

另一件令人不解的事情是那动听的啁啾声究竟是鸟儿的声带发出来的，还是某种机械摩擦的声音？我的朋友比尔·菲尼曾经用网扣住了一只正在发出嘭嚓声的丘鹬，并除去了它主翅外缘的羽毛。之后这只鸟仍然能发出嘭嚓声和啼啭声，但是不再有啁啾声了。只做一次这样的实验是不足以得出什么结论的。

还有一件不清楚的事：雄丘鹬的空中舞蹈要持续到筑巢的哪

个阶段呢？有一次，我女儿看到一只丘鹬在距离鸟巢20码①之内的地方发出哞嚓声，鸟巢中有已经孵化的蛋壳。但这是它情侣的家吗？或者这是只风流的雄鸟，在人们没有察觉时就已经犯了重婚罪？还有其他很多问题，都和这些问题一样在暮色渐深的黄昏中成为神秘的谜团。

空中之舞的戏剧每晚在数百个农场上演，农场的主人却叹息说缺乏娱乐，他们错误地认为可供消遣的文娱活动只有在剧院里才能找到。这些人生活在土地上，却不懂如何依靠土地快乐地生活。

有一种理论认为猎禽的作用只是充当狩猎时的靶子，或者是被优雅地摆放在一片烤面包上。丘鹬对这种理论是活生生的驳斥。没有人比我更想在十月猎捕丘鹬，但是自从发现了空中之舞后，我就开始认为捕一两只丘鹬已经够多。我必须确定在四月来临时，黄昏的天空中不会缺少舞者的身影。

---

① 码：英美制长度单位，一码等于0.9144米。

五月

从阿根廷归来

当蒲公英给威斯康星州的牧场打上五月的标记时,就该倾听那为春日做最后见证的声音了。在草丛中坐下,向天空竖起耳朵,不要被草地鹨和红翅黑鹂的喧嚣声干扰。很快你就会听到高原鹬的飞行之歌,它们刚刚从阿根廷归来。

如果你的视力够好,那么你抬头搜寻天空,就能看到高原鹬扇动着翅膀,在羊毛般的云朵间盘旋。如果你视力不够好,那就不必到空中找寻它的身影,只要看着篱笆桩就可以了。很快就会有一道银光告诉你,高原鹬在哪根桩子上落了下来并收拢它长长的翅膀。发明"优雅"一词的人肯定曾见过正在收拢翅膀的高原鹬。

它栖落在那里。它的存在向你表明:你的下一步行动是从它的领地退出去。官方记录或许可以宣称你拥有这片牧场,但高原鹬可以轻松地排除这种无意义的合法性。它刚刚飞越4 000英里,就是为了重申早已从印第安人那里获得的权利。在幼鹬展翅飞翔之前,这座牧场都归它所有,任何擅入者都将招致它的抗议。

在附近某处,雌鹬正在孵四只尖头的大鸟蛋,不久,四只早熟的小鸟就会从这些鸟蛋里钻出来。它们的绒毛一干，立刻就会像踩着高跷的田鼠一样蹦跳着穿过草地，完全可以躲过笨手笨脚想抓住它们的人。出壳 30 天后它们就长成大鸟了，这种发育速度是其他任何禽类都无法相比的。到了八月，它们已经从飞行学校毕业。于是，在八月的凉爽夜晚，你能听到它们欢叫着发出飞往南美大草原的信号。它们将再次证实南北美洲自古以来就是不可分割的整体。南北半球的团结一致对于政客是新鲜的概念，对长着羽毛的空中舰队来说却并不新鲜。

　　高原鹬可以轻松地适应变成农场的乡野。它们跟随着草场上黑白相杂的水牛，发现这些取代了棕色野牛的牛群是可以接受的动物。它们在干草堆上和牧场里筑巢，不过和笨拙的野鸡不同，它们不会被困在割草机里。在干草即将收割之前，幼鹬已经羽翼丰满，离开了此地。在作为农场的乡间，它们只有两个真正的敌人：人工沟渠和排水沟。或许有一天，我们会发现这些东西也是我们的敌人。

　　在 20 世纪初期，威斯康星的农场几乎失去了自古就有的这一计时器。五月，农场在静默中转为绿色；八月，夜晚没有鸟鸣声告诉人们秋日将至。遍布世界的火药，连同吐司烤鹬肉对于后维多利亚时代宴会的诱惑，曾造成鸟类的巨大伤亡。联邦候鸟法案的保护尽管姗姗来迟，总还算是及时的补救措施。

六月

钓鱼田园诗

我们发现溪水的干流不深,因为摇摇摆摆的沙锥鸟正在去年鳟鱼激起涟漪的地方噼噼啪啪地走过。水很暖和,我们潜到最深的地方也不会像钻入冷水那样发出一声叫喊。即使在凉凉快快地游泳之后,防水靴踩上去仍然像是阳光下的热焦油纸。

傍晚钓鱼的结果就像各种预兆一样扫兴。我们向溪流要鳟鱼,它给我们的却是白鲑。那晚我们坐在驱蚊的熏烟灰堆旁,讨论着第二天的行动计划。我们已经忍着炎热在尘土飞扬的路上走了两百英里,满心希望溪流中会有鳟鱼猛拉钓线,却只是一再强烈地感到幻灭。没有鳟鱼。

不过,我们现在记起,这条溪流有好几个支流。在上游的源头附近,我们曾看到过一个又窄又深的河汊,清冷的泉水从四周紧密环绕的赤杨丛里汩汩流出,注入河中。在这样的天气,一条自尊自重的鳟鱼会做什么呢?正和我们一样,到上游去。

第二天清早,当上百只呖呖歌唱的白喉林莺已经忘记天气很快就会不再凉爽宜人时,我攀爬着下到满是露水的河岸,进入赤杨林形成的汊口。一条鳟鱼正逆流而上。我放出一段钓线，祈祷着钓线能一直保持这种柔软干燥的状态。虚抛一两次测度距离之后，在这只鳟鱼最后一次打旋的上方一英尺处，我准确地投下一只奄奄一息的小虫做鱼饵。此刻，炎热的路程、讨厌的蚊子、不太光彩的白鲑鱼，都被抛到了脑后。鳟鱼大口吞下了鱼饵。没过一会儿，我就听到它在大鱼篓底部铺着的湿润树叶上不停地扑腾。

另一条鱼出现在前边的水面，这条鱼更大。此处水面可称作鳟鱼的航程起点，因为它的顶端是非常稠密的赤杨丛。一丛灌木的棕色枝茎在水中接受水流的冲刷，它带着永恒的无声微笑摇曳着身姿，似乎是在对神灵或人们抛在它最外侧的叶子一英寸之外的蝇鱼饵表示嘲弄。

我在溪流中间的石头上坐了大约一支烟的工夫，看着我的鳟鱼在庇护它的灌木丛下露出身影。此时，我的钓竿和钓线正挂在岸旁洒满阳光的赤杨上慢慢晒干。为了谨慎起见，我多等了一会儿。那里的溪水太平静了。如果一阵微风吹起，很快就会拂过水面并泛起波澜，而我即刻就将把鱼钩精准地抛在水面上，这样会更有杀伤力。

时候将至，风即将吹来，强度足以把一只棕色的粉翅蛾从充满笑意的赤杨树枝上吹落到水面上。

一切就绪！我卷起晒干的钓线，站到溪水中央，鱼竿随时准备出击。就在此刻，小丘上的山杨微微颤动起来，这是风的预兆，我抛出一半钓线，前前后后地轻轻挥舞着钓竿，等待更强的风吹到这里。要注意，抛出的钓线不能超过一半。现在太阳已高，任何在上方晃动的影子都会向那条大鱼预先警告迫近的厄运。就在此刻！最后的三码钓线抛了出去，蝇鱼饵优雅地落在大笑的赤杨脚下，鳟鱼咬住了鱼饵！我费了很大力气才把它拖出树丛。它急忙向下游奔逃。但几分钟后，它也在鱼篓底部扑腾起来。

我又坐在那块石头上，一面等着钓线再次晾干，一面陷入愉快的沉思默想。我思索起鳟鱼和人的行为方式。我们是多么像鱼，时刻准备着，热切渴望着，想要抓住周遭环境之风吹落到时间之流上的所有新东西。当我们发现那看似美妙的诱饵内藏着钓钩时，又是多么懊悔自己的仓促与草率！尽管如此，我仍认为渴望本身有一定的价值，不论渴望的对象是真实还是虚幻。谨小慎微的人，或鳟鱼，或世界，会是多么索然无趣呵。刚刚我是不是在说"为了谨慎起见"而等待？那可不是索然无趣。只有在为下一次或许更加渺茫的机会进行准备时，钓鱼者才会谨慎。

现在必须出击了，因为鳟鱼很快就不会再游向水面。我涉过齐胸深的水，来到鳟鱼的航程起点，无礼地把头硬伸进摇摆的赤杨丛中向内张望。真的像是丛林！上方是个漆黑的洞，被绿树遮挡得严严实实，几乎连挥动一片蕨叶的空间都没有，更别说在幽深的流水上挥动钓竿了。就在那里，一条大鳟鱼正懒洋洋地翻着身子吞下一只路过的甲虫，它几乎把肚皮贴到了黑色的河岸上。

哪怕使用最不会引起怀疑的虫子做诱饵，也不可能有机会靠近它了。但是我看见上游20码远的水面映照着阳光，那里是另一个出口。用假虫饵顺流向下钓鱼？不可能成功，但是必须试一试。

我回身爬上河岸，一头钻入丛生的凤仙花和荨麻，穿过赤杨林迂回着走到上游的出口。我像猫一样蹑手蹑脚地走过去，唯恐搅浑了这位陛下的浴池。我在那里悄悄站了5分钟，等待一切平息下来。在这5分钟里，我拉出30英尺钓线，给线上油，晾干，卷在左手上。我和丛林入口的距离是30英尺。

现在是冒险一搏！我对着假蝇鱼饵最后吹了一口气让它鼓胀起来，把它放在我脚边的溪流上让它顺水而下，再一圈圈地迅速放出钓线。之后，就在钓线被拉直，鱼饵被吸入那丛林中时，我迅速向下游走去，边走边往那个黑漆漆的洞口里看，想知道鱼饵的运气如何。在它经过一小块阳光洒下的斑点时，我瞥了一两眼，见它仍漂在水面上。它转了个弯，眨眼间就被冲到了黑漆漆的水面，而我走动时搅浑的水还没有暴露我的计谋。我还没看到那条大鱼，就听见了它冲撞的声音。我用力拉住钓竿，战斗开始了。

没有哪个审慎的人会冒着失去价值一美元的蝇鱼饵和鱼钩的危险，通过形成溪流转弯处的牙刷般稠密的赤杨丛，把一条鳟鱼拉向上游。不过，正如我所说的，没有哪个审慎的人会成为钓鱼者。我小心地收着线，一点一点地把鱼拖到开阔水面，最终拖进了我的大鱼篓。

现在我要向你们坦言，那三条鳟鱼，没有哪条大到必须斩首或折弯才能装进它们的棺材。重要的不是鳟鱼，而是机会。满载而归的不是我的鱼篓，而是我的回忆。像那些白喉林莺一样，我已经忘记了赤杨汊口那里即将到来的已经不是清晨。

七月

庞大的领地

120英亩，根据沙郡书记官的说法，这是我全部领地的面积。不过那个书记官总是睡不醒的样子，从不会在上午9点以前查看他的登记簿。它们在拂晓时会说明什么，是我们这里要面对的问题。

不管有没有登记簿，我和我的狗都明白这一事实：在拂晓时，我是我能走过的所有土地的唯一拥有者。此时，消失的不仅仅是边界，而且是身受边界限制的感觉。契约和地图所不了解的广阔区域，每个黎明都会了解。而被认为已从此地消失的幽寂，一直可以延伸到露珠所至的每个地方。

和其他土地所有者一样，我也有自己的佃户，它们对交租总是粗心大意，对于租用权却一丝不苟。实际上，从四月到七月的每个拂晓，它们都要彼此声明自己的土地边界，而且，至少可以推想，它们是在以此向我表明自己的活动范围。

这一每天进行的仪式是以极为庄重的形式开场的，这可能与你所猜想的相反。究竟是谁最早确定了这些礼节，我并不知道。

在凌晨3:30，我两手各执我的统治权象征——咖啡壶和记事簿，带着我所能激发的七月早晨的全部尊严，迈出木屋的门。我面对着启明星的白色微光，在木凳上坐下，把咖啡壶放到身边。我从衬衣前胸的口袋掏出一个杯子，同时希望没人注意到这种不雅的携带方式。我掏出表，倒出咖啡，把记事簿放在膝上。这暗示着发表声明的时候就要到了。

3:35，最近的一只原野雀用清晰的男高音宣称：它拥有北至河岸南至旧马车道的北美短叶松树林。在听力所及的范围之内，所有的原野雀都一只接一只地吟诵着各自的领土。至少在此时此刻，不存在争论。于是，我只是听着，内心也希望它们的雌性伴侣能够默许这和谐安好的现状。

原野雀尚未发表完全部声明时，那株大榆树上的旅鸫就开始用响亮的颤音宣明：它拥有一个大树枝被冰暴劈掉了的树杈，连同所有的相关附属物（从它的角度看是指下面不太大的草地上的所有蚯蚓）。

旅鸫连续不断的歌唱声唤醒了一只黄鹂，它开始向黄鹂世界的成员宣告：榆树那根下垂的树枝为它所有，连同附近所有富含纤维的马利筋的茎、花园中所有散落的茎叶，以及如同火焰一般在这些东西之间穿梭的特权。

我的表指向了3点50，山丘上的靛青鸟开始宣称：它拥有1936年干旱时期枯死的橡树树枝和附近的各种甲虫与灌木丛。不过我认为它也在暗示，它有权比所有的蓝鸲，以及所有已经把脸转向黎明的紫露草，蓝得更加出色。

接下来开始唱歌的是一只鹪鹩，就是它发现了木屋屋檐上的小孔。半打鹪鹩开始合唱，场面随之变得喧哗混乱。蜡嘴雀、嘲鸫、黄色林莺、蓝鸲、绿鹃、唧鹀、主红雀……全都加入其中。

我的正式演员名单是按照它们唱出第一首歌的时间顺序排列的，到了这时，我的笔开始犹豫、摇摆并停顿下来，因为我再也分辨不出谁在优先表演。另外，咖啡壶已空，太阳快要升起，我必须在我的权力失效前视察我的领地。

我们出发了，我和狗，我们随意前行。我的狗几乎丝毫不注重这些声乐表演，因为对它来说，居住者的标志不是歌声，而是气味。在它看来，任何一堆没教养的羽毛，都能够在树上制造出噪音。而现在，它要为我翻译一些气味之诗了。很难说是哪种沉默的生物在夏日夜晚写下了这些诗篇，但在每首诗的末尾都坐着诗的作者，只要我们有能力发现它们。我们所找到的会出乎意料：一只突然改变主意，掉头跑开的兔子，一只拍打翅膀放弃自己所有权的丘鹬，一只在草地上弄湿了翅膀而气冲冲的雄雉。

偶尔我们会发现一只夜里出击后迟归的浣熊或水貂。有时我们会赶跑一只正在捕鱼的鹭鸟，或者惊扰一只林鸳鸯，它正带着一群子女逆流而上，前往梭鱼草栖息地。有时我们会看到一只刚刚吃饱了紫苜蓿、婆婆纳和野莴苣的鹿，正悠闲地返回树林。更多的时候，我们看到的只是懒洋洋的动物蹄子在露珠织出的丝绸上交错踏出的暗黑色线条。

现在我能感受到早晨的阳光了。群鸟的合唱几乎停息。远处传来奶牛颈铃的叮当声，告诉我一群牛正缓缓走向牧场；一辆拖拉机的轰鸣声提醒我，我的邻居已经睡醒起床。世界又缩回到郡书记官所了解的那个狭小疆域。我们返身走向回家的路，准备吃早餐。

大草原的生日

从四月到九月的每个星期里，平均都会有十种野生植物开出这一年的第一朵花。而在六月，一天之中就会有多至十余种的植物绽放花蕾。没有人能注意到所有植物最初开花的日期，但也没有人能把这些日子全部忽略掉。踩在五月的蒲公英上却不自知的人，可能会突然因八月豚草的花粉而驻足。没有注意到四月里榆树的一树红雾的人，车辆可能会在六月梓树飘落的花冠上打滑。只要告诉我一个人注意到哪种花的初开日期，我就能讲出这个人的很多事情，包括其职业、喜好、是否患有花粉热及其生态学知识的总体水平。

每年七月，我都会热切地观察开车往返农场时经过的一个乡间墓地。大草原又到了庆祝生日的时候了，这曾经是重大的事件，而今，在这个墓地的一角还居住着残存的庆祝者。

这是一处普通的墓地，周围以普通的云杉为界，其间点缀着普通的粉色花岗岩或白色大理石墓碑。在周末，每块墓碑前都会照例摆上红色或粉红色的天竺葵花束。特殊的地方只在于，墓地是三角形的而不是方形的，在墓地围栏的尖角内，隐藏着19世纪40年代修建墓地时遗留下来的一小块草原残迹。迄今为止，这面积不到一平方米的原始威斯康星的遗迹还没有经受过镰刀或割草机的破坏。每年七月，这里都会生长出一种一人高的指向植物，或称为罗盘葵，它们摇曳着浅碟大小、与向日葵相类似的黄色花朵。除了这个地方以外，在这条公路旁，或者说恐怕在整个郡的西半部，都见不到这种花了。一千英亩的罗盘葵轻触着野牛的肚皮时会是什么样的景象呢？这一问题恐怕再没有人能回答，或许再也没有人会问起。

这一年，我发现罗盘葵第一次开花是在 7 月 24 日，比往年晚了一个星期。在过去的六年里，首次开花的平均日期是 7 月 15 日。

8 月 3 日，当我再次路过墓地时，那里的围栏已经被一队修路工人移除，罗盘葵也被砍掉了。未来不难预测，几年之内，我的罗盘葵将徒劳地尝试从割草机下立起身来，之后它们会死掉，而随之终结的是大草原的时代。

公路局的官员说，每年夏天罗盘葵盛开的这三个月里，会有十万辆小轿车从这条路经过。坐在这些车里的，至少有十万人曾学过被称为历史的课程，或许至少有两万五千人曾学过被称为植物学的课程。但我不知道，这么多人里曾经见过罗盘葵的是否能超过十个人。至于能注意到罗盘葵之死的，恐怕一个也不会有。如果我告诉邻近教堂里的牧师，修路人员正在他的公墓里以锄草为由焚烧史书，他一定会感到惊讶与困惑。一种杂草又怎能称其为书呢？

这是本地植物群葬礼中的一个小插曲，同时也是世界植物群葬礼中的一个插曲。机械化时代的人们不会注意到植物群，他们只会为清理土地景观时取得的进展感到骄傲。不论是否愿意，人们都将在这土地上过完一生。聪明的做法或许是，立刻取消所有真实的植物学与历史的课程，以免将来某个公民在发现他的美好生活是以牺牲植物为代价时，内心会感到痛苦不安。

可以推断，附近农场的富庶程度是与其植物群的匮乏程度成比例的。我自己选择了这个农场，因为它不够富庶，没有公路经过。实际上，我所在的整个地区都位于与进步长河逆向而成的反流。我的农场道路是过去拓荒者的马车道，路面从未做过坡度减缓，也不曾铺上碎石，没人清扫，也没见过推土机。我的邻居们让郡事务官感叹。他们篱笆下的地垄已经连续好几年没有耕种过了,他们的沼泽没有筑堤,也没排过水。因为在去钓鱼和去进步之间,他们倾向于选择去钓鱼。于是,在周末,我与植物一起生活的标准,是那种边远林区的标准,而在非周末时,我则尽可能依靠大学农场、大学校园和邻近郊区的植物。十年来,出于消遣,我记录了这两个不同区域里野生植物初次开花的时间:

第一次开花的时间	郊区与校园的物种	边远农场的物种
四月	14	26
五月	29	59
六月	43	70
七月	25	56
八月	9	14
九月	0	1
合计	120	226

记录清晰地显示出,边远农场里农夫的眼睛所能享受到的东西,差不多是大学生或商人的两倍。当然,这两类人都还没有注意到自己区域内的植物群,因此我们面临的是已经提出过的两种选择:或者让人们继续对植物视而不见,或者深思我们是否真的无法同时拥有进步与植物。

植物群的萎缩,是由清除农场杂草、林地放牧和修建公路共同造成的。这些变化的每一项,都需要大量削减野生植物所占的土地,但是没有任何一项变化会要求人们从整个农场、整个镇或郡内完全抹去这些物种,而且物种消失也不会带来任何益处。每个农场上都有闲置的土地,每条公路两旁都有和它同等长度的空地。只要不在这些空闲的土地上放牧、耕种、割草,那么,本地的所有植物群,连同数十种从异地偷偷入境的植物,就会成为每个公民普通生活环境的一部分。

最具讽刺意味的是，大草原植物的出色保护者不甚了解，更不关心这些琐事。我指的是沿线修筑了防护栏的铁路，这些铁路的不少护栏是在草原被开垦之前就竖立起来的。在这些细长的保护区内，尽管有煤渣、煤灰和每年一次清理空地的火苗，草原植物仍会按月历闪耀着它们的色彩，从五月粉红色的折瓣花，到十月蓝色的紫菀。长期以来，我一直希望能有机会面见某位久经世故、外表淡漠的铁路局长，摆出他有无同情心的实际证据。但我尚未有遇见这样一个人的机会，因此也就不曾这样做。

铁路当然也使用喷火器和化学喷雾器来清除轨道边的杂草。但是这种必要做法的成本太高，无法扩展到距铁轨太远的地方。情况将来或许会有所变化。

如果我们对某个人种所知甚少，那么它的消失并不会给我们带来太多痛苦；如果我们对某个国家的认识，仅限于偶尔品尝的一道菜肴，那么这个国家中某人的去世对于我们也就没有多大意义。我们只为所知者哀伤。倘若对罗盘葵的认知仅仅是植物学书籍上的一个名字，那么这种植物自丹恩郡西部消失并不会让人感到悲伤。

当我试图挖起一株罗盘葵移栽到我的农场时，我首次发现了这种植物的个性。那就像是在挖一棵橡树树苗。我辛苦劳动了半小时，又脏又累，但是它的根仍然在延伸，就像纵向生长的巨大甘薯。据我所知，那株罗盘葵的根向下穿透了基岩。我最终没能挖出罗盘葵，但我已经知道，它究竟是依靠何种苦心经营的地下战略，来对付大草原的干旱。

之后，我种下了罗盘葵的种子，这种肉质果实的颗粒很大，味道与向日葵的种子相似。它们很快就发芽了。但是我等待了五年之久，幼苗仍是幼苗，不知何日才能长出花茎。或许罗盘葵必须生长十年才能长到开花的年龄，那么，那个墓地上我所珍爱的罗盘葵是多大年龄？它可能比那里最古老的墓碑还要年长，而那块墓碑上的日期是1850年。或许它曾看到过逃亡的黑鹰[①]从麦迪逊湖撤退到威斯康星河，因为它就生长在那次有名的行军的路线上。它当然也曾见过拓荒者接连不断的葬礼，看见他们一个又一个在蓝色须芒草下长眠。

我曾看到，一把电铲在路边挖排水沟时，切断了一株罗盘葵的"甘薯根"。根很快就生出新叶，最后竟又长出了花茎。这可以解释，为什么这种从不侵入新环境的植物有时会出现在才被平整过的公路旁边。很显然，一旦它在一个地方扎下根，除了持续性的放牧、刈割或犁耕，几乎能够抵抗任何伤害。

那么，罗盘葵为什么会从放牧地区消失呢？我曾见过一位农夫把他的奶牛赶到未被开垦的大草原的草地上，那里只是偶尔有人去刈割野生的干草。牛在尽数吃光其他所有的植物之前会首先吃掉罗盘葵的茎叶。我们可以想象当年野牛对罗盘葵也有同样的喜好，但是野牛不会被关在围栏里，而把整个夏天的啃食局限在同一片草地上。简而言之，野牛不会持续在一个地方吃草，所以罗盘葵能够承受。

或许是温和的天意使然，让几千种动植物彼此残杀灭绝以产生现今的世界，却未让这些生灵产生一种历史意识。而现在，我们仍然缺失历史意识，或许也是出于天意。最后一头野牛告别威斯康星时，几乎没有人感到悲伤。同样，当最后一株罗盘葵追随那头野牛前往梦幻之乡——那绿意盎然的大草原时，也几乎不会有谁为之动容。

[①] 黑鹰（Black Hawk，1767—1838）：大草原印第安部落的酋长，曾在白人向西部扩张时领导部落进行抵抗。

八月

绿色牧场

一些画之所以出名，而且名声经久不衰，是因为它们在各个时代总有观众，而且每一个时代都可能出现一些富有鉴赏力的眼睛。

我知道一幅画，它是如此易于消失，除去漫游的鹿以外，几乎没有人看到过它。挥舞画笔的是一条河流，在我能带朋友去观赏其作品之前，这条河流已经永远抹去了画作存在过的痕迹。此后，这幅画只留存在我的心灵之中。

艺术家的性情往往变幻无常，这条河流也是一样。它何时会有心情泼墨，这种心境将持续多久，全都无法预料。但在仲夏，当完美无瑕的日子接连不断，白色舰队般的巨大云朵巡游天空时，漫步沙洲去看看那位画家是否正在创作，本身就是件惬意的事情。

创作是以一道宽阔的淤泥缎带开始的，它薄薄地涂在向后倾斜着退去的河岸的沙子上。泥带在阳光下慢慢变干，这时，金翅雀来到它的水洼中沐浴，而鹿、鹭鸟、双领鸻、浣熊和乌龟会用足迹为泥带镶上花边。在这一阶段，很难说接下来会发生什么。

不过，当我看到这条泥带因荸荠草而变成绿色时，我就会开始注意观察，因为这是河流有心情作画的信号。几乎是一夜之间，荸荠草就长得如此葱翠，如此稠密，让邻近高地上的田鼠都无法抗拒这厚草甸的诱惑，它们集体出动来到这绿色的牧场。显然，田鼠们整夜都在天鹅绒般的草地深处摩擦着肋骨，它们踩出的齐整的足迹迷宫证明了它们的热情。鹿在绿色牧场上走来走去，显然只是为了享受踩在柔软草地上的愉快感觉。就连不爱出门的鼹鼠，也在干燥的沙地下挖出通往荸荠缎带的地道，在那儿，它可以尽情拖拉搬运青翠的草皮。

在这一阶段，多得数不清、小得难以辨认的植物幼苗，纷纷从绿色缎带下潮湿温暖的沙土中萌芽。

为了观赏这幅画，你应该再给河流三周无人打扰的时间，然后在一个晴朗的早晨，当太阳刚刚驱散破晓的晨雾时前来拜访沙洲。这位艺术家此时已经配好了颜色并与露水一起喷涂出去。荸荠草甸现在比以往任何时候都更显翠绿，上面闪耀着蓝色的沟酸浆、粉红色的青兰，以及乳白色的慈姑花朵。时而可见红花半边莲伸展着叶片，如同朝天掷出的红矛。在沙地尽头，紫色的斑鸠菊和淡粉色的泽兰靠着柳树高高地伫立。即使你谦和地悄然来到这里，如同造访其他任何一处昙花一现般的美景，你仍可能会惊动一只狐红色的鹿，它正怡然地站在那赏心悦目的花园里齐膝高的花丛之中。

不要期待能回去再一次欣赏绿色牧场，因为它已不复存在了。或者是河水消退让它干枯，或者是上涨的河水漫过了沙洲，让它变回原来简朴无华的空白沙地。然而在心中，你可以珍藏起那幅画，并且期盼在另外一个夏天，河流还会有心情挥毫泼墨。

九月

小树林的合唱

到了九月,几乎已经没有鸟儿帮助宣布黎明的到来。一只北美歌雀可能还会漫不经心地唱首歌;一只丘鹬可能会在飞往日间栖息的树丛途中鸣啭;一只横斑林鸮可能以最后一声颤音结束夜间的辩论。但是,其他的鸟几乎没有什么要说或要唱的了。

只有在某些雾气蒙蒙的秋日黎明,或许还能听见北美鹑的合唱。寂静突然被十几个女低音打破,它们情不自禁要歌颂黎明的到来。在短短的一两分钟之后,音乐又会像突然开始一样戛然而止。

踪迹隐秘的鸟儿唱起歌时具有独特的优点。在最高的树枝上唱歌的鸟容易引人注意,也容易被人遗忘,它们一目了然,也就平淡无奇了。能让人们铭记的,是从不抛头露面的隐士夜鸫,从幽深阴暗的地方倾泻出银铃一般的和声;是高高飞翔的鹤,在一朵云后奏响号角;是雾霭中的草原榛鸡,不知在何处发出低沉的声音;是北美鹑,在黎明的静谧中高唱《圣母颂》。没有哪个博物学家观看过这个鹑鸟合唱团的演出,因为那一小群鸟正躲在草丛中,隐蔽于视线外的栖息地,任何接近它们的企图都会自动地导致一片沉寂。

在六月,完全可以预知,当光线强度达到0.01烛光亮度时,旅鸫就会鸣唱,而其他歌手则会按可预知的顺序加入合唱。然而在秋天,旅鸫全然沉默,北美鹑是否会合唱则根本无法预测。在这些无声的早晨,我会感到沮丧,这或许表明,令人期盼的事物总比能够确知的事物更有价值。对北美鹑合唱的期待,值得我数次摸黑起床。

秋天,我的农场里总会有一群或几群北美鹑,不过它们总是在比较遥远的地方进行黎明时分的合唱。我想,这是因为它们在栖息时希望离狗越远越好。狗对鹑鹑的兴趣甚至比我还要强烈。然而,一个十月的黎明,我正坐在屋外的火堆旁喝咖啡时,一个北美鹑合唱团突然在几乎只有一石之遥的地方爆出歌声。它们在乔松林下栖息,或许是为了在露水很重时保持干爽。

能听到几乎就在门口台阶上唱出的黎明赞美诗,让我们颇感荣幸。一时间,那些乔松发蓝的秋日针叶似乎变得更蓝了,而悬钩子[①]在松树下铺就的红地毯也更显红艳。

---

① 悬钩子:覆盆子的别称。

十月

暗金色

狩猎有两种类型：普通狩猎和流苏松鸡狩猎。

有两处可以狩猎松鸡的地方：普通的地方和亚当斯郡。

有两个在亚当斯郡狩猎的时机：普通的时间和美洲落叶松转为暗金色的时候。这是为那些不走运的人而写的。当那些流苏松鸡如同长着羽毛的火箭一般，毫发无损地飞入短叶松林时，他们手里拿着打光了子弹的空枪，目瞪口呆，但是他们从未站住看看那纷纷洒落的金色针叶。

初霜让丘鹬、狐色带鹀和灯草鹀离开北方时，落叶松也就由绿转黄了。旅鸫大军夺走了一丛丛山茱萸最后的白色浆果，留下的空枝条如同山丘上粉红色的雾霭。小溪边的赤杨已经落尽叶子，露出了满眼的冬青。闪闪发光的黑刺莓照亮了走向松鸡的步伐。

对于松鸡在哪个方向，狗比你知道得更清楚。你需要的只是紧跟着它，通过它那竖起的耳朵来解读微风正在诉说的故事。当它终于停下来一动不动，并用向旁边的一瞥来告诉你"准备好"时，我们要问的是：准备好做什么呢？是迎接一只鸣啭的丘鹬、一只提高嗓门的松鸡，或者仅仅是只野兔？在这一充满不确定性的时刻，凝聚着狩猎松鸡的乐趣。如果必须知道准备好做什么，就应该去打专门饲养的雉鸡。

狩猎的情趣因人而异，但是原因很微妙。最惬意的狩猎是偷偷进行的。为了偷偷进行一次狩猎，你或者要深入无人涉足的荒野，或者要在大家眼皮底下找到某个未被发现的地方。

几乎没有多少猎手知道亚当斯郡有松鸡，因为他们乘车路过此地时只会看到荒凉的短叶松和低矮的橡树。这个地区的高速公路横跨多条向西流淌的小溪，每条小溪都来自一个沼泽，在流经干燥贫瘠的沙地后注入河流，这条北行的公路自然也穿越了这些没有林泽的贫瘠之地。但就在公路的另一侧，在旱地矮树丛的屏障背后，每条小溪都延伸成宽广的低地缎带，成为松鸡安全的庇护所。

到了十月，我独自坐在落叶松林中，听着狩猎者的汽车从高速公路上隆隆开过，拼命奔往北方那些拥挤的郡县。我想象着他们跳动的时速表，绷紧的面孔，以及紧盯着北方地平线的焦灼目光，禁不住暗自发笑。一只雄松鸡听到汽车经过时的噪音，发出了挑战的咚咚声。我们注意到它的位置时，我的狗咧嘴而笑。我们一致认为，那个家伙需要锻炼锻炼，我们这就去找它。

落叶松不仅长在这片低地，也长在紧邻的高地下面。道道泉水从高地下面涌出，被苔藓堵塞后就形成了一个潮湿的台地。我把这些台地称为空中花园，因为在湿泥外面，穗裂龙胆已经举起有如蓝色宝石的花朵。此时，就算是狗正在向你示意前面有松鸡，这样一株映衬着金黄色松针的十月龙胆，仍然会让你停下来凝视良久。

在每个空中花园和溪流之间，是铺满青苔的鹿迹，猎人可以方便地进行追踪，暴露了形迹的松鸡也可以在一刹那间飞过。问题只是鸟和猎枪对于一刹那的理解是否一致。如果不一致，那么下一只走过的鹿在此遇见的就只是一对可以嗅一嗅的空弹壳，而不是羽毛。

在小溪的上游，我发现了一座被人废弃的农场。我试图通过田野间的小短叶松的年龄来判断，那位不走运的农场主用了多久才发现这块沙质平原能培育出的只是孤寂，而不是玉米。这些美洲短叶松会夸大其词，蒙骗那些粗心大意的人，因为它每年都增加几轮树枝，而一般的树每年只能生出一轮树枝。我发现了一棵小榆树是更好的计时器，它现在已经堵住了牲口棚的门，其年轮可以追溯到发生干旱的1930年。自从那年以后就再也没有人从这个牲口棚里带出牛奶了。

当这家人的抵押借款终于超过了收成，从而得到将被逐出农场的信号时，不知他们在想些什么。诸多想法如同飞过的松鸡，不留一丝痕迹，但也有些想法可能会留下数十年后仍可追寻的线索。在某个难忘的四月种下这棵丁香的男子，肯定曾愉快地想象，此后的每年四月，盛开的鲜花都将弥散着沁人的馨香。那曾在许多个星期一使用这块已被磨平的洗衣板的女人，肯定曾祈望过所有的星期一都能消失，而且是立刻消失。

我思考着这些问题，过了不知多少分钟才注意到，我的狗一直耐心地站在泉水旁指示方向。我走上前去为我的心不在焉表示歉意。一只丘鹬在上方叫了起来，像蝙蝠一样，它橙红色的胸脯沐浴着十月的阳光。狩猎就是这样进行的。

在这样的日子里，要把思绪只集中在松鸡身上实在不易，因为令人分心的东西太多了。我跨过了雄鹿在沙地上踏出的一条小径，于是带着懒散的好奇心追踪下去。小径从一株美洲茶树直通另一株，遭到啃咬的嫩枝说明了原因。

这让我想到我也该吃午饭了，不过在我从猎物袋拿出午饭之前，我看到高高的天空中有一只盘旋的鹰，它究竟属于哪一类还需要辨认。我等待着，直到它侧斜着身子转弯，露出红色的尾巴。

我伸手去拿午饭，不过我的视线又落在一株被剥了皮的杨树上。在这里，一只雄鹿磨掉了它鹿茸上发痒的绒毛状嫩皮。是在多久之前呢？剥露出来的木质已经变成棕色，我猜想那对鹿角现在肯定是光洁的。

我再次伸手去拿午饭，不过，狗兴奋的吠叫，以及撞击灌木的声音打断了我。一只雄鹿跳出来，鹿尾高高地翘着，鹿角闪闪发亮，呈蓝色的毛皮如丝般光滑。是的，杨树的确说出了实情。

这一次我总算拿出了午饭坐下来吃。一只山雀在边上看着我，却不透露它自己的午餐是什么。它吃的或许是一些凉冰冰胀鼓鼓的蚂蚁卵，或许是在鸟类国度中相当于烤松鸡冷食的其他东西。

吃完午饭，我注视着那些排成方队的年轻落叶松，看它们将金色的矛举向天空。在每棵树下，昨日掉落到地上的针叶都织成了暗金色的毯子，而在每棵树的顶端都已经孕育着明日之芽，它们正静静地等待另一个春天。

早起者

起得过早是角鸮、星星、大雁和货运火车的坏习惯。一些猎人受到大雁影响也养成了同样的习惯，一些咖啡壶则受到了猎人的影响。奇怪的是，在所有必须在早晨某个时刻起床的众多生物中，只有这极少数的几个发现了这种最愉快又最不实用的起床时间。

猎户座肯定是过早起床的始作俑者，因为是它发出了早起的信号。当它越过天顶向西行进，距离差不多能瞄到一只水鸭那么远时，就是早起的时间了。

早起者相处融洽，或许是因为它们与那些晚睡者不同。早起者只是低调地陈诉自己的收获。猎户座是行程最远的，但它几乎什么也不说；咖啡壶从最初发出的柔和的汩汩声开始，就对里面慢慢沸腾的东西轻描淡写；猫头鹰在其三音节的评论中，极力淡化夜间谋杀案的色彩；沙洲上的大雁早起，只是为了依循雁群议事程序参与无声的辩论，绝不会表现出它的发言是所有远山和海洋的权威。

我承认，货运火车很难不声张自己的重要性，不过它也有谦逊的一面。它只会盯着自己喧嚣的工作，永远不会到别人的地盘轰轰隆隆。货运列车的一心一意，让我产生了很深的安全感。

在特别早的时候抵达沼泽纯粹是听觉上的奇遇，耳朵可以恣意沉浸在夜晚的种种声音间，完全不受手或眼睛的干扰和阻碍。当你听到一只绿头鸭大声表达它对汤汁的热情时，你可以自由想象20只鸭子在浮萍之间大吃大喝的情景。当一只赤颈凫长声尖叫时，你可以想象一队赤颈凫，而不用担心这会不同于视觉所见。当一群潜鸭对准池塘俯冲，拖着长音划破黑暗的天空时，你屏住呼吸凝视着，尽管除了星星什么也看不见。如果是在白天，同样的举止会引起人们注视，也会有人举枪射击，然后在没打中时急急忙忙为自己找个借口。此时，你可以恣意想象那些扇动的翅膀如何整齐利落地冲破苍穹，而白天的光线不会为你的想象增添任何东西。

当水禽悄无声息地飞往更加宽广安全的水域，身影在东方泛白的天空中渐渐模糊时，倾听的时间就结束了。

和其他许多具有约束性的协约一样，黎明前的协议只有在黑暗让傲慢者变得谦虚时才能生效。似乎太阳每天都有责任让沉默撤走一样，不管怎样，到了笼罩低地的晨雾泛白时，每只公鸡都开始自吹自擂，每堆玉米秆都伴称比任何曾生长出来的玉米高出一倍。到了太阳升起时，每只松鼠都在夸大某些臆想出来的贬损其尊严的行为，每张嘴都在以虚伪的情感宣称：自己在此刻发现了种种假想出来的社会危机。远处的乌鸦在怒斥假想中的猫头鹰，只是为了告诉世界乌鸦是多么机警。一只或许正在回想风流往昔的雄雉装腔作势地拍打着翅膀，粗声警告世界说：它拥有这个沼泽和其中所有的雌雉。

对于庄严雄伟的虚构想象并不仅限于鸟兽。到了早餐时间，醒来的农场院落就会传出喇叭声、吆喝声和哨声，到了晚上，一台没有人去管的收音机仍在不停地嗡嗡着。然后，每个人都上床睡觉，重温夜晚的功课。

红灯笼

打松鸡的一种方法就是根据逻辑和概率对狩猎区域制订计划，这会把你带往那些应该有松鸡的地方。

另一种方法是漫无目的地游荡，从一个红灯笼走向另一个红灯笼。这可能会把你带往那些确实有松鸡的地方。所谓灯笼就是在十月阳光下变成红色的黑刺莓叶子。

红灯笼多次照亮了我在众多地区愉快狩猎的道路，不过我认为，黑刺莓最初学会变红，肯定是在威斯康星州中部的沙地郡县。在荒地上多泥沼的小溪旁，从第一次霜降到这个季节的最后一天，黑刺莓会在每个阳光灿烂的日子发出艳丽的红光，而那些自己不会发光的人却把这些友好的荒地称为贫瘠。在这些多刺的灌木下，每只丘鹬和松鸡都拥有自己专用的日光浴室。大多数猎人对此并不知情，他们在无刺的低矮树丛中折腾到筋疲力尽，然后两手空空地回家，留下我们不受打扰地生活。

我说的"我们"，是指鸟、溪流、狗，还有我。懒散的溪流在赤杨间蜿蜒而过，仿佛宁愿待在这里而不愿汇入河流。我也一样愿意留在这里。溪流在大转弯时的每一次踌躇，都意味着有更好的溪岸，在那里，山边的多刺树丛连接着淤泥中长出的一丛丛结冰的潮湿的羊齿植物和凤仙花。松鸡和我一样，都无法长期离开这样的地方。于是，狩猎松鸡就成了沿着溪流，从一片树丛到另一片树丛的逆风漫步。

狗在接近这些多刺的树丛时，总要左右顾盼，确认我就在旁边。确定了之后，它继续小心地悄悄前进，用湿鼻子在上百种气味中搜寻一种气味。正是这种可能存在的气味让整个大地有了生命与意义。狗是空气勘探者，永远在寻找空气里的气味，如同寻找地层里的黄金，使它的世界与我的世界发生关系的金本位①，正是松鸡的气味。

顺便提一下，我的狗认为，关于松鸡的知识，我需要学的还很多。身为专业的博物学者，我同意它的看法。它带着逻辑学教授那种沉静的耐心指导我，什么是以受过良好训练的鼻子进行演绎推理的艺术。我很高兴地看到，从一些对它来说显而易见，对我的肉眼而言需要猜测的资料中，它能以点的形式推出结论。或许它希望，它迟钝的学生有一天也能学会搜寻气味。

和所有迟钝的学生一样，我总是知道老师何时是正确的，即

---

① 金本位：在此制度下，通货基本单位与一定数量的黄金价值相同，并可与之兑换。在20世纪30年代经济大萧条中被普遍放弃。

使不知道为什么正确。我检查了一下枪支，紧跟过去。和所有的好老师一样，它在我打不中时从不会嘲笑我，而我打不中的情况是经常出现的。它只是看我一眼，然后继续沿着溪流往上走，去寻找另一只松鸡。

沿着这些溪岸行进时，你会跨越两种景致，一种是人在山边狩猎的地方，一种是狗在山脚搜寻的地方。踩着地毯一样柔软干燥的石松，把鸟从沼泽里惊起，这别具迷人之处。而考验一只狗是否适合猎松鸡，首先要看的就是，当你走在干爽的岸上时，它是否愿意去执行湿乎乎的任务。

在赤杨林带变宽的地方出现了特殊的麻烦，狗从视线里消失了。这时就要赶紧爬上土丘或位置高的地方，伫立四望，侧耳倾听，凝神追踪狗的位置。突然飞散的白喉林莺或许会告诉你它的行踪。你可能会再次听到它折断一根嫩枝，或者噼里啪啦地走过有水的地方，或者扑通一声跳进了小溪。但是，当周遭陷入沉寂，你就要准备立刻行动了，因为它可能就在猎物所在的地点。现在，要注意听那只慌乱的松鸡在惊飞前发出的咯咯声，接下来就是疾飞的松鸡，或许会有两只，而据我所知最多会有六只。它们咯咯叫着，一只接一只地飞起来，每只都高高地飞向它们在高处的目的地。会不会有一只松鸡飞进你的射程呢，这就要看机遇了。你如果有时间，也可以计算一下这个机遇。360度除以30，或者是枪所能涵盖的任何扇面与整个圆周的比例。结果再除以3或4（即除以打不中的可能），就是你的狩猎装束里可能收获的猎物数量了。

对于一只适合狩猎松鸡的狗来说，第二大考验就是，在这样的插曲结束后它是否会来向你报告并接受新的指示。在它气喘吁吁时，要坐下来和它交谈，然后再去找下一盏红灯笼，继续狩猎。

十月的微风为我的狗带来了松鸡之外的很多气味,每一种都会引出它自己的独特插曲。当它以富有幽默感的方式用耳朵指引方向时,我知道它发现了一只正在睡觉的兔子。一次,它极端严肃地指出猎物的地点,但那里没有鸟。它站着一动不动,在它鼻子下的一丛莎草中,酣睡着一只正在安享十月阳光的肥胖浣熊。每次狩猎时,它都至少会有一次对着臭鼬狂吠,而那只臭鼬往往是位于非常茂密的黑刺莓丛中。有一次,狗在溪流中间报告发现猎物。向上游而去的翅膀扇动声,伴随着三声富有乐感的啼叫,让我知道它搅扰了一只林鸳鸯的正餐。有些时候,它会在常有动物吃草的赤杨丛里发现一只姬鹬。最后,它可能会打扰正在靠近赤杨沼泽的岸边高处睡觉的鹿。那只大白天睡觉的鹿,是无法抗拒歌唱的流水所蕴含的诗意,还是特别喜欢一张在靠近时必然弄出声响的床?从它那条愤愤不平地摇摆着的白色大尾巴来看,任何一种情形都有可能,或者是兼而有之。

在一盏红灯笼和另一盏红灯笼之间,几乎任何事情都有可能发生。

在松鸡狩猎季节最后一天的日落时分,所有的黑刺莓都熄掉了灯光。我不明白,一株灌木怎么会如此准确无误地接收到威斯康星州的法令规定,但也不曾在第二天回去进一步探究原因。在接下来的 11 个月份里,这些灯笼只会在回忆中闪亮。我有时会想,其他月份的持续,只是十月和来年十月之间那适当的幕间插曲。而且我猜想,狗,或许还有松鸡,都与我有相同的看法。

十一月

如果我是风

在十一月的玉米田里奏响乐曲的风总是匆匆忙忙。玉米秆嗡嗡哼唱，松散的玉米外皮打着旋，颇有些欢快地飞向天空，而风还是急匆匆的。

风吹过多草的沼泽地，涌起长长的风浪，拍击着远处的柳树。一棵树挥舞着光秃秃的树枝，试图进行辩驳，但是没有什么能羁绊住风的脚步。

在沙洲上只有风吹过，河水则流向大海。每一丛草都在沙地上随风画着圆圈。我漫步走过沙洲，在漂来的一根原木那里坐下，听着四周鸣响的风声与碎浪轻拍河岸的声音。河流全无生气，所有的水鸭、鹭鸟、白尾鹞与沙鸥都已找到了自己的避风港。

我听到遥远的云端传来微弱的叫声，似乎是狗在吠叫。真是奇妙，这个世界会怎样竖起耳朵、好奇地倾听那个声音呢？声音很快变得响亮，原来是雁鸣，大雁还在视线之外，但已经越来越近了。

雁群出现在低空的云朵之间，如同边缘参差不齐的旗帜，随风上下飘拂，时而下降时而上升，时而聚合时而分散，但是一直在前进。风在和每一对扇动的翅膀愉快地角力。雁群渐渐消失在遥远的天际时,我听到最后一声雁鸣,那是美好季节的结束曲。

原木后面暖和起来,因为风已随大雁而去。我也愿随大雁而去——如果我是风。

斧头在手

上帝在赐予,同时也在剥夺,但赐予和剥夺不再仅仅属于上帝。当我们的某位属于既往久远年代的祖先发明了铲子时,他就成了赐予者,因为他可以用铲子种下一棵树。当他发明了斧头时,他就成了剥夺者,因为他可以用斧头把树砍倒。任何一个拥有土地的人,不论是否自知,都这样实现了创造和毁灭植物的神圣功能。

在那之后,所属年代不那么久远的其他祖先发明了其他工具,但经过仔细观察就会发现,后来的每一项发明都是这两种最基本的工具的扩展或附属。人们被分为不同行业,每一行业都使用、售卖、修理或保养某类工具,或者就如何做上述这些事情提供指导建议。通过这样的劳动分工,我们可以避免误用滥用任何自身行业之外的工具。不过,有一种学问知道所有的人实际上都是按照他们所想和所期望的来使用各种工具,这种学问就是哲学。它知道,人就是这样按其思考和期望的方式,来判定是否值得使用工具。

让十一月成为斧头之月的原因很多。天气足够暖和,在磨快斧头时不会觉得冷;天气也足够凉爽,在砍倒一棵树时不会流汗。硬木树的叶子纷纷掉落,所以能看见树枝交错的样子,也能看到树木在刚过去的夏天的生长情况。如果不能这样清晰地看到树顶，就无法确定是否需要为了土地而砍树，需要砍哪棵树。

对于何谓自然资源保护论者，我读到过很多定义，自己也写过不少相关的论述。但我认为最好的定义不是用笔，而是用斧头写出来的。定义涉及的内容是人在砍树或在决定砍什么树时，心里所想的是什么。自然资源保护论者应该是这样的人，当他每次挥舞斧子时，他都谦卑地知道，自己正在大地的面孔上留下签名。签名当然因人而异，不论是用笔还是用斧子，这差异都是自然存在的。

我在追溯往事时发现，要解析我手握斧子做出决定时的动因，会让我感到尴尬不安。首先，我发现，并非所有的树都生而自由生而平等。在一棵北美乔松和一棵桦树互相推挤时，我总是会出于先入为主的偏见，为了乔松的生长而砍掉桦树。原因是什么呢？

松树是我亲手拿铲子种下的，而桦树是自己钻出土壤从篱笆下爬进来的。因此，我的偏袒在某种程度上带着类似父亲的感情，但这远非事情的全部。如果这棵松树是像桦树一样自然生长出来的，我甚至会更珍视它。因此，在偏见背后或许存在更深层次的逻辑，我需要对此进行探寻。

桦树在我们城镇是很多见的，而且数量越来越多。松树是稀少的，而且越来越少。或许我的偏袒是为了支持处于劣势的一方，但是，如果我的农场位置在更北边，松树很多而桦树稀少，又会怎么样呢？我承认我不知道，毕竟我的农场不在别的地方。

松树可以活一个世纪，桦树只能活半个世纪，我难道担心我的签名会消失吗？我的邻居都有很多桦树，却没有种松树的，我是出于虚荣心想让自己的林地与众不同吗？松树整个冬天都是青葱的，而桦树的叶子在十月就会按时从枝头飘落。我是否喜欢像我一样傲视冬日寒风的树呢？松树为松鸡提供庇护所，而桦树为松鸡提供食物，我是否认为一张床要比伙食更重要？1000立方英尺松树最后会卖10美元，而桦树只值2美元，我是眼睛盯着钞票的人吗？所有这些可能存在的理由似乎都有些分量，但没有一种真能站得住脚。

因此，我试着再寻找其他原因，希望能找到新的解释。在这棵松树下最后会长出一株五月花、一株水晶兰、一株鹿蹄草或一株北极花，而桦树下至多只能长出一株龙胆。这棵松树迟早会有一只北美黑啄木鸟在上面凿出巢穴；而桦树上能有只鸟就已经不错了。到了四月，风会在这棵松树上对我歌唱，而那时桦树只能嘎嘎地摇晃着光秃秃的枝条。这些理由似乎更有分量，但是为什么呢？是否松树会比桦树更深地激发我的想象与希望？倘若如此，造成差异的究竟是树，还是我呢？

我唯一的结论就是，我爱所有的树，但我迷恋的是松树。

如我适才所说，十一月是斧头之月。而且，和所有爱情故事一样，表现偏爱也是有技巧的。如果桦树生长在松树南面，又比松树高，那它在春天就会遮挡住松树的顶枝，这样松树象鼻虫就不会在树顶产卵。象鼻虫的后代会毁掉松树的顶枝，从而使整棵树变形，相比之下，桦树的竞争给松树带来的只是轻微的烦恼。事情想来颇有趣味，象鼻虫喜欢蹲在阳光下，而这种嗜好不仅决定了其种群的繁衍，也决定了这棵松树将来的形状，决定了日后我是否能成为成功的挥斧者和挥铲者。

如果在我除去遮阴的桦树之后，紧接着来临的是个干旱的夏季，那么温度更高的土壤可能会抵消除去桦树而减少的水分竞争这一好处。我的松树并不会因为我偏心的就长得更好。

最后，如果桦树的树枝在刮风时擦动松树顶端的嫩芽，那么，松树肯定会变形，而我必须不加任何考虑地砍掉桦树，或者每到冬天就必须修剪一次桦树，除去较低的枝干以免妨碍松树在来年夏天的生长。

这些得失利弊是挥斧者必须加以预测、比较和决定的，他必须沉着地确信，他的偏袒一般说来不会只是良好的意愿。

挥斧者的农场里有多少种树，他就会有多少种偏见。岁月更迭，他根据自己对树的美感和用途的反应，根据他那有利于或不利于某种树的劳作给树木带来的反应，为每一种树归纳出一系列的特性。令我诧异的是，不同的人竟会为同一种树归纳出如此不同的个性特点。

在我看来，杨树的名声不错，它可以为十月增辉，并能在冬天为松鸡提供食物。然而，在我的一些邻居看来，杨树只是一种杂木，这或许是因为，在他们祖父试图清理出来的伐木空地上，杨树总会迅速地蓬勃生长（我不能嘲笑这些人的想法，因为我发现，我也不喜欢那些威胁到我的松树重新发芽的榆树）。

除了北美乔松，我最喜欢的是美加落叶松，或许是因为它在我的镇里几乎濒临绝迹（对劣势者的偏袒），或许是因为它给十月的松鸡涂上了金色（狩猎者的偏袒），或许是因为它使土壤呈酸性，从而生长出最可爱的兰花——绚丽夺目的拖鞋兰。另一方面，林务官已经把美加落叶松逐出教籍，因为它生长得太缓慢了，无法带来利润。针对不同意见，他们也提到，美加落叶松会周期性地感染叶蜂病，但是这对于我的落叶松而言是半个世纪后的事，所以我还是让我的孙子为此担心吧。我的落叶松现在生长得郁郁葱葱，我的心都要随之向着天空飞扬了。

在我眼中，年长的棉白杨是最伟大的树，因为它在年轻时曾为野牛遮阴，也曾佩戴过野鸽子织就的光环。我也喜欢年轻的棉白杨，因为它有一天会变成年长的树。不过，农场主的妻子鄙视所有的棉白杨（农场主也随之产生了同样的态度），因为在六月，雌株飘飞的杨絮会塞住纱窗。而现代社会的信条，就是不惜代价地追求舒适享乐。

我发现我的偏见比我的邻居们更多，因为我对许多种类的植物都怀有个人的偏爱，这些植物同属受人鄙薄的类别：灌木丛。我喜欢卫矛，一部分原因是鹿、兔子和田鼠都特别喜欢吃它那直角状的嫩枝和绿色的树皮，另一部分原因则是，它那樱桃色的浆果在十一月白雪的映衬下发着暖暖的光。我喜欢欧洲红瑞木，因为它为十月的旅鸫提供食物。我喜欢花椒，因为丘鹬每天在它刺丛下的隐蔽地方晒太阳。我喜欢榛树，因为它在十月呈现的紫色让我赏心悦目，也因为它在十一月用柔荑花喂养着我的鹿和松鸡。我喜欢南蛇藤，因为我父亲喜欢，也因为鹿在每年7月1日都会突然开始吃它的新叶，而我已学会把这件事作为预言告诉我的客人。我无法不喜欢这些植物，正是由于它们，仅仅是一个普通教授的我才能在每年都成为成功的预言家和先知。

显然，我们对植物的偏好一部分源于传统。如果你的祖父喜欢山核桃的坚果，那你也会听你父亲的话，喜欢山核桃树。另一方面，假如你的祖父曾经点燃一根带着毒漆藤的木头并随意地站在烟中，那么，每年秋天不论毒漆藤以何等艳红的光彩温暖你的眼睛，你都不会喜欢这种可能会引起皮炎的植物。

同样明显的是，我们对植物的偏好不仅能反映出我们的职业，也能反映出我们的业余爱好。二者哪个应该在先，就好像勤奋和懒散哪个应该优先一样微妙。宁愿猎松鸡而不是挤牛奶的人不会不喜欢山楂树，哪怕它侵入牧场里。猎浣熊的人不会不喜欢椴树。我也知道有些猎鹌鹑的人年年得花粉热，却不会对豚草有丝毫抱怨。我们的偏好确实是敏感的标尺，可以揭示我们的情感、品位、忠诚、慷慨，以及消磨周末时光的方式。

无论如何，在十一月，我都满足于手执斧子闲散地度过周末。

坚实的堡垒

每片农场的林地，在提供木材、燃料、桩柱之外，还应该为其所有者提供通才教育。这种智慧的产物从不歉收，但不会总有人前来收割。我要在此记下在自己林场里学到的一些东西。

我在十年前买下了这片树林，之后不久我就意识到，我买到的树木疾病几乎和买到的树一样多。树木所继承的疾病让我的林地千疮百孔，也让我开始希望诺亚在装载方舟时没有带上树疾。不过我很快就又明白了，正是这些疾病使我的林地成了全郡独一无二的坚实堡垒。

我的树林是一个浣熊家庭的总部，我的邻居们几乎没谁有这样的运气。十一月的一个星期天，一场新雪之后，我明白了个中原因。一个猎浣熊的人和他的猎犬新留下的脚印把我引向一棵根被半拔起来的枫树前，我的一只浣熊就是在这棵树下避难的。这里冻结的泥土和纠结的树根硬得挖不动，韧得砍不断，某种真菌病害蛀蚀破坏了树根，因此根下面的洞多得无法用烟把浣熊熏出来，猎人最后只好空着手离开。这棵树在被一场风暴吹歪之后，就为浣熊王国提供了一个坚不可摧的要塞，假如没有这个"防弹"庇护所，我的浣熊储备势必会被猎人清洗一空。

我的树林里还住着一打流苏松鸡。积雪很深时松鸡会迁往我邻居的树林，那里可以提供更好的掩护。不过，夏日的暴风雨能击倒多少棵橡树，我就能留住多少只松鸡。这些夏天倒下的树仍保留着已经枯干的树叶，下雪时，每棵这样倒在地上的树都会藏匿一只松鸡。排泄物显示出，暴风雪期间，每只松鸡都在此栖息、进食、游荡。橡树为它们提供了狭窄的覆盖着树叶的隐蔽所，因此，它们不必担心风、猫头鹰、狐狸和猎人。风干的树叶不仅为松鸡提供了遮蔽，也因某种奇妙的理由成了松鸡特别喜欢的食物。

这些倒下的橡树当然是病树，但是橡树如果不生病，折断的可能微乎其微，也就很难有倒地的树梢、枝叶为松鸡提供藏身之所了。

病橡树也为松鸡提供了另一种显然十分可口的食物：橡树虫瘿。虫瘿是新发的枝条在鲜嫩多汁时遭到瘿蜂叮蛰后的病态生长，在十月份，我的松鸡肚子里总是装满了橡树虫瘿。

每年，野蜂都会在我那些中空的橡树中选择一株筑巢，而入侵我的领地的采蜜者总会抢在我前面采走蜂蜜。部分原因是他们在一排排树上寻找蜂巢时比我更有技巧，部分原因是他们使用了网罩，因而能在秋天蜜蜂蛰伏之前采集蜂蜜。如果树心没有腐烂，就不会有为野蜂提供蜂巢的中空橡树。

兔子周期性的繁殖高峰出现时，我的树林里兔满为患。它们几乎会吃掉每一种我努力培育的树或灌木的树皮和嫩枝，却几乎跳过了所有我想使之减少的树和灌木（猎兔者自己种植了一小片松林或果园后，兔子就不再是一种猎物，而成为一种害兽了）。

兔子是什么都吃的杂食动物，但在某些方面也是讲究饮食的美食家。它总是喜欢手植的松树、枫树、苹果树或卫矛，而不是野生的树。它还坚持，某些沙拉总要经过预先处理，才能屈尊去吃。因此，欧洲红瑞木在受到牡蛎介壳虫攻击之前不会得到兔子的垂青，只有在染上介壳虫后，这种树的树皮才会成为美味，被附近一带的所有兔子争抢着吃光。

有一打山雀全年住在我的树林里。在冬季，当我们砍掉病树或死树准备柴薪时，斧子的声音就是山雀群开饭的锣声。它们在附近逗留，一面等着树倒下来，一面无礼地评论说我们动作迟缓。当树终于倒地，劈开的地方露出里面的东西时，山雀就围上白色的餐巾开始享用美餐。对它们来说，每一片死树皮都是一座宝库，里面贮藏着虫卵、幼虫和虫茧；在它们眼里，每一处被蚂蚁挖出隧道的树心，都装满了牛奶和蜜糖。我们经常把刚劈开的一片木材靠立到附近某棵树上，只是为了看着这些贪吃的小鸟把蚂蚁卵一扫而光。想到那刚砍倒的芳香四溢的橡树宝藏也给这些小鸟带来了帮助与舒适时，我们的劳作也变得轻松愉快起来。

没有病害和虫害，这些树中就不会有鸟的食物，也就不会有山雀在冬天为我的树林带来欢快气氛。

其他许多种野生动物也依赖树木的疾病。我的黑啄木鸟凿开还活着的松树，从患病的树心啄出肥胖的蛴螬。我的横斑林鸮躲进老椴树的中空树心，避开了乌鸦和其他鸦鸟的骚扰，假如没有这棵病树，它们在日落时的小夜曲大概只有归于沉寂。我的林鸳鸯在中空的树里筑巢，每年六月都会给我的林地泥沼带来一群毛茸茸的小鸳鸯。所有的松鼠要保住永久的洞穴，都要依靠烂树洞与疤痕组织之间的某种微妙均衡。树木试图用疤痕组织使伤口愈合，当树疤过度侵占松鼠的前门时，松鼠就会咬去这些组织，通过这种方式，它们成了树洞与疤痕组织的裁判。

在我这片疾病缠身的林地中，真正的珍宝是蓝翅黄森莺。它栖息于悬在水上的死树残干，在啄木鸟凿出的洞或其他小洞之中筑巢。它金色和蓝色的羽毛在六月树林那潮湿的腐叶间闪动光泽，充分证明了死去的树会转化成为鲜活的动物，反之亦然。如果你对这种安排的智慧有所怀疑，去看看蓝翅黄森莺就可以了。

十二月

家园的范围

生活在我的农场上的生灵们不愿直截了当地告诉我,我所在的城镇有哪些区域隶属它们白天或夜晚巡行的范围。我对此很好奇,因为这可以让我知道它们的世界和我的世界之间的面积比例,也可以很自然地引向更加重要的问题:是谁更透彻地了解所生活的世界?

和人一样,我的动物们经常通过其行为显露它们拒绝通过言语吐露的事情。我们难以预测它们何时会这样做,又会如何这样做。

狗没有执斧之手,因此可以在我们伐木时自由地狩猎。突然而来的犬吠声让我们注意到,一只兔子从草丛间的卧榻惊起,急急忙忙地奔向别的地方。它笔直地奔往四分之一英里外的木柴堆,低头钻进两捆木柴之间,那里是超过追捕者射程的安全处所。狗在硬橡木上象征性地留下了几个牙印,之后就不再追它,而是去寻找不那么狡猾的棉尾兔。我们则重新开始劈木柴。

这个小插曲告诉我,对于草地上的床榻与木柴堆下的防空洞之间的地面,这只兔子是非常熟悉的。否则又怎么会有那么笔直的逃生路线呢？这只兔子的家园范围至少有四分之一英里。

光顾我们喂食点的山雀每年冬天都会被我们抓住套上脚环。一些邻居也会喂山雀，不过没有人会给它们套脚环。通过观察戴脚环的山雀距离我们喂食器的最远位置就可以了解到，这群山雀在冬天的家园范围是半英里，不过只包括风吹不到的区域。

鸟群在夏天分散筑巢时，戴脚环的鸟常常会出现在更远的地方，与不戴脚环的鸟成双成对。这个季节里，山雀毫不在乎风，经常会出现在多风的开阔地。

三只鹿的新鲜足迹清晰地印在昨日下过的雪上，穿过了我们的树林。我向回程追踪这些足迹，在沙洲上一个很大的柳树丛中，发现了三个可以躲避风雪的睡卧之处。

我沿着这些足迹向前追踪，足迹通向我邻居的玉米地。鹿在那里从雪中刨出残留的玉米粒，还弄乱了一个禾束堆。之后足迹又折了回来，由另一条路线通向沙洲。一路上，鹿用蹄子刨过几处草皮，用鼻子寻找其中嫩绿的芽，然后又到一处泉水边上喝过水。这就是它在夜间活动的完整路线图，从它的卧眠之处到早餐地点，全部距离是一英里。

我们的树林还总是住着松鸡。不过，去年冬季的某一天，在深而松软的雪覆盖地面后，我找不到一只松鸡，也没有发现任何松鸡的足迹。我几乎断定它们已经搬家，就在这时，我的狗跑到去年夏天被刮倒的一棵橡树那布满树叶的树梢里。三只松鸡一只接一只地惊飞起来。

在树梢下或附近都没有任何足迹。显然那三只松鸡曾飞进树梢，但它们是从哪儿飞来的呢？松鸡必须进食，尤其是在气温降至零下时。于是我检查它们的粪便以寻找线索。在诸多无法辨识的残骸里，我发现了冻结的龙葵浆果那粗糙的黄色果皮和鳞苞。

我在夏天曾注意到，一片幼小的枫树丛里生长着很多龙葵。我走到那个地方，经过一番搜寻，在一根原木上发现了松鸡的足迹。这些鸟并没有在松软的雪上蹒跚而过，它们走在原木上，啄食四周散布的突出的浆果，活动范围是倒下的橡树以东的四分之一英里。

那天，日落时分，我看见一只松鸡在西面四分之一英里处的杨树丛里露出头来，没有足迹，这是故事的结局。在积雪松软的日子里，这些鸟是用翅膀飞过它们的家园的，而不是用脚丈量。冬日，它们的家园范围为半英里。

科学对于家园范围所知甚少。不同季节里家园的范围有多大？必须包括哪些食物和住所？何时需要防御侵入者？如何防御？家园的所有者是个体、家庭还是群体？这些问题是动物经济学或生态学的基础。每座农场都是动物生态学的教科书，林地生活则是这本教科书的生动阐释。

雪地上的松树

创造通常仅限于神与诗人，但是如果知道方法，即或是身价卑微的普通百姓也可以绕开这一规章的限制。例如，要种植一棵松树，既不需要成为神灵也不需要成为诗人，需要的仅仅是一把铲子。有了这样奇妙的规章漏洞，任何一个庄稼汉都可以说：要有一棵树。于是就有了一棵树。

如果他身体强壮，铲子锋利，那么最终可能会有一万棵树。到了第七年，他可以挂着铲子望着他的树，并发现它们长势喜人。

上帝在第七天就肯定了自己的手工创造，不过我注意到，从那以后他几乎未对自己创作的价值进行过表态。① 我猜想，或许是因为他肯定得过早，或许是因为树木比无花果的叶子和苍穹更引人注目。

为什么铲子被视为单调辛苦的工作的象征呢？或许是因为大多数铲子都不锋利。当然，所有的苦工都会使用钝的铲子，不过我不确定这两者何为因何为果。我只知道，一把好锉经过精神抖擞地挥动之后，可以让我的铲子唱着歌切入肥沃的土壤。有人告诉我，在锋利的刨刀、锋利的凿子和锋利的解剖刀中，都存在着曼妙的音乐。但我听得最清晰的还是铲子里的音乐，当我种下一棵松树时，铲子会在我的手腕下哼唱。我怀疑，那如此费力地想在时间的竖琴上奏出一个清晰音符的人，是不是选择了一件太难以控制的乐器。

种植的季节只在春天来临，这很不错，因为温和适度对所有事物都是最有利的，对铲子也不例外。在其他月份，你可以观察松树成长的过程。

松树的新年始自五月，此时松树的顶芽变成了"蜡烛"。最先用蜡烛形容这新生部分的人不论是谁，都肯定有敏感细腻的心灵。"蜡烛"，听起来似乎是对浅显事实的庸常解释：新发的芽具有蜡样的光泽，笔直、易碎。但是和松树一起生活的人知道，这里的"蜡烛"有更深的含义，因为松树的顶端燃烧着永不熄灭的火焰，照亮了通向未来的道路。在一个又一个的五月里，我的松树高举着"蜡烛"向天空伸展，每棵树都直指天顶。只要在最终的号角吹响之前还有时间，天顶就是它们想抵达的目标。只有很老的松树，才会最终忘记它的众多"蜡烛"中哪一根最为重要，

---

① 《圣经·创世记》中说，上帝在第一天到第五天创造出了天地万物，第六天造人。他对自己的创造很满意，于是在第七天停下休息。

才会在天空下削平它的树冠。你或许会忘却一些事情，但你永远不会忘记你一生中亲手种植的松树。

如果你倾向于节俭，那你会发现松树是志趣相投的伙伴，因为它们不同于无隔宿之粮的硬木，从不会拿现在的收入去付账。它们只靠前一年的储蓄生活。实际上每棵松树都有自己的账户，在每年的6月30日记录储蓄余额。如果在这一天，松树的"蜡烛"又生长出十个或一打新芽，那就意味着它已经储备了够多的阳光雨露，足以在来年春天增高两三英尺。如果"蜡烛"只长出四到六个新芽，松树就不会长那么高，不过，它仍会露出具有偿付能力的独特神情。

当然，松树和人一样，都会遇到艰难岁月，这种情况表现为树木生长的进度不够，也就是说连续相继的树枝的树轮间距较短。这些间距是与树一起生活的人可以随意阅读的树木自传。为了确定生长艰辛的年份，你必须把生长较慢的那一年再减去一年。因此，所有的松树在1937年都生长缓慢，就表示1936年发生过大范围的干旱。所有的松树在1941年都加速生长，或许是它们看到了即将来临的事件的前兆，因此特别努力地向世界宣示：即使人类不知道要去向何方，松树也依然知道要往何处去。

如果一棵松树在某一年表现出缓慢的生长，但它的邻居却并非如此，那你完全可以推断出某种纯属其所在区域或个体的不幸，例如大火带来的创伤、田鼠的啃咬、风造成的树皮或树叶损伤，或是被人们称作土壤的那个黑暗实验室中出现的局域性瓶颈。

松树喜欢彼此聊天，或与邻居闲谈。只要留意它们的闲谈，就可以知道一个星期以来，当我留在城里时这里发生了什么。因此，在三月，当鹿经常光顾乔松时，它们啃食的高度就可以告诉我它们的饥饿程度。吃饱了玉米的鹿懒得去吃离地超过四英尺的枝条，而一只饥肠辘辘的鹿则会立起后腿去咬八英尺高的树枝。所以，我用不着看到鹿，就能知道它们食谱的状况；我用不着到邻居的田地里，就能知道他是否已经堆好玉米秆。

在五月，当新的"蜡烛"如同新生的芦笋尖一样柔嫩脆弱时，一只鸟落到上面都有可能把它折断。每年春天我都会发现一些被砍了头的松树，树下的草地上都躺着凋残的"蜡烛"。要推断发生了什么是很容易的，但我在十年的观察中从未亲眼看到过哪只鸟弄断"蜡烛"。这是一个典型的实例教训：人们无须怀疑没看到的事物。

每年六月，一些乔松上会突然出现枯萎的蜡烛，它们很快就会变成棕色并且死去。松树象鼻虫钻进顶芽丛里产卵，幼虫孵出后沿着木髓蛀蚀，导致嫩枝死亡。松树失去了顶枝，生长注定受挫，因为剩下的树枝都想成为朝天空迈进的领导者，它们各自生长争执不下，结果只能长成灌木的形状。

奇怪的情况是，只有得到充足阳光的松树才会招致象鼻虫的啃噬，而那些得不到阳光的松树反而没有象鼻虫。祸福相依的道理就在于此。

十月，我的松树通过它们被蹭掉的树皮告诉我，雄鹿何时开始兴高采烈、自命不凡。一棵独自站立、高约八英尺的北美短叶松，似乎特别容易激发雄鹿的斗志，让它感到这个世界需要刺激。于是，这样一棵树只好打不还手地忍受磨难，被蹭得遍体鳞伤。这种争斗中唯一的公平是，松树越是受到不公的折磨，粘在雄鹿不甚闪亮的叉角上的松脂就越多。

松林的闲聊有时很难诠释。有一次，在仲冬，我在松鸡栖息的一棵松树下发现，松鸡的排泄物中有某些未完全消化的东西，它们大概有半英寸长，像是缩小了的玉米棒，我无法辨认究竟是什么。我检查了每一种我能想到的当地松鸡的食物，但是找不出有关"玉米棒"来源的任何线索。最后,我切开了一棵短叶松的顶芽,在它的核心找到了答案。松鸡吃下了顶芽,消化了树脂,在嗉囊里磨掉了鳞苞,留下的那个长圆形"玉米棒"实际上是松树未来的"蜡烛"。可以说,松鸡是在投机短叶松的"期货"。

威斯康星州有三种本地松树:北美乔松、美加红松、北美短叶松。它们在适婚年龄上意见非常不一致。早熟的短叶松有时在离开苗圃一两年后,就会开花并结出松果。那些13岁的北美短叶松有的已经在夸耀自己的孙子了,但13岁的红松这一年才第一次开花,而或称白松的北美乔松连花都还未开,它们谨守盎格鲁-撒克逊的教条:自由、白种、21岁。

如果这些松树的社会观没有这样大的差距,红松鼠的菜单就会受到很大限制。每年仲夏,它们开始剥开短叶松的松果取食松子,没有哪个劳动节的野餐能比它们撒下更多的果壳和果皮,在每棵树下都有一堆堆年度聚餐之后的残羹剩饭。不过总会有松果剩下来,这一点可由松树在那种名叫一枝黄花的菊科植物之间冒出来的后代证明。

知道松树会开花的人并不多,而且往往缺乏想象力,不会从鲜花盛放中看出比常规的生物功能更多的东西。所有不抱幻想的人都应该在松林中度过五月的第二个星期,而戴眼镜的人更应该多带条备用的手绢。即使戴菊鸟的歌声无法打动这些人,如此丰富的松花粉也会让每个人都相信,这个季节是多么漫不经心地迸发着旺盛的生命力。

年幼的乔松不在父母身边时往往长得更好。我知道,有的林地中,所有年轻一代的松树都会比长辈矮小瘦弱,即使它们所在的地方能得到阳光。也有没有这样的约限的林地。但愿我能知晓,这种差异是由于年轻一代还是年老一代的宽容,抑或是土壤的缘故。

松树与人一样，对其伙伴非常挑剔，不会压抑自己的爱憎。因此，在乔松与悬钩子、红松与花大戟、短叶松与香蕨木之间，常有亲近友好的共生关系。当我在生长着悬钩子的地上种下一棵乔松时，我可以有把握地预测，一年之内乔松就会长出一束强壮的芽，新生出的针叶则会以花期茂盛的青蓝色展现出健康的丰姿，以及与同伴的情投意合。而和它在同一天种下的松树如果与草为伴，那么，即或是植根同一种土壤，得到与之同样的照料，生长速度也要比它慢得多，花也要少得多。

这些呈青蓝色的羽状松针，笔直坚定地伫立在悬钩子铺成的红地毯上，我喜欢于十月漫步其间。我不知道它们是否能意识到自己健康的状态，知道的只是，我能看出它们很健康。

松树赢得了"常青"的名声，因为它们采取的策略，正是政府借以获得恒久面貌而采取的策略，即任期的交叠。松树每年都要长出新的针叶，而老的针叶要过更久的时间才会脱落，这样，不经意地看到松树的人就会认为，松针永远是绿色的。

每种松树都有自己的宪法，以此规定针叶适合其生存方式的在任期限。乔松的针叶任期是一年半，红松和短叶松的针叶任期是两年半。新的针叶在六月就职，将离任的针叶则在十月准备离别宣言。所有的离任针叶写下的都是同样的东西，在十月时使用的是同样的黄褐色墨水，到了十一月就转而使用棕色墨水了。而后，针叶飘落，被纳入树林的落叶层，从而充实树林的才智。正是这逐年累积的才智，让所有从松树下走过的人都肃然静默。

在仲冬，我从松树那里搜集到的东西，有时会比林地政治、比有关风和天气的新闻更加重要。这尤其会发生在某些幽暗的傍晚，这时雪覆盖了所有无关紧要的细节，大自然的悲伤重重地压在所有生灵心上，万籁俱寂。不过，我的每一棵松树都顶着积雪的重负，笔挺地成排耸立着。而透过薄暮，我能感觉到远方成百上千棵松树的存在。在这样的时刻，总会有一股勇气奇妙地涌上心头。

编号 65290

给一只鸟戴上了脚环，就是持有一张等待抽大奖的彩票。我们大多数人都持有以自己的存活为赌注的彩票，不过都是从保险公司买来的。保险公司的人太会算计了，不可能把真正的中奖机会卖给我们。如果要下赌注的对象是一只上了脚环的麻雀是否会落下来，或者一只上了脚环的山雀是否会在某一天重新落进你设下的圈套，证明它还活着，那就是具有客观性的机遇了。

新手在给新来的鸟上脚环时总会非常激动。他在进行一种自我挑战的比赛，要为了脚环总量而打破先前的记录。而对那些老手来说，给新来的鸟上脚环只是一种愉快的常规活动，真正激动人心的是捉到你在很久以前套上脚环的鸟，你甚或比这只鸟本身还要了解它的年龄、历险以及胃口状态。

因此，山雀65290是否能活过又一个冬天，五年来在我们家里一直是至为重要的结局难料的问题。

从十年前开始，我们就在每年冬天设陷阱以捉住农场里的山雀，给它们套上脚环。在初冬，我们捉住的鸟绝大多数是没被上脚环的，它们中的大部分是当年出生的。装上脚环之后，我们就可以为这些鸟的活动标注日期了。随着冬天慢慢过去，没有脚环的鸟不再出现在捕鸟器中，我们就可以知道，当地的大多数鸟都已经上了脚环。我们可以从脚环的编号数字得知附近有多少只鸟，其中又有多少只是在前一年戴上脚环后活下来的。

65290是"1937级"的七只山雀之一。当它第一次落进我们的陷阱时,并没有明显表现出它有多么聪明。和它的山雀同伴一样,它为了一块板油而产生的勇气要超过谨慎之心,我把它从捕鸟器中取出来上脚环时,它还叼啄着我的手指。戴好脚环被放走后,它拍翅飞到一根大树枝上,略有愠意地啄着铝制的新脚镯,抖着乱蓬蓬的羽毛低声咒骂,然后就匆忙飞走去追赶它的伙伴了。值得怀疑的是它从自己的经验中能否得出任何有哲理的推论,例如"闪光的东西不一定都是蚂蚁卵"。因为在那个冬天,它又被我们逮住了三次。

到了第二年冬天,我们重新捕获的鸟证明,上一年的7只山雀缩减成了3只,第三年就只剩了2只。到了第五个冬季,65290是它那一代鸟中唯一的幸存者。此时依然没有证据能显示出它有多么聪明,但是历史已经可以证明它超乎寻常的生存能力。

在第六个冬天,65290没有出现,随后的四年里,它都没有再次出现,这足以说明它已经成了作战失踪人员。

十年里,在被我们戴上脚环的97只鸟中,只有65290活过了五个冬天。有3只鸟活了四年,7只鸟活了三年,19只鸟活了两年,其余的67只鸟在第一年冬天后就再未出现过。因此,如果我是在向鸟推销保险,我可以计算出最低的保险金。问题是,我该用什么货币来支付那些丧偶的鸟呢?我想应该是蚂蚁卵吧。

我对鸟类了解得太少,因此只能通过推测来考虑65290为什么能比它的同伴活得长。它在躲避敌人时更机智吗?它的敌人又是谁呢?山雀太小了,所以几乎没有什么敌人。那被称作"进化"的异想天开、反复无常的家伙,曾让恐龙的身躯越来越庞大,直至被自己的脚趾头绊倒才停止。现在它反过来把山雀缩小,直至鹰和猫头鹰都嫌它太小,不会把它当成肉食去追捕,但是又没有让它小到被捕蝇草当成一只昆虫抓住。至此，进化才满意自己的工作并开怀大笑。而此后，这渺小却又充满伟大热情的小东西引起了每个人的嘲笑。

食雀鹰、角鸮、伯劳，尤其是体型微小的棕榈鬼鸮，或许会认为杀死一只山雀还是值得的，不过我只发现过一次实际谋杀的证据：一只角鸮的吐弃物里含有我做的一个脚环。可能这些体型小的鸟类强盗对小鸟怀有一种同类之情吧。

似乎最大的可能是，只有天气这个杀手才如此缺乏幽默感与气度，竟然会把山雀杀死。我猜想，在山雀的主日学校里，要训诫的有两宗致命之罪：汝不可在冬季贸入多风之地；汝不可在暴风雪前弄湿身体。

我了解到这第二条戒律，是在一个细雨蒙蒙的冬日黄昏，当时我正注目观察一群飞入林中栖息的雀鸟。细雨从南方来，但我知道它将在清晨到来之前转为西北方向，并变得刺骨般寒冷。这群鸟在一棵死去的橡树上睡下，橡树的树皮都已剥落，卷成环状、杯状，以及大小不一形态方向各异的各种窟窿。如果鸟选择了不会被南来细雨淋到却面向北方的栖木，到早晨时肯定会被冻僵。只有选择了四处都不被雨淋的栖木，才能在早晨安然醒来。我想，这就是在鸟类王国赖以生存的才智，对 65290 和它的同类来说具有非凡的意义。

山雀害怕多风的地方，这可以从其举止轻易地推断出来。在冬天，山雀只有在风和日丽的平静天气里才会冒险飞出树林，风越微弱，它们飞行的距离就越远。我知道几处多风的林地，那里整个冬天看不到一只雀鸟，在其他各个季节却被山雀任意占用。这些林地之所以会遭到大风的席卷，是因为乳牛吃光了林地下层的植被。银行家需要更多的农场主抵押贷款，农场主需要更多的牛，牛需要更多的牧草。而对依靠暖气取暖的银行家来说，风只不过是个小麻烦，或许只有吹过熨斗大厦角落的劲风才是例外。而对山雀来说，冬天的风为可生存的世界划下了界限。如果山雀也有办公室，那么，办公桌上的座右铭将会是"保持平静"。

山雀在捕鸟器前的行为可以显示出原因。把捕鸟器调整一下方向，让鸟在进入捕鸟器时尾部必须吹到风，哪怕只是微风，你会发现，哪怕是所有的御马出阵，都无法把它拖到诱饵那里。把捕鸟器再掉转方向，你就会有不小的收获。从后面吹进羽毛下面的风又冷又湿，而羽毛是它的便携屋顶和空调。鸭、灯草鹀、树雀鹀和啄木鸟同样害怕从后面吹来的风，但是它们的供暖设备更大，抗风能力也就大抵更强。关于大自然的书籍几乎从不会提到风，它们都是在火炉后面写出来的。

我猜想，在鸟雀王国还有第三条戒律：汝当探察每一高音噪声。我们开始在树林里伐木时，小鸟会立刻出现并在一边等候，直到倒下的树或劈开的原木露出让它们欢欣雀跃的新鲜昆虫卵或虫蛹。一声枪响同样会招来鸟雀，不过，这种情况下它们就不会得到那么满意的分红了。

在斧子、锤子与猎枪出现之前，是什么充当了它们的开饭铃声呢？或许是倒下的大树发出的碰撞声。1940 年 12 月，一场冰暴在我们林场里击倒了数量可观的枯死树干和大树枝。之后一个月里，我们的小鸟对捕鸟器不屑一顾，冰暴带来的红利已经把它们喂饱了。

山雀 65290 在很长时间以前就已去往天国了，它是为了领取它的奖赏而离开的。我希望在它的新树林里，整天都会有塞满蚂蚁卵的大橡树倒下来，却从不会有一阵风打扰它宁静的生活或影响它的好胃口。当然我也希望，它仍然戴着我的脚环。

第二部分 / 随笔——地景特质

威斯康星州

沼泽地的挽歌

黎明时分,阵风轻轻吹过这片大沼泽。层层雾气随风飘过宽阔的泥沼,速度之缓令人几乎无法察觉。薄雾如同白色冰河的幽灵幻影,越过排成密集方阵的落叶松林,滑过洒满露水的沼泽草地。独特的沉寂笼罩在这个世界之上。

从天边遥远的地方隐约响起清脆的铃铛声,轻柔地降临在侧耳聆听的大地上。之后又是寂静。紧接着响起某只猎狗动听的吠叫声,随之很快传来的是一群猎犬喧嚣的回应。而后,清晰响亮的狩猎号角声在远处的空中回荡,消失在层层雾气之中。

高亢的号角声,低沉的号角声,都复归沉寂。终于传来的是混杂在一起的喇叭声、格格的响声、呱呱的嗓音,以及种种叫声。迫近的声音几乎震撼着沼泽,却听不出究竟来自何方。最后,一道阳光照亮了排成梯队飞近的一大群鸟。它们出现在逐渐消散的雾气中,翅膀一动不动地掠过浩浩苍穹,喧嚷着盘旋降落在它们的觅食之地。新的一天在群鹤的沼泽地上开始了。

时间感在这样一个地方非常强烈。冰河期之后的每个春天都是被铿锵的鹤鸣唤醒的。形成沼泽的泥炭层位于一个古老湖泊的底部。鹤就站在它们自身历史被浸湿的那几页上。当年淤塞了池水的苔藓、遍布苔沼四周的落叶松，还有自从冰原退去后就在落叶松上吹响号角的鹤，经过压缩后残留的成分共同构成了这些泥炭。一代又一代的旅行队以自己的骨骼建起了这座通向未来之桥，在这片栖息地上，新到来的行者将在此生生不息。

目的何存，结局何在？沼泽地上，一只鹤一边吞下一只不走运的青蛙，一边笨拙不雅地跃入空中，有力的翅膀向着清晨的太阳连续拍击。落叶松间回荡着充满信心的鹤鸣，它似乎知道答案。

和艺术领域一样，我们认识自然特质的能力始自于美的事物，从审美的阶段依次演进，一直延伸到还无法用语言来捕捉的价值。我想，从这种更高的领域整体来看，鹤的特质也还无法用言词来表述。

不过，可以说的是，我们对鹤的欣赏程度，与地球历史的缓慢揭开而一起增长。现在我们知道，鹤的部族来自遥远的始新世，而与它源自同一动物群的其他成员早已葬于群山之中。当我们听到鹤鸣时，我们听到的并不是单纯的鸟叫声。它象征着我们无法驾驭的过去，象征着千万年的岁月之流，正是这漫漫岁月形成并制约了鸟类与人类的日常生活。

因此，这些鹤的存在并非限于此时此刻，而是隶属于更辽远的时间变迁。它们每年的回归，都是地质时钟的滴答运行。它们为回归的地点增添了独特的荣耀。在无尽的平庸事物中，栖鹤的沼泽可谓古生物学意义上的贵族，在无限漫长的岁月流转中赢得的这一身份，只有猎枪才能够废止。一些沼泽显现出悲伤，或许正是由于失去了曾经栖息的鹤，现在它们只好含屈忍辱地在历史长河中漂流。

对于鹤的这种特质的某些意义，各个时代的打猎者或鸟类学者似乎都已有所感悟。为了得到这样的猎物，神圣罗马帝国的腓特烈大帝放出了他的矛隼；为了得到这样的猎物，忽必烈可汗的鹰曾从高处猛扑而下。马可·波罗这样告诉我们："他从带着矛隼和鹰的狩猎中得到了最大的乐趣。在察罕诺尔，大汗有一座雄伟的宫殿，周围环绕着栖息了很多只鹤的美丽平原。为了让这些鸟不挨饿，他专门派人种植了黍和其他谷物。"

鸟类学家本特·伯格年少时在瑞典的欧石南荒原看到了鹤，此后一生都以研究鹤为事业。他追随着它们到了非洲，发现了它们在白尼罗河上的冬季栖息地。他这样描述第一次见到鹤的情形："那种壮丽奇观，可以让《天方夜谭》中的传奇巨鸟黯然失色。"

冰川从北方移动而下，吱吱嘎嘎地轧过山丘、穿山凿谷时，一些冒进的冰墙爬上了巴拉布山，之后落回威斯康星河的河口峡谷。涨起的水又退下去，形成约有这个州一半长的湖泊。它的东面紧邻冰崖，山上的融雪汇成急流注入湖水。这一古老湖泊的湖岸线现在仍然可见，湖底就是现在的沼泽底部。

湖泊在许多个世纪里渐渐上升，最后在巴拉布山以东的地方溢出。它在那里切割出了一条新的河道，由此完全泄流而出。留下的潟湖引来了鹤，它们鸣叫着宣告冬天已经败北撤退，并召唤所有行动迟滞的生灵加入建设沼泽的集体工程。漂浮的水藓泥炭堵住了水位降低的湖泊，直至把湖填满。苔草、矮桂树、落叶松和云杉相继进占沼泽，扎下根系吸收水分，并制造泥炭。潟湖消失了，但鹤并没有消失。它们每年春天都回到取代了古老水路的沼泽草地，一边跳舞鸣唱一边哺育瘦长的栗色雏鸟。称这些幼雏为小鸟还不如称之为幼驹恰当，我不想解释为什么。如果你在六月一个露重的清晨,看着它们跟在栗色母马一样的大鸟脚边,在祖传的草场上欢腾雀跃,你自然就会明了。

一些长满苔藓的小溪在大沼泽上蜿蜒流淌。并非在很久以前,有一年,一个用陷阱的法国猎人穿着鹿皮衣,把独木舟推上了这样一条溪流。对于这一侵入它们泥沼要塞的尝试,鹤群毫不在乎地高声嘲笑。一两个世纪之后,英国人坐着有篷马车来到这里。他们在沼泽边的冰碛层上砍伐林木,开出空地,种下玉米和荞麦。与察罕诺尔的大汗不同,他们并不想喂养这些鹤,但是鹤却并不想知道冰川、帝王或拓荒者的意图。它们吃掉了谷物,当一些恼怒的农人拒绝承认鹤对玉米的使用权时,它们就鸣叫着发出警告,飞过沼泽前往另一个农场。

当时那里还没有苜蓿,因此山地农场是很差的牧草场,尤其是在干旱的年份。在一个干旱之年,有人在落叶松间放了把火。烧出的空地很快长成一片拂子茅草地,清除了死树后就成了可靠的草场。此后,每年八月,人们都会来割干草。冬天,鹤飞往南方以后,人们会驾着篷车穿过封冻的沼泽,把干草运到山里的农场。每年他们都用火和斧头改变沼泽,只过了短短两个十年,整个地区就布满了一块块牧草地。

每年八月,晒制干草的人都会唱着歌,喝着酒,挥鞭吆喝着把篷车赶到这里,然后搭起帐篷。此时,鹤会哀鸣着催促它们的雏鸟撤退到更远的安全地带。晒干草的人把这些鹤称为"红鹭",因为它们的灰色羽毛在这个季节经常染上红褐色。人们堆好干草,沼泽复归原主时,鹤会飞回来,呼叫着把来自加拿大的迁徙鸟群从十月的天空中招引下来。它们一起在新收割的残茎上空盘旋,对玉米田进行突袭,直到寒霜向它们发出冬季大迁移的信号。

这些牧草地的岁月是沼泽住民的桃源牧歌时代。人和动物、植物、土壤共同生活，互相容让互惠互利。沼泽本可以继续这样培育出牧草和草原榛鸡，鹿和麝鼠，鹤的音乐，以及越橘。

新的领主们并不懂这些。他们的平等观念并不包括土壤、植物或鸟。在他们眼里，这样一种平衡经济的分红远远不够。他们不仅着眼于周边的农场，还想把领地延伸到沼泽之中。一场挖渠开地的狂热蔓延开来。沼泽上纵横交织着排水沟渠，新的农田和农庄星罗棋布。

但是庄稼长得不好，而且遭到了霜冻的打击，开挖成本昂贵的沟渠则带来了沉重的债务，农场主纷纷搬走。泥炭层变干、缩小，开始着火。来自更新世的太阳能把整个乡间笼罩在刺鼻的浓烟中。没有人开口对这种浪费表示抗议，只有人捂住鼻子对这种气味表示不满。经过了一个干燥的夏天之后，就连冬天的雪也无法让慢慢熏烧的沼泽之火熄灭。田野和草地烧得满目疮痍，火势延伸到数万年来一直被泥炭覆盖的古老湖泊，在湖边的沙地留下了燃烧的痕迹。灰烬中长出了丛生的杂草，一两年后山杨树丛也生长起来。鹤群艰难度日，随着残存的未燃草地面积的缩小，鹤的数量也在递减。对鹤来说，挖掘机迫近的声音就是临终挽歌。进步的倡导者对鹤一无所知，更不关心它们的命运。对工程师来说，一个种群的数量多少有什么关系呢？没排干水的沼泽哪能有什么好处？

在一二十年的时间里，作物的收成越来越差，火越烧越旺，林中空地的面积越来越大，鹤的数量越来越少。似乎只有重新给沼泽灌水才能让泥炭停止燃烧。一些种越橘的人堵住排水沟渠，让水重新流进几块地区，获得了不错的效果；远方的政客们在大声疾呼：要解决边远的土地、生产过剩、失业救助和资源保护等问题。经济学家和规划者前来考察沼泽，勘测员、技术人员和民间资源保护队①蜂拥而至。这次引起人们狂热的是把水重新注入沼泽。政府买下土地，重新安置农场主，大范围堵住排水沟渠。渐渐地，沼泽重新湿润起来，火烧后的疤痕变成池塘。草上的火仍在燃烧，但是再也烧不到潮湿的土壤。

一旦民间资源保护队撤走，所有这些对鹤来说都是有利的。但是在燃烧过的地面上无情蔓延的杨树丛对鹤却不那么友好，政府的自然资源保护必然带来新修道路的迷宫，这迷宫更是鹤的敌人。与思考乡野真正需要什么相比，修筑一条道路要简单多了。对于那些按字母编队的保护主义者②来说，没有道路的沼泽似乎没有价值，就如同未经排水的沼泽在帝国建筑者眼中没有价值一样。幽僻这种自然资源尚未被编入字母排列表，到目前为止，还只有鸟类学家和鹤懂得珍视幽僻。

因此，历史，不论是沼泽史还是市场史，都以矛盾为终结。这些沼泽的最终价值就是：它们属于荒野。而鹤是荒野的化身。但是所有的荒野保护都是自我欺骗，因为我们要想珍视就必须加以注目与爱抚，然而经过了足够多的注目与爱抚之后，也就没有荒野可供珍视了。

有一天，或许在我们施行善举的过程中，或许在某个地质时期发展到顶点时，最后一只鹤会向我们宣告永别，然后从大沼泽盘旋着飞向天空。高高的云层中又会传来狩猎的号角声，幽灵猎

---

① 民间资源保护队（Civilian Conservation Corps），或译"民间护林保土队"。1933年3月，美国总统罗斯福向国会提交了成立"民间资源保护队"的议案，该法案计划为25万青年提供工作，组织他们植树造林，修堤防洪。同年4月，民间资源保护队正式成立。8年期间，共有将近300万青年参加了民间资源保护队。
② 这是作者对罗斯福新政时期涌现的各种资源保护机构的讽刺。这些机构名称多用首字母的缩写，如CCC（民间资源保护队）、NRA（国家资源管理局）等。

犬队的吠叫声，叮叮当当的铃声。接着是沉寂，而这沉寂再也不会被打破了，除非在遥远的银河存在某个遥远的牧场。

沙地郡县

每种职业都保有一小群专用的词语来表示性质特征，因此需要一片草场般的地方供这些词语恣意徜徉。于是，经济学家们必须为他们偏宠的负面词语寻找场所，例如低于边际收益标准、经济衰退和制度僵化，等等。在沙地郡县辽阔的区域里，这些具有指责意味的经济术语找到了有益的实践场所，它们在这里自由自在，也不必担心牛虻般一哄而上的批评指责。

同样，土壤专家如果没有沙地郡县也会不太好过。他们的那些灰化土、灰黏土和厌氧菌还能在哪里找到生路呢？

社会规划者们近年来也开始利用沙地郡县，不过是为了虽有几分类似但总体不同的目的。在画着圆点的地图上，这一多沙的区域是一片形状和规模都很诱人的空白地带。地图上的每个圆点可以代表十个浴缸，或者五个妇女志愿队，或者一英里的沥青路面，或者一只纯种公牛的共有权。这种地图上如果只有同一式样的圆点，肯定会显得单调乏味。

总之，沙地郡县是贫瘠的。

不过，在20世纪30年代，当那些按字母排列的经济振兴措施像40名骑手一样在大平原驰骋而过，劝说沙地的农人移居他乡时，即使联邦土地银行提出了颇具诱惑力的3%利率，这些不够精明的穷人仍不肯走。我开始好奇其中的原因，最后，为了解决疑惑，我给自己买了一座沙地农场。

有时，在六月份，当我看到每一株羽扇豆都不劳而获地挂着分给它们的露珠时，我会怀疑这些沙地是否真的贫瘠。在那些能还得起债务的农田上，羽扇豆甚至根本长不出来，更不用说每天收集五彩缤纷的晶莹露珠了。如果这些农田能长出羽扇豆，负责杂草控制的职员无疑会坚持把它们割除掉。那些人几乎没见过洒满露珠的黎明。而经济学家曾听说过羽扇豆吗？

不愿意迁出沙地郡县的人选在留此地，或许是出于植根历史的深层原因。每年四月，当白头翁花在每片砾石山岭盛开时，我都会想到这一点。白头翁花并未多言，但我推测，它们的偏好可以追溯到将砾石置于此地的冰川时代。满是砾石的山脊如此贫瘠，只有白头翁花可以在四月的阳光下无碍地自由绽放。它们忍受雨雪、冰雹和刺骨的寒风，只为这独自开花的特权。

还有一些植物似乎也在要求空间而非富饶。在羽扇豆为最贫瘠的山头抹上蓝色之前，小小的蚤缀草已经给山顶戴上了镶着白蕾丝边的帽子。蚤缀草只是不愿住在一座好农场上，哪怕是拥有假山庭园和秋海棠的很好的农场。弱小的柳穿鱼草也是这样。它们那么小，那么纤细，那么忧伤，你把它们踩到脚下可能都不会发现；而除了在风沙之地，在哪里还能见到一株柳穿鱼草？

最后还有荸荠。在它身边，即使是柳穿鱼草也显得又高又茁壮。我还没遇到过认识荸荠的经济学家。但是，如果我是个经济学家，我在思索经济学的问题时，肯定要俯卧在沙地上的荸荠旁。

一些鸟也只有在沙地郡县才能发现，原因有时易于推测，有时很难猜想。泥色雀鹀在那里，显然是因为倾心于北美短叶松，而短叶松迷恋着沙地。沙丘鹤在那里，显然是因为喜欢僻静，而在别处已经没有僻静之地了。但是，为什么丘鹬喜欢在沙地区域筑巢呢？它们的选择并非出于食物之类的世俗原因，毕竟更肥沃的土壤里才有更多的蚯蚓。经过几年的研究后，我认为自己找到了原因。雄鹬在奏响空中之舞的"嘭嚓"序曲时，就像是穿着高跟鞋的小个子女士，地面如果长满盘根错节的浓密植被，它就不容易展露风采。但是，在沙郡最贫瘠的牧场或草地上，至少在四月，除了苔藓、葶苈、碎米荠、酢浆草和蝶须之外，在最贫瘠的沙地上没有其他任何遮蔽，而这些障碍对于短腿鸟来说也可以忽略不计。雄鹬可以在此得意地昂首阔步或忸怩作态，不仅没有任何阻碍，而且能让到场的或期盼中的观众一览无余地观看表演。这个小环境在一天中只有一小时，在一年中只有一个月是重要的，在两性中或许只对一方是重要的，和生活的经济水准当然也毫不相关，却决定了丘鹬对栖居地的选择。

经济学家目前尚未试图让丘鹬迁居。

漂泊之旅

自从古生代的海洋淹没了这片陆地以来，原子 X 就开始停留在石灰石岩脊中。对于在岩石里封存的一个原子来说，时间是凝滞的。

一棵大果橡的根向下扎进一道裂缝，开始撬开岩石并吸取营养时，变化发生了。一个世纪转瞬即逝，岩石风化了，X 被拉出来，进入生命的世界。它参与构建了一朵花，花变成了一颗橡实，橡实养肥了一只鹿，鹿喂饱了一个印第安人，这些都发生在一年之中。

X 停留在这个印第安人的骨骼里，再次经历了追逐和飞奔、盛宴和饥荒、希望和恐惧。这些事情给它的感觉，就如同每个原子在时刻发生的化学推拉过程中所经历的变化。印第安人永别草原后，X 在地下没躺多久就进入了大地的循环系统，开始了它的第二次旅行。

这次把它从泥土中吸收出来的是须芒草的支根,它被安置在一片叶子上,随着六月大草原的绿色波浪一同起伏,一起完成贮存阳光的共同任务。这片叶子还要完成一项不寻常的任务:为一只鸽鸟的蛋遮阴。兴奋的鸽鸟在高空盘旋,倾情赞美着某种完美的事物,或许是它的蛋,或许是阴影,或许是草原上那一片朦朦胧胧的粉红色福禄考①。

鸽鸟启程飞往阿根廷时,所有的须芒草都以长长的新穗向它们挥别。当第一批大雁从北方飞来,所有的须芒草都闪耀着葡萄酒红的色彩时,一只谨慎节俭的北美鹿鼠把 X 所在的叶子咬下来埋在地下的巢里,似乎是要藏起一点小阳春,免得温暖全被寒霜偷走。但是一只狐狸拘押了鹿鼠,霉菌和真菌毁掉了鹿鼠的巢穴。X 又一次躺在了泥土中,无拘无束,无牵无挂。

接下来它先后进入了一丛垂穗草、一头野牛、一堆牛粪,然后又回到了土壤。之后是一株紫露草、一只兔子、一只猫头鹰,最后是一丛鼠尾粟。

一切程序都有尽头。这次旅程在一场草原大火中结束,火把草原植物变成了烟、气体和灰。磷和钾留在灰烬中,氮原子却随风而逝。一个旁观者或许会以此预测一出生命戏剧的过早终结,因为大火耗尽了氮之后,土壤也会失去植被并被风吹走。

但是草原有两手准备。草因为火变得稀疏,种种豆科植物却在火后茂密生长,草原苜蓿、胡枝子、野菜豆、野豌豆、灰毛紫穗槐、车轴草和赝靛,每一种豆科植物都把自己的细菌藏在支根的根瘤里,每一个根瘤都从空气中汲取氮,使之进入植物并最终

---

① 福禄考:学名小天蓝绣球,一年生草本植物。

进入土壤。因此,大草原的储蓄银行通过豆科植物存入的氮,比在火中支出的氮更多。大草原是富有的,这一点连最低等的鹿鼠都知道,然而草原为什么富有,在时间的不断推移中却很少有人问起。

在每一次动植物之旅的间歇,X 躺在土壤里,随着雨水一寸一寸地向山下移动。活的植物通过贮存原子来延缓元素流失,死去的植物则把原子封存在腐烂的组织里。动物吃掉植物后把原子径直带往山上或山下,具体情况取决于动物死亡或排泄处比它们进食处更高还是更低。没有哪只动物会意识到,它死亡时位置的高低比死的方式更重要。一只狐狸在草原上抓到了一只金花鼠,把 X 带上山,来到它在悬崖边缘的窝。随后,就在那里,一只鹰杀死了狐狸。垂死的狐狸能感觉到它在狐狸国度的生命篇章即将结束,却不知道一个原子的漂泊之旅就要揭开新的一页。

一个印第安人最终得到了鹰的羽毛,并把它献给命运之神。他认为神灵对印第安人恩宠有加,但他并未想到过,诸神可能正忙于在地心引力的作用下抛掷骰子,而鼠和人、土壤和歌声,可能都只是推迟原子朝向大海进发的方式而已。

有一年,X 正躺在河边的杨树里时,一只河狸把它吃掉了。河狸觅食的地方总是比它死去的地方更高。河狸的池塘在一场严霜中干涸了,河狸也饿死了。春天来临,X 乘着死去的河狸,顺着融雪引起的洪水流向山下,每小时所失去的高度都比先前一个世纪更多。最后,它停在一个回水形成的牛轭湖①的淤泥里,先后被一只淡水螯虾、一只浣熊和一个印第安人吃了下去,并随印

---

① 牛轭湖:河流在两个邻近的弯曲之间发生决口,河水由上一个弯曲河道冲入下一个邻近的弯曲河道。在决口处旁侧的废弃河道,逐渐被泥沙淤积堵塞,不再有经常性水流,从而变成湖泊。这种湖泊因形如牛轭,地貌学上叫牛轭湖。

第安人在河岸边的山丘下长眠。一年春天，牛轭湖的水流冲塌了堤岸，短短一星期的洪水冲击后，X又一次回到了它曾被禁锢的古老监狱——大海。

在生物界逍遥自在的原子太自由了，根本不知道自由的价值。回到海洋的原子则会忘记自由。每当一个原子迷失在大海，大草原就会把另一个原子从风化的岩石中拉出来。唯一确定的事实就是，生物必须努力吸收养分，迅速生长，并且适时死亡，以免所失多于所得。

根的本性就是探入裂缝。当根系把Y从母体岩脊中释放出来时，一种新的动物已经到来，并开始按自己的法律和秩序观念清理草原。一群牛翻起了大草原的草皮。Y栖身于一种名叫小麦的新生草种之中，开始了一年一度令人头晕目眩的一连串旅行。

过去，大草原依靠动植物的多样性而存在，所有的动植物都各尽其能，通过合作与竞争的合力，达到持续发展。不过，种麦子的农场主只是某些类别的建设者，在他眼里只有小麦和牛群是有用的。他看到无用的鸽子成群地落在小麦上，于是很快就把鸽子从天空中消灭。看到麦长蝽接替了鸽子的偷窃工作时，他怒气冲冲，因为麦长蝽这种无用的东西小得让人无法消灭掉。但他没有看到，过度种植小麦造成了水土流失，土壤被春天的急雨冲刷得光秃秃的。在土壤流失和麦长蝽为小麦种植画上句号时，Y和它的同伴已经顺水旅行很远了。

在小麦帝国崩溃时，拓荒者开始向古老的草原学习。他们在家畜身上贮存肥力，通过吸收氮的苜蓿增强肥力，并种植扎根很深的玉米来挖掘下层土壤的潜力。

不过，由于他采用了苜蓿以及其他新式武器来抵御土地流失，结果他不仅要维护原来的耕地，还要开发新的耕地，而新的耕地也转而需要维护。

因此，尽管有了苜蓿，黑色的沃土层还是越来越薄。为了减少流失，水土保持工程师修建了水坝和梯田，部队的工程师则修建堤防和侧坝，从而拦住土壤，不让土壤被水冲走。河流不再奔涌，河床却升高了，影响了航运。因此，工程师建造了像巨大的河狸池塘一样的水塘。Y 就在这些水塘之一停了下来，它从岩石到河流的旅程只用了短短一个世纪就结束了。

刚到水塘时，Y 在水生植物、鱼和水禽之间进行过几次旅行。但是工程师在修建水坝之外还修了下水道，所有从远山和大海那里俘获的战利品，都流进了这些下水道。原子们当年曾在白头翁花中欢迎鸽鸟归来，现在却被囚禁在油乎乎的污泥里，不知所措，毫无生机。

根系仍然探入岩石之间，雨水仍然冲刷着田野，鹿鼠仍然藏起小阳春的纪念品。参与过消灭鸽子的老人，仍然叙述着群鸟飞翔的盛景。黑白相间的水牛仍然在红色牛栏间进进出出，为巡游的原子们提供免费交通。

旅鸽纪念碑

为了纪念一个种群的葬礼，我们竖起了一座碑。这座碑也代表着我们的悲伤。我们感到悲伤，因为再没有活着的人能看到这凯旋之鸟的宏伟方阵。它们飞过三月的天空，为春天扫清道路，它们追逐着败北的冬季，将之驱赶出威斯康星的所有树林和草原。

年轻时记住了旅鸽的人们，现在仍然活着，年轻时在鸽群掠起的风中摇动的树，现在仍然活着。然而十年之后，还能记得这些鸟的，将只有最老的橡树。而到了最后，还能知道这些鸟的，将只有山丘。

在书本中和博物馆里总还会看到旅鸽，不过那只是雕像和图片，全然不知艰难，也不知欢乐。书本里的鸽子不可能从云间俯冲下来，吓得鹿匆忙寻找地方躲藏，也不可能在挂满坚果的树林中飞翔，引起雷鸣般的掌声。书本里的鸽子不可能在明尼苏达州新收割过的麦田吃早餐，也不可能以加拿大的越橘为正餐。它们没有季节的紧迫感，它们感受不到阳光的亲吻，也感受不到风霜雨雪。它们将永存，但那并非真正的存活。

我们的祖父不如我们吃得好穿得好住得好，他们努力改善生活，却使我们失去了鸽子。我们现在之所以悲伤，或许就是因为内心深处无法确定，我们从这种交换中是否有所收益。各种工业产品让我们的生活更加舒适，这是鸽子做不到的，但是工业产品能像鸽子一样为春天增添光彩吗？

自从达尔文让我们初次瞥见物种起源的面貌以来，一个世纪已经过去了。我们现在知道了以前各代旅人全都不知道的事情：人类只是在进化之旅中与其他生物同路的旅行者。这一新的认识现在应让我们对同路的生物产生一种亲缘之情，让我们如同对待自己一样对待其他生物，让我们对生物界的宏大范围与持久过程叹为观止。

最重要的是，在达尔文之后的这个世纪里我们应该认识到，人类现在是一艘探险船的船长，但几乎已不是这艘船的唯一目标，人们先前假定自己是唯一的中心，只是因为必须在黑暗中鸣笛壮胆。

我认为，所有这些都是我们应该认识到的。但我担心，认识到这些问题的人仍然不多。

一个物种哀悼另一个物种的消逝,这是太阳底下的一件新鲜事。杀死了最后一只猛犸象的克罗马努人想到的只是烤肉;射下最后一只旅鸽的猎人想到的只是狩猎技能;用棍子打死最后一只海雀的水手什么都没有想到。但是,我们这些失去了旅鸽的人在为这一损失哀悼。如果这是我们的葬礼,鸽子大概不会为我们哀悼。可以客观地证明我们超越其他动物的,正是这一事实,而不是杜邦先生的尼龙或万尼瓦尔·布什先生的炸弹①。

这一纪念碑犹如栖落在悬崖上的一只鹰隼,在未来的日日夜夜,它将经年累月地环视这宽阔的山谷。很多个三月里,它将看到飞过的大雁对着河水讲述冻原上更清澈、更冷冽、更幽静的水域。许多个四月里,它将看到紫荆开了又谢。许多个五月里,它将看到发出新枝的橡树在成千座山丘绽放花朵。而后,林鸳鸯将在椴树中寻找空心的枝干,金色的蓝翅黄森莺将从河柳上抖落金色的花粉,白鹭将在八月的泥沼扭捏作态;鸻鸟将在九月的天空鸣啭啼叫。山核桃将啪嗒啪嗒地掉入十月的落叶,而冰雹将喊哩喀喳地击打着十一月的树林。但是,没有旅鸽经过,因为再也没有旅鸽了,只有这块岩石上不会飞翔的青铜雕像。游客可以读到纪念碑上的铭文,但是,他们的思想无法振翅高翔。

经济学家训导我们说,哀悼旅鸽只不过是出于怀旧情绪,即或捕猎者没有杀掉旅鸽,农场主为了自卫,最终也将不得不除掉它们。

这是那些有充分根据的独特理由之一,但细究其立场却未必站得住脚。

---

① 杜邦公司是由杜邦家族组成的世界最大的生产和销售化学品的公司之一。万尼瓦尔·布什(Vannevar Bush)(1890—1974)是美国著名电气工程师、科学家和管理者,二战期间曾在美国的军火研究中发挥重要作用。

旅鸽曾是生物界的风暴。土壤的肥力和空气中的氧是两种强大而不相容的对立潜能，而旅鸽就是二者之间激发出的闪电。每一年，羽毛暴风呼啸着席卷整个北美大陆，吸进森林和草原的累累果实，并在旅途中用生命的劲风燃烧这些果实。像其他各种连锁反应一样，鸽子风暴的能量强度降低时，鸽子也难以幸存下来。当捕鸽者减少了鸽子的数量，拓荒者切断了鸽子的生命燃料供给时，鸽子的生命之火也就逐渐熄灭，再也没有噼啪作响的火苗，甚至再也吐不出一缕轻烟。

今天，橡树仍然向天空炫耀着它们的累累果实，但是羽毛闪电已不复存在。蠕虫和象鼻虫现在必须迟缓地、无声地执行那项曾从苍穹中引来雷霆的生物学上的任务。

令人惊诧叹惋的不只是旅鸽的灭亡，而是它在巴比特①时代之前的漫长岁月一直安然存在。

旅鸽热爱它的土地。在生活中，它们对成串的葡萄和饱满的山毛榉坚果充满强烈的渴望，而且丝毫不把漫长里程和频繁的季节更迭放在眼里。如果威斯康星州今天没有给它们提供免费食品，明天它们就将到密歇根州、拉布拉多半岛或田纳西州搜寻。它们爱的是当前的事物，而这些事物总会在某个地方出现。为了找到所爱，它们只需要自由的天空，以及用力挥动翅膀的意愿。

热爱过去的事物，这是太阳底下的新鲜事，也是大多数人和所有鸽子都不了解的。从历史的角度审视美国，把命运视为变化的过程，在平静流逝的岁月里闻一闻此间成长的山核桃树——所有这些对于我们都是可能的。为了完成这些事情，我们同样只需要自由的天空，以及用力挥动翅膀的意愿。可以客观地证明我们

---

① 巴比特：美国小说家辛克莱·刘易斯（1885—1951）的长篇小说《巴比特》的主角。巴比特是一个典型的商人形象，他代表着二十世纪二十年代的商业文化。

超越其他动物的，正是这些事物，而不是布什先生的炸弹或杜邦先生的尼龙。

弗兰波河

从未在野外的河流中划过独木舟或是划独木舟时有向导坐在船尾陪伴的人，常常以为这种旅行的价值，就在于可以感受新奇的事物并经历有益健康的锻炼。我过去也是这样认为，直到我在弗兰波遇见了两个正在读大学的男孩子。

晚餐用的碗碟已经洗好，我们坐在岸上，望着一只雄鹿弄湿了身体去吃远处岸边的水生植物。突然，这只鹿抬起头，朝着河流上游竖起耳朵，然后蹦跳着寻找可以隐蔽的地方。

河流的拐弯处出现了两个划着独木舟的男孩，这就是令鹿惊慌的原因。看到我们后，他们把船靠近，对我们打起了招呼。

"请问几点了？"这是他们的第一个问题。他们解释说，自己的表停了，有生以来还是第一次没有钟表、汽笛或收音机来对时。两天来他们一直按照太阳所指示的时间生活，这种生活让他们兴奋而又有些不安。没有人给他们端上三餐，他们如果不能从河流中获取肉食就要挨饿。没有交通警察吹哨警告他们避开隐藏在下一个急滩中的礁石。如果他们对是否搭帐篷做出了错误判断，就没有友善的屋顶为他们挡风遮雨。没有向导提醒他们，哪个宿营地整夜都有微风，哪个宿营地整夜都有恼人的蚊子，哪些木柴可以成为充分燃烧的木炭，哪些木柴只会冒烟。

年轻的冒险者们在向下游进发前告诉我们，两人都将在结束旅行后加入陆军。现在，旅行的主题已经很明确了。这是他们第一次，也是最后一次感受到自由的滋味。在校园和军营这两种存在严格管制的生活之间,这次旅行是一个插曲。他们对简朴自然的野外之旅倍感兴奋,不仅是因为新奇的感受,也是因为可以充分享有犯错误的自由。荒野让他们第一次尝到对明智行为的奖励和对愚蠢行为的惩罚,这本是每个林地居民每天都要面对的,但是文明已经制造了上千个缓冲器来减缓自然的奖惩。在这一特殊意义上,这些男孩是独立自信的。

或许每个年轻人都需要偶尔到荒野中旅行,从而了解这种特殊自由的含义。

年少时,我父亲每次讲述该选择的野营地、钓鱼地点和森林时,都会说它们"差不多像弗兰波河一样好"。我终于把独木舟划到这传奇般的河流上时,却发现这里作为河流与我的期望差不多,但是作为荒野却已濒临死亡。新的小型别墅、度假地和公路桥梁,正在把荒野一片片分割得越来越小。沿着弗兰波河顺流而下,各种交替的印象在你的眼前拉锯似地变换,你刚刚以为身在荒野,就见了大小船只停泊的地方,没过多久,小舟又会沿着岸边某个别墅主人的牡丹花丛驶过。

安全地经过这些牡丹,一只跃到岸上的雄鹿让我们重获荒野的感觉,接下来的急流湍滩完全肯定了这种印象。但是在下游一个池塘旁,一栋合成原木小屋正瞪视着你,小屋有合成材料的屋顶、欢迎到来的招牌,以及可供人们在下午打桥牌的生锈棚架。

保罗·班扬[①]忙得没时间顾及后代子孙。不过,如果曾有人要求他保留一处地方,供后人一睹古老北方森林的面貌,他很有可能选择弗兰波流域,因为在这里几英亩的土地上,生长着最好

[①] 保罗·班扬(Paul Bunyan),美国民间传说中的伐木巨人,他富于机智,拥有超人般的力量,敏捷过人。

的乔松、糖槭、黄桦以及铁杉。这种松林和硬木林的混杂生长，不论过去还是现在都很不寻常。弗兰波的松树生长在硬木林的土壤上，这些土壤要比普通的松林土壤更肥沃，因此这里的松树非常高大值钱。再加上它们如此接近适宜运送原木的溪流，于是人们很早就已经开始砍伐这些松树，那些已经腐烂的巨大树桩就可以证明这一点。只有存在缺陷的松树才能逃过劫难。不过，今天仍然存活的这类松树为纪念昔日竖起了许多绿色的纪念碑，它们足可为弗兰波勾勒以天空为背景的轮廓。

对硬木的砍伐在很长时间以后才开始。实际上，最后一家大规模的硬木公司拆掉最后一条伐木铁路，也不过是十年以前的事。那家公司现在唯一留下的，就是被遗弃的城镇中的"土地办公室"，向充满希望的开拓者出售砍伐后的林地。美国历史上的一个时代——把树全砍光，然后一走了之的时代就这样结束了。

就像在废弃营地的废弃物中寻找食物的郊狼一样，伐木时期之后的弗兰波，在经济上依靠的是过去留下来的东西。砍伐纸浆木材的临时伐木工人，在低洼的灌木丛中寻找伐木时期侥幸漏网的小铁杉树。拿着便携锯的锯木厂工人沿河搜寻着沉在河床里的圆木，这些圆木多数是在那拼命顺水运输木材的光辉岁月中沉没的。粘着泥巴的树木遗骸被一排排地拉到岸边那些旧时的停泊地，所有的木头都还保存完好，其中一些甚至颇有价值，因为现今在北方的森林里已经找不到这样的松木了。撑着篙的砍伐者砍掉林泽里的北美崖柏，鹿跟在他们周围，吃掉倒地的树梢上的叶子。一切都依靠过去留下的东西生活。

这些清理工作进行得太彻底了，结果当代的度假者要建一座圆木小屋时只好使用圆木的仿制品，这些原料从爱达荷州或俄勒冈州的木板堆里锯出来，由货运卡车送到威斯康星的森林。英谚说,把煤送到产煤的纽卡斯尔是多此一举,与这里的情况相比,这个谚语只是温和的讽刺。

不过河流还在原地,也有几个地方自从保罗·班扬的时代以来几乎没有发生任何改变。破晓时分,汽艇醒来之前,人们仍然可以在野外听见河流的歌唱。在几片很幸运地划归政府所有的林区,树木尚未遭到砍伐。那里还残留着一定数量的野生动物,例如河里的北美狗鱼、鲈鱼和鲟鱼,在沼泽繁殖的秋沙鸭、绿嘴黑鸭和林鸳鸯,在空中游弋的鹗、雕和渡鸦。到处都是鹿,它们的数量实在不少,在船上的两天里,我就看到了52只鹿。仍有一两只狼在弗兰波上游出没,一个以陷阱捕兽的人还宣称他看到过一只貂,虽然1900年以来弗兰波从没出过一张貂皮。

从1943年开始,自然资源保护部门以这些残存的荒野为核心,努力把流域的50英里地区恢复成无人居住的荒野,以供年轻的威斯康星州利用与欣赏。这一荒野地区位于州有森林的矩阵中,但是河岸禁止林业开发,而且尽可能减少穿过这里的道路。自然资源保护部门耐心地花时间——有时也要花高价——购买土地,搬迁农舍,封锁不必要的道路,总体上把时间尽可能远地推回原始的荒野时代。

弗兰波的肥沃土壤为保罗·班扬生长出了优等的软木松材,近几十年里,同样的土壤又给鲁斯克郡带来了乳品业的发展。奶牛场的场主希望自己使用的电比当地电力公司所提供的电更便宜,因此自己组织了合作性质的农村电力管理局(REA),并在1947年申请修建水力发电站,如果发电站建成,将彻底毁灭下游正在恢复为独木舟专用的50英里水域。

一场尖锐而激烈的政治论战开始了。州议会对农场主的压力很敏感,却没有注意到荒野的价值,因而不仅批准了建设REA

水坝，也剥夺了自然资源保护委员会今后对于电站选址建造的全部发言权。弗兰波剩余的独木舟区，以及这个州里其他所有未开发的河流，最终可能都会被用来发电。

或许我们的孙辈永远无法看到未开发的河流，也就永远不会怀念在唱着歌的河流上泛舟的日子。

在终结中离去

老橡树在树皮遭到环剥后枯死了。

被废弃的农场里总有不同程度的死亡。一些老房子会斜瞥你一眼，似乎在说，"早晚会有人搬进来，等着瞧吧！"

不过这座农场是不会有人搬进来了。为了从谷仓周围榨出最后一点收成而环剥老橡树的树皮，和烧掉家具取暖是一样的结局。

伊利诺伊州和艾奥瓦州

伊利诺斯的汽车之旅

在屋外的院子里,一个农场主和他的儿子拉动横锯,锯入一棵棉白杨。那是一棵又粗又老的杨树,留在树外面可以拉动的锯片只有一英尺长。

曾几何时,那棵树是茫茫草海上的一个浮标。乔治·罗杰斯·克拉克①或许曾在树下宿营,牛或许曾在树荫下休憩,悠闲地摇着尾巴赶苍蝇。每年春天,它都为振翅飞过的旅鸽提供栖息地。它是州立大学图书馆之外最好的历史图书馆,但是它一年一度飘落的杨花会如棉絮一般堵住农场主的纱窗。人们认为,这两项事实里只有后者才重要。

州立大学告诉人们,中国榆不会堵住纱窗,所以比棉白杨更可取。对于加工樱桃蜜饯、布氏杆菌病、杂交玉米和美化家园,州立学院也曾同样自负地夸夸其谈。对于农场,大学不知道的只有一件事,就是它们来自何处。大学的工作只是让伊利诺伊州安

---

① 乔治·罗杰斯·克拉克(George Rogers Clark, 1752—1818):美国拓荒者、独立战争领导人。

全稳定地生产大豆。

我乘坐着时速 60 英里的公共汽车，驶过一条最初为马和轻便马车修建的公路。带状的混凝土被反复加宽，直至田地的篱笆几乎要倒在路堑里。在修整过的路堤和摇摇欲坠的栅栏之间是窄窄的草皮，那里是大草原时代的伊利诺斯的遗迹。

汽车里没有哪个乘客注意到这些遗迹。一个农场主满脸焦虑，他的衬衣口袋里露出了肥料账单的一角。他茫然地望着羽扇豆、胡枝子或膺靛，原本是这些植物吸取草原空气中的氮并将之注入他的黑色壤土，但他并没有把这些植物和那些暴发户般的偃麦草区分开来。如果我问他，为什么他在这里的地能收 100 蒲式耳①的玉米，没有草原的各州至多能收获 30 蒲式耳，他可能会回答说这里的土壤更肥沃。如果我问他，那些绕着篱笆、豌豆似的开着白色穗状花序的植物叫什么名字，他会摇头说那都是些杂草吧。

一座公墓在车窗外一闪而过，公墓边缘闪耀着草原紫草。其他地方没有紫草，泽兰和苦苣菜用黄色图案装饰现代社会的地景，但草原紫草只和死者交流。

一只高原鹬拨动心弦的歌声从打开的车窗传到我的耳畔。当年，野牛在高度及肩、无边无际的大草原跋涉时，它的祖先曾跟在牛身后走入已被遗忘的草原花海。一个男孩发现了这只鸟，对他的父亲说，"那儿有只丘鹬。"

路边的标牌上写着，"你已进入格林河土壤保护区"。用更小号字体写着的是此处协同工作的人的名单，字太小了，从行进的汽车上看不清楚。那肯定是保护区工作者的人名录。

---

① 蒲式耳（bushel）：1 蒲式耳大约等于 35 升。

标牌上的油漆涂得很均匀。它竖立在河谷底下的一片草场上，草矮得可以供人在上面打高尔夫球。附近是一处已干涸的环状河床，形状很优雅。新挖的河床像尺子一样笔直。为了加快河水的流速，郡县的工程师把这里的河床"拉直了"。后面的山上是依山开出的带状耕地，为了缓和水流，防治侵蚀的工程师把那里的河床"弄弯了"。这里的水肯定被这么多建议弄得不知所措。

这座农场上所有的东西都意味着银行里的钱。农庄里尽是新的油漆、钢铁和混凝土，谷仓上标注的日期在纪念那些创建者。屋顶上立着避雷针，风向标因为新镀的金色昂首作势，就连那些猪看上去都是有能力还债的样子。

林地里的老橡树没有后代。没有树篱、灌木篱、栅栏、地垄或其他无用的管理标志。玉米田里有肥壮的公牛，不过或许没有鹌鹑。狭窄的带状草皮上立着篱笆。所有曾在靠近倒刺铁丝网的地方犁耕的人，肯定都会异口同声地说，"不浪费则不愁缺。"

在河谷低处的牧草地上，水冲来的垃圾高高地堆积在灌木丛中。河岸没有经过修整，大块大块的伊利诺斯的土壤已经脱落下来流向大海。成片高大的豚草显示着水流在那里放下了再也载不动的淤泥。究竟是谁有能力还账，时间又能维持多久呢？

公路像一条拉紧的带子，在玉米地、燕麦地和苜蓿地之间延伸；客车已经驶过了可观的里程；乘客不住嘴地谈论着。谈些什么呢？棒球、税收、女婿、电影、汽车和葬礼。但是他们不会谈到疾速行驶的汽车车窗外那海浪般起伏的伊利诺斯大地。他们的伊利诺斯没有起源，没有历史，没有浅滩与深渊，没有生生死死的潮涨潮落。对他们来说，伊利诺斯只是承载着他们驶向未知港口的大海。

踢蹬着的红腿

每次回顾起对世界最早的印象时，我总是会想，通常被称之为成长的过程，实际上是否是衰颓的过程？而成年人往往认为自己具有孩童没有的经验，实际上是否是以琐碎的生活逐渐稀释事物的本质？我至少可以肯定的是，对野生动物的最初印象以及追求，在我的记忆中保留着鲜明生动的形象、色彩和氛围，即或是积累了半个世纪有关野生动物的专业经验，也无法将之抹去或加以粉饰。

像大多数充满渴望的猎手一样，我在很小的时候就得到了一杆单筒猎枪，并被允许去打兔子。那是一个冬天的星期六，我在前往我最喜欢去的兔子出没地时，经过了那个当时覆盖着冰雪的湖泊，我注意到在岸上的风车将温水注入湖泊的地方，形成了一个不大的出气洞。所有的鸭子早都启程飞到南方去了，但当时，我就在那里形成了我的第一个鸟类学假说：如果有只鸭子留在了这个地区，那它迟早会来这处没有封冻的地方。我克制住了对兔子的渴望（当时这样做可没什么好处），坐在了冻结的泥土上，冰冷的蓼草中，开始等待。

我等了整整一个下午。每只飞过的乌鸦，运转的风车每声风湿性的呻吟，都让我感到越来越冷。最后，日落时，一只孤单的黑鸭从西方飞了过来。它都没有进行预备性的盘旋，就张着翅膀直接向冰洞俯冲下来。

我不记得是怎样开枪的。我只记得，当我的第一只鸭子砰然落在雪地上，肚子朝天躺在那里踢蹬着红色的腿时，我的喜悦无法言表。

我父亲在给我这杆猎枪时说，我可以用它捕猎松鸡，不过不能在它们停在树上时射击。他说我年龄够大了，可以学着射击空中飞翔的鸟了。

我的狗擅长把松鸡赶到树上，然而我在伦理规范方面接受的第一项训练，就是放弃肯定能射中的停在树上的鸟，选择不太可能射中的飞逃的鸟。和被赶到树上的松鸡比起来，魔鬼和他的全部王国都算不上什么诱惑。

我的第二个松鸡狩猎季节即将结束时，我还是一只松鸡也没打到。有一天，在我穿过杨树丛时，一只大松鸡呼啸着从我左边飞了起来。它飞到杨树上空，然后又从我背后绕过去，拼命冲向最近的崖柏沼泽地。我开枪了，是出现在松鸡捕猎者梦中的那种旋转式射击。松鸡在四下飞散的羽毛和金色树叶中跌落下来。

我打下的第一只飞翔中的松鸡落在了多苔藓的地面，我今天仍能为那个地方描绘出一幅地图，注明每一丛红色的御膳橘和蓝紫菀。我想，我现今对这些植物的喜爱，就是从那一刻开始的。

亚利桑那州和新墨西哥州

在云端

我最早在亚利桑那住下时,白山还是骑手的世界。除了几条主要的道路以外,这里对马车来说太崎岖了。没有汽车通过,而徒步旅行要走的路又很遥远,就连放羊的人也要自己骑马。因此,经过上述排除之后,这个占地和郡县一样大、被人称为"云端"的高原,就成了骑马者的专享领域:骑马的牧牛人、骑马的牧羊人、骑马的林务官、骑马的设陷阱捕兽者,还有那些边界地带经常可以看到的来历不清、去向不定、身份不明的骑马者。这些让人难以理解,这由交通工具来划分的空间上的尊贵身份。

在距离此地以北两天路程的铁路城镇,就不存在这里的情况。在那里你的出行方式可以有如下选择:穿皮鞋步行、骑驴、骑牧牛人的马、乘四轮平板马车、乘运货马车、乘坐货运火车的车务员专用车厢,或乘坐旅客列车的座席或卧铺车厢。每一种出行方式都代表一个社会阶层,每个阶层的人都说着属于自己这个阶层的独特话语、穿独特的衣服、吃独特的食物、光顾不同的酒吧。他们的共同之处只是都受惠于百货商店,而且共同拥有亚利桑那的尘土和阳光。

当北方城镇里的人们向南穿过平原和平顶山[①]，朝着白山进发时，随着人们各自的交通工具变得无法通行，这些阶层就一个个消失了。最后，在山顶，骑马者一统天下。

这一切当然已被亨利·福特的汽车革命改变。现今，飞机甚至把畅游天空的权利给了每一个人。

在冬季，就连骑马人都无法登上白山山顶，因为高原草地上的雪太深了，而只有一条小道的小峡谷也堆满了积雪。在五月，每个峡谷都轰鸣着带冰的急流，不过，此后不久你就能攀越山顶了——只要你的马敢在齐膝的泥泞中攀爬半天的时间。

在山脚的小村庄里，每年春天都会有一次心照不宣的竞赛，看哪个骑马人能最先进入那高耸入云的幽僻之地。我们许多人都进行过尝试，却不曾停下来分析这样做的缘由。传闻总是很快就流传开来。不论是谁最先登上山顶，都会被赋予骑士的光环，成为当地的年度风云人物。

与故事书中的描述相反，山区的春天并不会一下就到来。即使是在羊群上山之后，风和日丽的天气仍会与寒风凛冽的天气相互变换。灰褐色的高山草地上散布着哀叫的母羊和几乎冻僵的小羊，冰雹和雪倾泻而下，我很少见到过比这更为凄冷的景色。就连快活的星鸦都在春天的暴风雪中弓起了背。

夏天有多少种时日和天气，夏季的白山就有多少种情绪。哪怕最迟钝的骑手和他的马都会刻骨地感受到这些情绪。

在明丽的早晨，白山会邀请你下马到它新长出的青草和野花上打几个滚（如果不拉紧缰绳，你那没受多少约束的马肯定会这

[①] 平顶山：常见于美国西南部地区，顶部平坦侧面陡峭，属水平地层地貌。

样做)。每个生命都在欢唱、啁啾、发芽生长。高大的松树和冷杉在漫长的日子里饱受暴风雪的摇撼,此时正以参天的尊严吸收着阳光。面无表情,只用声音和尾巴表露情感的缨耳松鼠,不停地对你讲述着一件你已经十分清楚的事:从来没有过这样珍贵的日子,也从来没有过这样骄奢的幽寂。

一小时后,雷雨云可能就会遮住太阳,正在逼近的闪电、雨水和冰雹让不久之前的乐园开始颤抖。黑色的阴云悬浮在空中,仿佛悬在导火线已经点燃的炸弹上。每一颗滚动的小圆石,每一根噼啪作响的小树枝,都会让马惊跳起来。你在马鞍上转身去解开雨衣时,马儿会惊慌地后退,呼哧呼哧地喷着鼻息打着哆嗦,仿佛你就要打开末世启示录的卷轴。每当我听到有人说他不怕打雷,我心里都会想,那是他从未在七月骑马上过白山。

雷声已经够可怕了,更可怕的是闪电打在悬崖上,冒烟的石头片从耳边呼呼掠过。最可怕的是雷电劈开一棵松树后飞起来的木片。我记得一片约为15英尺长的白色木片,它深深地戳入我脚边的泥土,并立在那里嗡嗡作响,如同一把发亮的音叉。

然而若要生活免于畏惧,则意味着贫乏。

山顶是很大的草甸,大约需要半天时间才能穿越,不过不要把它想成是环绕着松树,像圆形剧场那样整齐的草地。草甸的边缘卷曲着,呈涡形或锯齿形,上面仿佛有无数互不相同的海湾、小湾、岬角、半岛和公园。没有人能知道所有这些地方,因此每天骑马时你都有机会发现一个新大陆。我这样说是因为,当你骑马进入一个缀满花朵的小湾时,你常常会感到,如果以前曾有人到过这个地方,那他肯定会情不自禁地为这里唱出一首歌或写出一首诗。

或许正是这种发现了非凡事物的感觉,才可以解释为什么在每处山中营地那坚韧的杨树树皮上，都刻着许多姓名首字母、日期，还有牲口火印。从这些铭文里随时都能读到德克萨斯人的历史及其文化，不过并不是从人类学的冷漠范畴，而是从某个刻写者的生平来读。你可以辨识这个姓名首字母，这个人的儿子曾在马匹交易中击败过你，或者你曾与他的女儿共舞。这里是他姓名起首字母的简单缩写，没有火印，注明的时间是90年代。那无疑是他第一次独自来到这里，当时他还是个居无定所的牛仔。接着，十年后，他刻下了姓名首字母和火印，那时他已成为一个有稳定收入的公民，通过节俭、自然增值，或许还有独特的驯马技能得到了一个牧场。若干年之后，就出现了他女儿的姓名起首字母，刻写者是某个爱慕她的年轻人，此人不仅在追求他的女儿，也在追求其家庭财富的继承权。

老人现在已经去世了。在他的晚年，他的心脏只会因银行存款以及他的羊群牛群而震颤，但是山杨树显示出，他在年轻时也曾感受到山区春天的明媚与壮美。

山的历史不仅写在杨树皮上，也写在山中的地名上。产牛之地的地名或许不雅、诙谐、讽刺，或略带伤感，但很少是陈词滥调。这些地名往往令人难以捉摸，让新来者总是想问个究竟。故事之网就是这样编织出来的，编织完整的故事就形成了当地的民间传说。

比如说，有个称为"尸骨场"的地方，这是一片可爱的草地，呈拱形的风铃草覆盖着半埋在土里的牛头骨以及散落的椎骨。这些牛已经死去很长时间了。那是1880年，一个愚蠢的牧牛人第一次从德克萨斯温暖的山谷来到这里，他轻信了山中夏日的魅惑，所以想让牛群靠山上的干草过冬。十一月的暴风雪袭来时，他骑着马从山上仓皇逃离,但他的牛群没能逃出来。

还有一个称为"忧伤坎贝尔"的地方,是在蓝河的上游源头。早年曾有一位牧牛人带着新娘来到这里,新娘对单调的岩石和树倍感厌倦,渴望能有架钢琴。钢琴被及时地运来了,是架坎贝尔钢琴。这样一架打包的钢琴,在整个地区只有一头骡子能够运送。平稳地赶骡子运送这样的重负更是超人的工作,整个地区只有一名赶牲口的人能够完成。但是钢琴并未让新娘摆脱厌倦,她从这里逃开了。人们给我讲起这个故事时,牧场的小屋已经只剩下一堆倒塌的原木。

另外还有个称为"菜豆沼泽"的地方,是一处沼泽草地,四周环绕着松树。我在那里时,松树下有一栋原木小屋,任何过路者都可以在里面宿营过夜。这类不动产的拥有者要遵守一条不成文的规定,尽其可能在屋里留下面粉、猪油和豆子,为路过的人提供所需要的补给。不过有个不走运的旅人被暴风雪困在这里一个星期,在屋里只发现了豆子。这种违背待客之道的做法足以让这个地方变得出名,并以这样的地名流传下去。

最后要提的就是"天堂牧场",这个名字出现在地图上时显得如此庸常,但是当你骑着马经过艰难跋涉终于来到这里时,一定会发现这里很不寻常。这座牧场隐藏在一座高山较远的一边,和所有被称为天堂的地方一样悠远。这里草地葱绿,溪流潺潺。鳟鱼在蜿蜒的溪水中游动,马在草地上停留一个月就会变得十分肥壮,落下的雨水能在它背上形成一个小水洼。第一次来到"天堂牧场"后,我暗自想,这样的地方,你还能找到更适合的名字吗?

我再也没有回过白山,尽管曾有几次这样的机会。我宁愿看不到那些观光者、道路、锯木厂和伐木铁路对白山或在白山上所做的一切。我也曾听到年轻人惊叹说那是多么美妙的去处,在我第一次骑马登上白山之巅时这些人还未出生。我同意他们的说法，但心中也暗存忧虑与保留。

像山一样思考

一声深沉的、傲慢的嗥叫在山崖之间回响，传向山下，逐渐消失在遥远的暗夜。迸发出来的，是充满野性与反抗的悲伤，以及对世间所有逆境的蔑视。

每个活着的生灵（或许也有许多死去的生灵）都注意到了那声嗥叫。对鹿来说，声音在警示它们众生之路的归宿；对松树来说，声音在预言午夜的混战和雪地上的血迹；对狼来说，声音在许诺有一顿肉食；对牧牛人来说，声音是银行债务的威胁；对猎人来说，声音是獠牙在向子弹挑战。然而，在这些明显而且就要到来的希望和恐惧背后，隐藏着更深层的意义，明白这一意义的只有大山。只有亘久存在的大山，可以客观地倾听狼的嗥叫。

所有的生灵都知道那声音的所在，尽管它们未必都能听出声音所隐藏的意义。那个声音在狼群出没的所有地区都能感受到，它使有狼的地方与其他地方不同。所有在夜晚听见狼嗥的人以及所有在白天查看狼迹的人，听到那个声音都会惊悸交加。即使没有看见狼的踪影，没有听见狼的叫声，很多微小的事件也在暗示狼的存在，例如一匹驮马在半夜的嘶鸣、石头滚动碰撞的咔嚓声、鹿在逃命时的狂奔跳跃，以及云杉之下阴影的变幻。只有缺乏经验的新手才无法察觉狼是不是就在附近，无法认识到群山对狼有秘而不宣的看法。

从我看到一只狼死去的那天开始，我自己就对这一点确信无疑。当时，我们正在山崖高处吃午饭，一条湍急的河流在山下奔腾。我们看见一只正在涉水渡过河流的鹿，它的胸部淹没在白色的水花中。当它爬上岸甩着尾巴向我们这边走来时，我们才知道看错了，那是一匹狼。六只显然是正在成长的小狼从柳树林跳出来，一起摇着尾巴，互相嬉戏追咬，因为它的到来而兴高采烈。原来我们看到的是一群狼，它们就在我们所处的悬崖下边那片空旷的平地上打滚戏耍。

在那个年月，我们还没听说过有谁会放弃杀死狼的机会。转瞬之间，我们就已经把子弹射向狼群。由于我们非常兴奋，反而瞄不准目标，搞不清怎么从这么陡的地方往山下瞄准射击。我们打光了来复枪的子弹时，老狼倒了下来，一只小狼拖着一条腿，爬进山崩造成的人们无法通行的一堆岩石。

我们跑到老狼那里时，正好看见它眼中凌厉的绿色火焰渐渐熄灭。那时，我才发现那双眼睛中闪烁着我过去从不知道的东西，那是只有狼和山才知道的东西，自此之后让我再也无法忘却。当时我正年轻，动不动就想扣扳机；当时我以为狼的减少意味着鹿的增加，没有狼的地方就意味着猎人的天堂。在看到那绿色火焰消失之后我才明白，这样的观点不论是狼还是大山都不会同意。

从那以后，我看到了各州一个接一个地扑杀所有的狼，看见许多山在失去狼后不久就变了样子，看到朝南的山坡上布满了新被鹿踩出来的纷乱小径。我看到，每一株可食的灌木和幼苗都被啃掉了细枝嫩叶，之后变得委顿并渐渐枯死。我看到，所有能供鹿食用的树在鹿角高度以下的叶子都被啃光了。这样的一座山看起来，就好像是有人递给了上帝一把新的大剪刀，请他除了剪树以外什么也不要做。最终结果是，众人期待的群鹿因为数量过多而纷纷饿死，鹿的尸骨与死去的鼠尾草一起变白或在刺柏下腐烂，而这些刺柏只在鹿角以上的高度还残留着叶子。

我现在认为，就像鹿生活在对狼的极度恐惧中一样，山也活在对鹿的极度恐惧之中。而山或许更有恐惧的理由，因为一只被狼群杀死的雄鹿在两三年里就会被另一只取代，然而一座被太多的鹿摧垮的山，再过许多个十年可能都无法复原。

牛群的影响也是一样。把狼从牧场上清除的牧牛人并未意识到自己就要接替狼的工作——把牛群的数量削减到适合牧场的规模。他还没有学会像山一样思考。于是我们迎来了沙尘暴，于是河流把我们的未来冲进了大海。

我们都在为安全、繁荣、舒适、长寿，以及单调的生活而奋斗。鹿依靠柔韧灵活的腿，牧牛人依靠陷阱和毒药，政治家依靠笔，而大多数人则依靠机器、选票和金钱。然而，这一切只归结为一件事情：我们所处的时代的和平。我们当然需要和平，客观思考或许也必须以和平为先决条件。然而太多的歌舞升平似乎终究只会引发危险。梭罗说："世界的救赎寓于荒野。"他要表述的或许正是这个道理。狼的嗥叫所隐含的意义或许正寓于其中，而这一意义早已为山所知，却几乎无人知晓。

埃斯库迪拉

亚利桑那的区域界限，就是脚下的格兰马草、头顶的蓝天，以及远处地平线上的埃斯库迪拉山。

你在金黄色的草原上策马向山的北面行进，不论何时，不论何地，只要抬起头，你都会看到那座山。

你骑马向山的东面行进，那是一片树木繁茂的炫目台地。每一处凹地似乎都是一个独立的小世界，沐浴着阳光，散发着刺柏的芳香，回荡着蓝头松鸦那令人倍感舒适的叽喳欢叫。但是当你沿着岩脊登上山时，你立刻成为无限广袤的空间中的一个小点，悬在空间边缘的就是埃斯库迪拉山。

位于大山南面的，是蓝河那些交错的峡谷，峡谷里有很多白尾鹿、野火鸡和野性更足的牛。一只大胆的雄鹿躲过了你的猎枪，在地平线上向你道别。你低下头去看猎枪的准星，想知道为什么没有打中它时，你会看到远处一座蓝色的山，那就是埃斯库迪拉山。

在山的西面，是阿帕奇国家森林公园外围起伏的树浪。我们勘察了那里的林木产量，以40为单位把高大的松树变成笔记本上的数字，这些数字代表着假想中的木材堆。勘察者在气喘吁吁地爬上峡谷时感到，在笔记本上那些遥远的符号和满是汗水的手指、杨槐的刺、鹿虻的叮咬以及松鼠的抱怨声之间，存在着如此怪异的不协调。但是到了下一个山脊，一阵冷风呼啸着吹过松树的绿色海洋，也吹走了他所有的疑虑。悬在遥远绿海对岸的，就是埃斯库迪拉山。

大山不仅给我们的工作和嬉戏划下了界限，甚至也限制了我们弄到美味晚餐的努力。在冬天的傍晚，我们常在河边低地设下埋伏，对绿头鸭进行突然袭击。小心谨慎的鸭群会在西方的玫瑰色天空和北方的铁青色天空下盘旋，然后消失在墨黑的埃斯库迪拉山里。如果它们再度飞出来，我们的荷兰烤锅里就会有一只肥美的雄鸭。如果它们再没有出现，我们就只能继续吃熏猪肉和豆子了。

事实上，只有一个地方无法让你看到天空下的埃斯库迪拉山，那就是这座山的山顶。不过在那里你仍能感觉到山的存在，原因就在于大熊。

这位大脚老兄是个强盗大王，埃斯库迪拉山则是它的城堡。每年春天，当和煦的春风融化了积雪时，这只老棕熊就会爬出它在岩石堆中的冬眠洞穴，下山猛击一头乳牛的头部。在一顿饱餐之后它又会爬回峭壁，依靠旱獭、兔子、浆果和树根在那里安安稳稳地度过夏天。

我有一次见过一头它杀死的牛，牛的头骨和脖子一团稀烂，仿佛是迎头撞上了正在疾驰的一列货运火车。

从来没有谁亲眼见到过这只老棕熊，但是在悬崖下泥泞的泉水周围，可以看到它那令人惊骇的巨大足迹。沉着老练的牛仔看到这些足迹，就能感觉到熊的存在。不论他们骑马去什么地方，那座山必然都在他们眼前，一看见那座山，他们就会想到熊。人们坐在篝火边交谈时，总会谈到牛肉、舞会和熊。大脚老兄所要求的只是一年吃掉一头牛，以及方圆几英里的没用处的岩石，但是整个地区似乎都能感受到它的气息。

正是在那段时日，"进步"首次来到这个养牛的地区，而"进步"拥有各种使者。

使者之一是最早驾驶汽车横跨北美大陆的人。牛仔们了解这位公路骑士，他像所有的驯马者一样，喜欢谈笑风生，也喜欢冒险逞能。

牛仔们倾听并注视着那位身穿黑色天鹅绒服装的漂亮女士，尽管并不明白她所说的内容。她带着波士顿口音向他们解释妇女参加选举的意义。

他们也对装电话的工程队惊讶不已。电话线挂在刺柏上，立刻就带来了城里的音讯。一个上了年纪的人问电话线能不能给他带来熏猪肉。

一年春天，"进步"派来了另一位使者：政府雇用的一名捕兽员,身着工作服,由政府部门付费寻找并杀死巨兽的圣·乔治[1]。他询问此地是否存在需要消灭的危险动物。回答是肯定的,这里有只大熊。

捕兽员把行李捆在骡子上,向埃斯库迪拉山进发。

过了一个月,他回来了,骡子驮着一张沉重的兽皮,被压得摇摇晃晃。镇里能装得下这张兽皮把它晾干的只有一个谷仓。他尝试过陷阱、毒药等所有惯常的伎俩,但都不奏效,直到他在一条只有熊可以通行的隘路边上设置了一把子弹上膛的枪,然后在一边等待。最后,大棕熊撞上了和扳机系在一起的绳子,把自己打死了。

事情发生在六月。熊皮在发臭,又不是完好无损,没什么价值。对我们来说,连一张完好的熊皮都没能给这最后的棕熊留下以纪念它的种族,这似乎是一种侮辱。它所留下来的,只有陈列在国家博物馆里的一个头骨,以及由此引起的科学家们对其拉丁文名称的争论。

只有在思索这些事情之后,我们才开始感到疑惑,究竟是谁制订了进步的准则。

自从创世以来,时间就一直磨蚀着埃斯库迪拉山的玄武岩山体,一直在消耗、等待、构建。在这座古老的大山上,时间构建了三件东西:庄严神圣的外表、低级动物和植物的群落,还有一只棕熊。

杀死了棕熊的政府捕兽员知道,他已经使埃斯库迪拉山成了牛群的安全之地。但他不知道,他已经推倒了一座宏伟建筑物的尖顶,而那座建筑物的修建自从凌晨的星辰一起歌唱以来就从未

---

[1] 圣乔治(St. George):传说中杀死一头恶龙的骑士。

停止过。

派遣捕兽员的政府局长是了解进化建构过程的生物学家，但他不知道，那尖顶或许和牛一样重要。他更没有预见到，这个产牛地在20年内就将变成旅游区，因此对熊的需求将超过对牛排的需求。

投票赞同拨款消灭牧区里的熊的国会议员们，是拓荒者的儿子。他们颂赞边远地区拓荒者的优越美德，同时却又全力以赴去终结边远地区的存在。

我们这些默许把熊消灭的林务官员听说过，当地一个牧场主曾在犁地时发现了一把短剑，上面刻着一个科罗纳多军队指挥官的名字。我们曾严苛地指责西班牙人，他们在狂热地追求黄金并迫使人改变信仰的过程中毫无道理地消灭了印第安土著。然而我们并未想到，我们也指挥了一场自以为正义的侵略行动。

埃斯库迪拉山依旧高耸于地平线上，但你看到它时再也不会想起熊。它现在只是一座山而已。

奇瓦瓦和索诺拉

瓜卡玛亚

关于美的物理学在中世纪的黑暗时代也仍旧是自然科学的一个门类，就连研究弯曲空间的人都不曾解开它的方程式。比如说，人们都知道北方森林的秋日地景就是土地加上一棵红枫，再加上一只流苏松鸡。从传统物理学来看，这只松鸡代表的只不过是一英亩土地的质量或能量的百万分之一。然而，减去了松鸡，整个秋日地景就瓦解了，因为某种动能已经相当多地损失掉了。

你可以简单地说，所谓的损失都是人们想象出来的，但是，是否有哪个严肃的生态学家会同意这种看法呢？生态学家明白，有一种生态学上的死亡，其意义是当代科学所无法衡量和表达的。一位哲学家把这种无法衡量的属性称为物质的本体，它和现象形成对比，现象可以衡量与预测，即使是遥远星体的摇摆和转动也不例外。

松鸡是北方森林的本体，冠蓝鸦是山核桃树丛的本体，噪鸦是泥炭沼泽的本体，蓝头松鸦是长着刺柏的山麓丘陵的本体。这些事实还没有写进鸟类学的书籍。我认为这些对科学来说还是全新的知识，尽管有洞察力的科学家会认为它们显而易见。因此，我要在这里记下所发现的马德雷山脉的本体——厚嘴鹦鹉。

这种鸟被归为新的发现，只是因为很少有人到过它们活动的地方。一旦到了那里，只有耳聋目瞽之人才会不知道它们在山区的生活和景观中的角色。实际上，你刚一吃完早餐，那些聒噪的鸟儿就离开了悬崖上的栖息地，飞到黎明时分的天空中表演早操。它们就像鹤群形成的方阵一样盘旋翻飞，相互大声辩论着你也感兴趣的同一个问题：在峡谷上缓缓展开的这新的一天，是会比以往的日子更蓝更绚丽，还是正好相反？表决的结果是平局。于是它们分别和同伴飞到高高的台地上吃早餐——裂开了外壳的松子。它们都还没有看见你。

但是稍过一会儿，当你开始爬出陡峭的峡谷时，一只眼尖的鹦鹉可能在一英里之外就会发现，有个奇怪的动物正气喘吁吁地走在那条只有鹿、狮子、熊或火鸡才获准通行的小径上。早餐被抛到了脑后。随着喧嚷的叫喊声，整群鹦鹉都扑啦啦地拍着翅膀向你飞来。看着它们在你头顶盘旋，你会急切地渴望手边能有本鹦鹉字典。它们是不是在问你究竟在这里做什么？或者它们就像群鸟组成的商会，希望能确定你在与其他时期、其他地方进行对比后，最欣赏的是否是它们光荣的家乡、天气、居民，以及辉煌的未来？答案可能是二者之一，也可能二者兼有。你心中会突然闪过悲哀的预感：道路修好之后，这个闹嚷嚷的鹦鹉委员会首次接待持枪游客时，这里将会发生什么？

它们很快就清楚了，你是个笨拙的不擅辞令的家伙，不会吹口哨回应马德雷山的标准礼仪。毕竟树林中没被啄开过的松子比被啄开的多，所以还是回去吃完早餐吧！这一次它们可能会落到悬崖下的某棵树上，如果你蹑手蹑脚走到悬崖边上向下看，就会第一次看到它们多彩的着装：绿色的天鹅绒制服，深红色和黄色的肩章，还有黑色的头盔。它们从一棵松树飞到另一棵时闹哄哄的，但总是排成编队，而且成员数总是偶数。我只有一次看到过由五只或其他奇数数目的鹦鹉所组成的飞行编队。

我不知道，正在筑巢的情侣们是否和在九月聒噪着迎接我的鸟群一样喧闹。我确切知道的是，在九月，如果山上有鹦鹉，那么你很快就会知道它们的存在。作为称职的鸟类学者，我应该尽量描绘出它们的叫声。那声音乍听起来与蓝头松鸦的叫声相似，但蓝头松鸦的音乐是柔和而怀旧的，犹如它们故乡峡谷上笼罩着的薄雾。而这种因其悦耳叫声而被当地人称为"瓜卡玛亚"的鹦鹉，嗓音总是更加响亮，而且洋溢着高雅喜剧充满风趣的热情。

我听说，在春天时，一对鹦鹉会寻找啄木鸟在枯死的高大的松树上留下的树洞，在那里与外界暂时隔绝，履行延续种族的责任。可是什么样的啄木鸟能啄得出那么大的洞呢？瓜卡玛亚的大小和鸽子差不多，几乎不可能挤进一只啄木鸟的房舍。难道它是用自己有力的喙来完成必要的扩建工作？据说在这些地区出现过帝王啄木鸟，或许它们使用的是这种啄木鸟的洞？我把发现答案的愉快任务留赠给以后拜访这些鸟的鸟类学家。

绿色的潟湖

绝不去重访一处荒野，这是一种智慧，因为百合花越是金光璀璨，你就越可以肯定是有人给它镀了层金。故地重游不仅会破坏旅行的兴致，也会让记忆失去光彩。那光灿的冒险旅程唯有留存在记忆中，才能永远熠熠生辉。因此，自从1922年我和我兄弟划着独木舟在科罗拉多河三角洲探险之后，我就再也没去过那个地方。

我们所知道的是,自从西班牙探险家赫尔南多·德·阿拉孔1540年在该三角洲登陆以后,这个地方就被人遗忘了。我们在河口宿营,据说赫尔南多的船曾在这里停泊,但我们连着几个星期都没看见任何人或牛、斧头的砍痕或一道篱笆。不过有一次,我们横过了一条古老的马车小径,不知道它的开辟者是谁,但我们估计其使命大概是危险邪恶的。也有一次我们发现了一个锡罐,并视之为有价值的器皿,争抢着要保留下来。

三角洲的黎明是由黑腹翎鹑的呼唤声开启的,它们栖息在我们帐篷上方的牧豆树上。随着太阳在马德雷山上渐渐露出笑脸,阳光开始斜照着一百英里的迷人荒野——四周环绕着锯齿状山峰的茫茫盆地。在地图上看,河流把三角洲分成了两部分,但事实上河流并不存在,又可以说无处不在。因为它自身无法决定,在那上百个绿色潟湖中,究竟哪个能让它最为悠缓怡然地流向海湾。于是它要把每个湖都环游一番,我们也就随之一起旅行。河流分了又合,迂回曲折,蜿蜒流过令人生畏的丛林,没原由地绕圈。河流与迷人的小树林嬉戏,尽管迷了路仍很欢悦,而我们也是一样。要为拖延耽搁下个结论,就和一条不愿在大海中失去自由的河流一起旅行吧。

"他引领我到静静的水边"对我们来说一直只是《圣经》中的一个短句,但是在我们划着独木舟缓缓探索绿色潟湖之后,这句话就有了意义。如果大卫没有写下这句赞美诗,我们也会强烈地感到要写下自己的诗篇。静静的水是深翡翠色的,我猜想是水藻造成的,毫不逊色于绿色。牧豆树和柳树形成的碧绿屏障分隔开了河道与荆棘沙漠。在每个转弯的地方都能看到白鹭站在前边的水洼里,每个白色的雕像都与一个白色的倒影相配。各个鸬鹚舰队开动黑色的船头,搜寻掠过水面的鲻鱼;反嘴鹬、斑翅鹬和黄脚鹬,都用一只脚站在沙洲上打瞌睡;绿头鸭、赤颈鸭和绿翅鸭受了惊吓飞起来,飞上天后又在前方汇聚成群并停歇下来,或者向回飞到我们后面。一群白鹭栖落在远处的绿色柳树上时,好似一场过早到来的暴风雪。

这众多的水禽和鱼并非只供我们享受。我们经常会遇到一只美洲山猫趴在一根半沉半浮的原木上,伸着脚爪准备抓鲻鱼。浣熊家族涉过浅滩,大声嚼着水生甲虫。郊狼从陆地上的小土丘注视着我们,等着继续吃尚未吃完的牧豆早餐,我猜想,偶尔出现的受伤的鸟、鸭子或鹌鹑会让郊狼的早餐品种更加丰富。每个可涉过的浅滩上都有鹿的足迹。我们总要查看这些鹿踏出来的小径,期待着能发现三角洲的专制君主——雄伟的美洲虎——活动的踪迹。

我们根本没见过它的影子,但是它的气息影响着整个荒野;没有一只活着的野兽会忘记它的存在,因为疏忽大意的代价就是死亡。没有一只鹿在绕过一丛灌木或停在牧豆树下吃豆荚时不会先嗅一嗅有没有美洲虎的气味;没有一个宿营者不会在营火熄灭之前谈起美洲虎。没有一只狗会在夜里蜷缩着熟睡,除非是躺在主人脚边。狗无须警告就知道,众猫之王仍然统治着黑夜,它那巨大的脚爪可以打倒一头牛,它那锋利的牙齿可以像铡刀一样咬断骨头。

如今,这个三角洲很可能已经让牛感到安全,让爱冒险的猎人觉得单调无趣了。绿色湖区已经迎来免于恐惧的时刻,然而荣耀也已远离。

吉卜林①在阿姆利则②城中闻到准备晚餐的烟味时应该就此详加描述，因为再没有其他诗人曾经歌颂过或闻到过绿色大地的木柴。今天，大多数的诗人想必都靠着无烟煤过活。

在三角洲，人们烧的只是牧豆树，这是最为芳香馥郁的燃料。这些古老树木的不朽树干在上百次的霜冻和雨水中变得松脆，同时又经历过上千次的太阳烘烤。饱经风霜的粗糙树干躺在每一个营地里等候使用，随时准备着在暮色中升起缭绕的蓝色青烟，唱一曲茶壶之歌，烤一块面包，把一锅鹌鹑肉烧成棕色，并且温暖人和动物的小腿。把一铲牧豆树木炭放到荷兰烤锅下面后一定要注意，睡觉前不能坐在那个地方，以免烫得尖叫着站起来，把栖息在你头顶上方的鹌鹑吓跑。牧豆树的木炭有七条命，不会轻易熄灭。

在玉米带，我们用白橡树炭做饭；在北方的森林里，我们用松木烧黑了锅；在亚利桑那州，我们用刺柏木把鹿排烤成棕色。但是，直到我们用三角洲的牧豆木烤熟一只小雁时，才算见到了完美的燃料。

那只雁应该被烤成最漂亮的棕色。雁群曾绕着我们转了一个星期。每天早晨我们都看着欢叫着的雁群方队从河湾飞向内陆，不久就填饱了肚子安静地飞回来。它们追寻的是哪个绿湖的哪种珍奇美味？我们一次又一次随着雁群转移营地，希望看到它们落下来，从而发现它们宴席的菜肴。一天早晨八点左右，我们看到盘旋飞行的雁群散开队形，侧滑而下，像枫叶一般纷纷落到地面。一群群大雁随之而来。我们终于找到了它们的宴会地点。

第二天早晨的同一时间，我们埋伏在一个样子普通的泥沼旁

---

① 吉卜林（Kipling）：生于印度的英国作家和诗人。
② 阿姆利则（Amristar）：印度旁遮普的一个城市。

开始等待。雁群在前一天留下的足迹布满了泥沼的沙洲。这里离营地很远，因此，我们走到这里时已经很饿了。我兄弟想吃掉已经冰凉的烤鹌鹑，他正把鹌鹑往嘴里送时，空中传来了嘎嘎的叫声，让我们呆站在原地一动也不动，烤鹌鹑悬在嘴边。雁群悠闲地盘旋着，争论着，犹豫着，最后飞了下来。枪声响时，烤鹌鹑掉到了沙地上，而所有我们将吃到的大雁都躺在沙洲上蹬着腿。

来了更多的大雁，它们落了下来。狗兴奋地颤抖着。我们一边悠闲地吃着烤鹌鹑，一边透过遮蔽物观察雁群，听着它们的闲聊。它们正在吞沙砾，一群雁吃够离开后又会有一群雁飞过来，急欲品尝它们的美味沙砾。在绿色潟湖的千百万颗砾石中，唯有这个沙洲的小沙砾最适合它们的胃口。对雪雁来说，这一差别值得飞行40英里。对我们来说，这种长途跋涉也是值得的。

三角洲上的大多数小型猎物多得捕不完。在每个宿营地，我们经过几分钟的射击，就能得到足够第二天食用的鹌鹑了。讲究的烹饪法要求鹌鹑从在牧豆树上栖息到在牧豆木炭上烧烤，至少需要挂在横木上经过一个寒冷的夜晚。

所有的猎物都是出奇的丰腴。每只鹿都储存了如此多的脂肪，假若它允许，我们完全可以把一小桶水倒入它背脊上的凹陷处。它当然不允许我们这样做。

丰饶的原因其实并不难寻找。每一棵牧豆树都结着饱满的豆荚。在干了的平坦泥地上，一年生的草缀满了谷粒般的种子，几乎可以用杯去盛。还有一大丛一大丛石决明似的豆科植物，在中间走一圈后口袋里就会装满去了壳的豆子。

我记得有一块数英里的平坦泥地长着野南瓜。鹿和浣熊剖开上了冻的瓜，露出里面的种子。鸽子和鹌鹑拍动翅膀参加这场盛宴，就如同熟透了的香蕉上的果蝇。

我们不能——至少是不曾——去吃鹌鹑和鹿所吃的东西，但我们分享了它们在这"流着牛奶与蜂蜜"的富庶荒野明显感受到的欢愉。它们的喜庆心情成了我们的心情，我们都尽情享受这共有的富足和彼此的幸福。在已开发的地区，我从来没有体会过对土地的类似情感。

在三角洲宿营并非只是吃喝玩乐。我们遇到的问题是水。潟湖的水是咸的，我们所找到的河水又太浑浊，不能饮用。每到一个新的宿营地，我们都要新挖一口井，但大多数的井里流出的只是来自海湾的咸水。我们很艰难地学会了寻找能挖出清甜淡水的地方。我们不确定一口新井是否有淡水时，就拉住狗的后腿让它下井。如果它喝下很多水，就意味着我们可以把独木舟拉上岸，生起篝火搭起帐篷。然后我们会坐下来，在宁静中与这个世界和平共处。此时，鹌鹑在荷兰烤锅里滋滋作响，太阳带着余晖落到圣佩德罗马蒂尔山后。吃完晚餐洗好盘子后，我们一面回想着白天发生的事情，一面倾听夜晚的种种声音。

我们从不制定第二天的计划，因为我们已经明白，在野外，在早餐之前，总是会出现某些新奇且令人无法抗拒的分心之事。像河流一样，我们只是随意漫游。

在三角洲很难按计划旅行，每次爬上一棵棉白杨向远方眺望时，我们都会想到这一点。树上的视野是如此宽广，如果长久观察肯定会感到头晕目眩，向西北方眺望时更是这样。在马德雷山的山脚下，一道白色的条纹悬浮在永不消逝的海市蜃楼中，这就是那个大盐漠。1829 年，亚历山大·帕蒂因为缺水、耗尽体力和蚊虫叮咬而死在那里。他原有一个越过三角洲前往加利福尼亚的计划。

曾有一次，我们计划从一个绿湖搬到另一个更绿的湖。我们看到了盘旋的水鸟，因此知道那边有个湖。如果穿过一片很高的矛状灌木，那么两湖之间的距离将是300码。这片灌木林茂密得不可思议，大水折弯了这些长矛，它们就像马其顿的士兵方阵那样挡住了我们的路。我们小心谨慎地撤退，并自我安慰说，我们原来所在的潟湖终究更加美丽。

陷入灌木方阵的迷宫是真正的危险，但是这种危险任何人都没提到过，而曾有人警告我们加以提防的危险却从未来临。我们把小舟推到河流边缘时，就有人提醒我们小心致命的横祸。他们说，曾有更坚实的船被潮涌吞没，潮涌是来自海湾的潮水沿着河流汹涌而上时形成的水墙。我们谈论过潮涌，精心构想了各种避开的方法，甚至在梦里见到了潮涌，见到了骑在浪尖上的海豚，以及空中尖叫着的海鸥护卫队。我们到达河口后把独木舟挂靠在一棵树上，在那里等了两天。但是我们感到很扫兴——浪潮并没有来。

三角洲没有地名，我们必须给沿途所到的地方取名。有一个潟湖被我们称为瑞力多，我们就是在这里的天空中看到了"珍珠"。当时我们正沐浴着十一月的阳光仰面躺在地上，懒洋洋地注视一只在高空翱翔的红头美洲鹫。在它后面远远的天空中，突然出现了一个由时隐时现的白点构成的旋转着的圆圈。一声模糊的号角般的鸣叫很快就告诉我们，那是鹤，它们正满意地审视着自己的三角洲。那时我的鸟类学知识都是自学的，我乐于把它们归为美洲鹤，因为它们的羽毛是那样洁白。但它们无疑是沙丘鹤，不过那没有关系。关键是我们正与最自然的鸟类一起分享自然的荒野。我们和它们在最辽远的时空中找到了共同的家园，我们都回到了更新世。如果我们做得到，我们也想发出鸣叫回应它们的问候。经过了这么多的变迁，如今我依然能看见它们在空中盘旋。

所有这些都是很久以前的遥远的事情。据说现在的绿湖出产甜瓜。果真如此，它们应该别具风味。

人们总是毁掉所爱的事物，我们这些拓荒者就是这样毁掉了荒野。有人说我们别无选择。不管怎样，我很庆幸自己不必在没有荒野的时代度过年轻岁月。如果地图上没有任何空白点，就算我们拥有40种自由又有何用？

加维兰之歌

河流之歌通常是指河水在岩石、树根和险滩上弹奏出的曲调。

加维兰河就有这样一首歌。悦耳的音乐描述着舞动的涟漪以及肥美的虹鳟，那些虹鳟就隐藏在梧桐、橡树和松树长满苔藓的树根下。这音乐也有实用性。由于狭窄的峡谷回荡着淙淙的水声，下山喝水的鹿和火鸡都听不见人或马的脚步声。你在绕过下一个转弯处时要格外留意，因为你或许可以开枪打到猎物，那样就不必再辛辛苦苦地攀爬高高的方山台地了。

河流之歌是每双耳朵都可以听见的，但是这些山丘上还有其他并非每双耳朵都能听得到的音乐。哪怕要听到其中几个音符，你也必须在这里长住一段时间，而且必须知道山与水的语言。然后，在一个宁静的夜晚，当营火将熄，昴星团[①]的七星已然爬过山崖时，你可以静静地坐下来倾听是否有狼的嗥叫，同时用心回想并试着了解你所目睹过的一切。这时你就能听到那音乐。那是一种茫茫荡荡的律动着的和声，它的乐谱刻在上千座山上，它的音符是动植物的生生死死，它持续的时间短则数秒，长则数个世纪。

---

① 昴星团：距离地球最近、最亮的疏散星团之一。

每条有生命的河流都哼唱着属于自己的歌,然而,人类的不当行为带来的不谐和音,早已破坏了大多数的河流之歌。过度放牧首先伤害了植物,然后破坏了土壤。之后,来复枪、陷阱和毒药,灭绝了较大的鸟类和哺乳动物。而后,公园或森林里出现了道路和游人。修建公园是为了让大众听到音乐,但是等到人们准备听音乐时,那里除了噪音已经不剩什么。

从前也曾有人住在河流两旁而不破坏河流生命的和谐。肯定曾有数千人住在加维兰河河畔,因为到处都有他们工作的结果。从任何一个峡谷往出口处走,你都会发现自己正在攀爬小小的岩石梯台或拦水的水坝,每一层的顶部都连着上一层的底部。每个水坝后面都有一小片土地,从前曾是一块农田或一个菜园,灌溉则依靠落在旁边陡坡上的雨水。你会在山脊顶部发现一座瞭望塔的石基,山坡上的农夫或许就是站在这里守护他那零零星星的土地。家里用的水肯定是他从河里提来的。至于家畜,他显然没有养。他种了些什么庄稼?是在多久之前?植根于他的小片田地中的300多岁的松树、橡树或刺柏,是唯一能找到的不完整的答案。显然,早在那些年龄最老的树开始在此生长之前,就已经有了这片田地。

鹿喜欢躺在这些小片梯田上,因为这里提供了一张平坦的没有石头的床,上面铺着橡树叶,挂着灌木形成的帘帐。只要越过水坝,鹿就在入侵者的视线之外了。

一天,借着呼啸风声的掩护,我悄悄往下爬到了一只在水坝上睡觉的鹿的上方。它躺在一棵大橡树的树荫下,橡树的根盘绕着这古老的石头结构。鹿的角和耳朵映衬着边上金黄色的垂穗草,显出清晰的轮廓,垂穗草中生长着一株如绿色玫瑰花般的龙舌兰。整个景色中心鲜明,画面和谐。我的箭射偏了,落在那位老印第安人放置的岩石上,折成了几段。那只雄鹿蹦跳着下山,摇着雪白的尾巴向我道别,此时我意识到它和我不过是同一个寓言里的两个角色。尘土归于尘土,石器时代归于石器时代,然而永恒的追逐从不停止!箭没射中是很合适的,因为如果一棵大橡树生长在我现在的园子里,我也希望会有一只鹿躺在落叶上安睡,潜步靠近的猎人想射鹿却没射中,在那里暗忖究竟是谁修筑了这座园子的墙。

迟早有一天,从双筒猎枪射出的子弹将嵌入我的雄鹿光滑的肋骨。一只蠢笨的小公牛将占用鹿在橡树下的卧床并贪馋地咀嚼金黄色的垂穗草,直到那里只能长些杂草。而后大水会冲开古老的水坝,把石块堆积到下面河畔的观光道路上。卡车将在古老的小路上扬起灰尘,而就在昨天,我还在路上看到了狼的足迹。

目光短浅的人认为,加维兰河地区是多石头的贫瘠之地,遍布艰险的陡坡和峭壁。这里的树长了太多的树瘤,不适合做锯材原木。这里的山地过于陡峭,不能作为牧场。但是从前的梯台建筑者并未被表象蒙蔽,经验告诉他们,这是块流着牛奶与蜜糖的福地。这些长得歪歪扭扭的橡树和刺柏,每年都会结满供野生动物食用的累累果实。鹿、火鸡和野猪就像玉米田里的小公牛一样,把这些果实转化成肥美的肉。这些金黄色的草在摇曳的羽状叶片下隐藏着球茎和块茎作物的地下菜园,这些作物包括野马铃薯。切开一只肥胖鹌鹑的嗉囊,就可以看到可食用的地下植物的标本室,它们都是从你以为贫瘠的石头地里挖来的。这些食物是植物向那个被称为动物群的巨大器官提取或注入的动力。

每个地区都拥有某种能代表其丰饶程度的人类食物。加维兰河流域的群山也发现了可以代表自己地区的独特美食法:杀掉一头以树的果实为食的公鹿,时间既不能早于十一月,也不能晚于一月。把鹿挂在一棵弗吉尼亚橡上,经过7次霜冻和7次太阳烘晒后,从脊背下的脂肪层切下半冻结的肉条,再把肉条横切成肉排,然后在肉排上抹好盐、胡椒和面粉,等到栎木炭火上的荷兰烤锅里的熊油热得冒烟时,把肉排扔进油中。在肉片开始呈现棕色时立刻把它取出来,然后在油里撒一些面粉,加入一些冰水,再加些牛奶。最后,把肉排放在热气腾腾的发酵面包上,把浓肉汁浇到上面。

这样的组合很有象征性。鹿躺在山上,而金色的浓汁就是在它的生命中由始至终照耀着的阳光。

食物在加维兰河之歌里是个连续统一体。当然,我指的不仅是你的食物,还有橡树的食物。而橡树为雄鹿提供食物,雄鹿为美洲狮提供食物。美洲狮死在一棵橡树下,回到橡实里供它从前的捕食对象食用。许多食物都是这样从橡树开始又复归橡树的循环,因为橡树也是松鸦的食物,松鸦是被用来为河流命名的苍鹰的食物。橡树还是其他动物的食物,包括给你提供油脂烹制肉汁的熊,给你上了一堂植物课的鹌鹑,每天都要躲开你的火鸡。这一切的共同目的,就是帮助加维兰河源头的细流从马德雷山的庞大躯壳上多切下一些土壤,从而培养出另一棵橡树。

植物、动物和土壤就像是一个大管弦乐团所使用的乐器,有些人的责任就是检查这三者的结构,这样的人被称为教授。每个教授都选择一种乐器,用一生的时间对其进行拆解,并描述它的弦和共鸣板。拆解的过程通称为研究,进行肢解的场所就叫作大学。

一名教授可能会弹拨自己的乐器,却从不会动其他乐器。假如他听了其他乐器的音乐,也绝不会向同事或学生承认。这是因为,所有的教授都受僵化的戒律所限,这种戒律规定:研究乐器结构属于科学的领域,而对和声的探察则属于诗人的领域。

教授服务于科学，而科学服务于进步。科学服务进步的程度如此之深，以至于在把进步急速扩展到所有落后地区的过程中，践踏并损毁了许多比较复杂的乐器。歌中之歌就是这样失去了一个又一个组成部分。如果在每一种乐器粉碎之前，教授都能来得及把这种乐器归类，他也就心满意足了。

科学为这个世界带来了物质与道德上的福祉。科学在道德上的伟大贡献就是客观性，或称科学观点。这意味着怀疑事实之外的所有事物，砍掉事实之外的所有东西并任由那些碎片散落。经过了科学的劈砍之后，所得到的事实之一就是：每条河流都需要更多的人，所有的人都需要更多的发明，因此也就需要更多的科学，而美好的生活就取决于这一逻辑链的无限扩展。然而科学尚未接受这种质疑：河流上的美好生活同样取决于对音乐的欣赏以及保存供人欣赏的音乐。

科学尚未抵达加维兰河，因此，水獭在它的池塘和浅滩中玩游戏，把肥胖的虹鳟从布满青苔的岸边赶出来。它从未想到过，有一天大水将把河岸冲进太平洋，它也不会想到，有一天钓鱼的人将和它争夺鳟鱼的所有权。像科学家一样，它丝毫不怀疑自己所设计的生活。它认为加维兰河的流水之歌将唱至永恒。

俄勒冈州和犹他州

旱雀麦

窃贼之间有行规,动植物的害虫之间同样有团结与合作。当某种害虫受到了天然屏障的拦阻时,另一种害虫就会来采取新的方法突破阻碍。最后,每个地区和每种资源都要接受一定数量的不请自来的生态客人。

于是,随着马的减少而变得无害的英国麻雀被椋鸟取而代之,而椋鸟的数量是随着拖拉机的普及而多起来的。栗树枯萎病未能向西蔓延到栗树世界之外,但是荷兰榆树病随后开始传播,并且一有机会就向西越过榆树世界。白松疱锈病在无树的平原受到阻挠后原本无法西进,却找到了一条经由后门的新的登陆途径,现在它正轻松地翻越落基山脉,从爱达荷州前往加利福尼亚。

生态偷渡客是随着最早的移民一同到来的。瑞典植物学家彼得·卡尔姆发现,大多数欧洲杂草早在 1750 年就在新泽西和纽约扎根了。它们蔓延的速度几乎和殖民者耕地播种的速度一样快。

在这之后,来自西方的植物偷渡客发现,牧场里的牲畜已经践踏出数千平方英里的苗床供其发芽。在这种情况下,它们的蔓延速度是如此之快，几乎让人无法一一跟踪记录。当人们在美好的春天早晨醒来，很可能会发现牧场已被一种新的杂草占领。一个显著的例子就是侵入山间和西北山丘的旱雀麦，又称行窃草。

你或许会对大熔炉的这一新成分产生过于乐观的印象，但我要提醒你，旱雀麦并不意味着会带给你一片生机勃勃的草地。旱雀麦和看麦娘、马唐一样，都是一年生的杂草，会在每年秋天死去，也会在同年秋天或来年春天播下草籽。它在欧洲时生长在茅草屋顶的烂草中间，屋顶的拉丁文是 tectum，因此旱雀麦的拉丁学名 Bromus tectorum 就是指"屋顶的旱雀麦草"。一种能在屋顶上生存的植物，当然也能在新大陆肥沃而干燥的土地上肆无忌惮地生长。

位于西北山区侧面的山丘如今呈现出一片金黄色，这并非源于从前所生长的那些富含养分的禾本草类或冰草，而是源于取代了本地草类的劣质旱雀麦。汽车司机仍会眺望远处的山峰，感叹着群山流畅的轮廓，却不会注意到草的品种已经被换掉了。他们不可能想到，山也会使用生态的化妆粉美化遭到损毁的容颜。

发生了这种替换的原因是过度放牧。当过多的牛群和羊群在山麓丘陵上践踏并吃光那里的草皮时，总要有某种东西来遮盖遭到蹂躏的光秃秃的地表，在此地扮演这一角色的就是旱雀麦。

旱雀麦生长得很稠密，每一株的茎上都长着一团刺芒，因此，在它成熟后没有哪种牲畜能以之为食。一头想吃成熟旱雀麦的牛会处于什么样的境地呢？若想亲自体会一下，你可以穿上低帮鞋试着在旱雀麦丛里走一走。在旱雀麦生长的地区，所有在田间工作的人都必须穿着长筒靴，只有脚踩汽车踏板或混凝土人行道时才有可能穿上尼龙袜。

旱雀麦那多刺的芒为秋日山丘披上了棉毛一般易燃的黄地

毯。旱雀麦生长的地方无法彻底避免火灾。结果，残存的那些适宜动物啃食的植物，例如灌木蒿和野蔷薇，只要长在低处就会被火烧光。它们只有长在高处才不会遇到山火，但是生长在高处的冬季饲草很难被动物利用。在冬天，鹿和鸟需要靠低处的松林提供栖息地，但是如今，松林同样被火烧得退到高处了。

在夏天的旅游者看来，烧掉山麓的一些灌木丛似乎算不上什么损失。但他不明白，在冬天，下雪之后家畜和野生动物都无法到较高的山上去。家畜可以在山谷的牧场觅食，然而鹿和赤鹿必须在山麓丘陵找到食物，否则就会饿死。可供动物在冬日栖息的地带很狭窄，而且越往北边，冬天的栖居区域和夏天的栖居区域的大小就越不一样。散落在山麓上的那些野蔷薇、蒿和橡树，是整个地区的野生动物存活下去的关键，然而它们的范围正在旱雀麦引发的火灾下迅速缩减。另外，这些零散的灌木在客观上保护着藏匿其下的当地多年生草类。灌木被烧掉后，这些残存的草就会葬身牲畜腹中。猎人和牧场主争吵着该由谁先离开，从而减轻冬季牧场的负担，此时旱雀麦却正在扩张地盘，留下越来越少的冬季牧场供人争夺。

旱雀麦带来了许多似乎轻微的烦恼，与鹿被饿死或牛吃了旱雀麦后嘴疼相比，大多数烦恼并不那么严重，但是仍值得一提。旱雀麦侵入古老的苜蓿地后降低了牧草的品质。新孵出的小鸭子需要从高处的窝前往低处的水，但是旱雀麦在小鸭子那生死攸关的旅程上设下了障碍。旱雀麦也侵入了林木区较低的边缘，阻碍了松树苗的成长，并且用森林急火威胁着老树的繁衍。

我自己也体验过这种烦恼。在我抵达北加利福尼亚边界的一个"进关港"时，一个检疫官要检查我的汽车和行李。他有礼貌地解释说，加利福尼亚欢迎旅游者，但是旅游者的行李不能夹带有害动植物。我问他是哪些动植物,他背出一长串菜园和果园病害的名单。他的名单里没有黄色地毯般的旱雀麦,然而这条地毯已在他脚下铺开并一直蔓延到四面八方的远山。

与应对鲤鱼、椋鸟和猪毛菜的情况相仿,受害于旱雀麦的地区试图变害为利,终于找到了这个入侵者的用途。新发芽的旱雀麦未变老前是不错的饲料,你餐桌上的羊排很可能就是春天柔嫩的旱雀麦所养育的。旱雀麦源自过度放牧,但是也减少了过度放牧可能造成的土壤流失(这种生态学上的积极循环值得我们认真思考)。

我留心倾听,想知道西部地区是已把旱雀麦作为不可避免的祸害接受下来,并要与之一起生存直至末日,还是已将旱雀麦视为挑战,从而纠正以往对土地的不当使用。我发现令人失望的态度几乎遍布各地。到目前为止,人们既未对管理和保护野生动植物感到自豪,也未对患病的土地感到羞愧。我们只在会议室或编辑室里空谈保护自然资源,像堂吉诃德一样与假想的敌人搏斗,然而在偏远地区,多少年来我们甚至连一支长矛都未曾投掷。

曼尼托巴

克兰德博伊

教育恐怕就是通过对某种事物的视而不见来学会观察另一种事物。

对于沼泽的性质,大多数人都会视而不见。我想到这个问题是因为:一次我特意带客人到克兰德博伊沼泽,却发现这个沼泽在他眼中只不过是比其他沼泽更显荒芜,淤泥更多更难航行而已。

这很奇怪,因为任何一只鹈鹕、游隼、䴙䴘或西鹏䴘,都知道克兰德博伊是卓尔不群的沼泽。它们舍弃了其他沼泽而选择这里,难道还会有别的原因吗?它们对我闯入其领地感到恼怒,不仅视之为非法侵入,而且视之为对世界秩序的破坏,难道还会有别的原因吗?

我认为奥秘就在于,克兰德博伊在空间和时间上都与其他沼泽分离开来。只有不加批判地接受流传下来的历史的人,才会以为1941年是在同一时刻抵达所有沼泽的。鸟比那些人更明白事理。一队向南飞的鹈鹕在克兰德博伊上空只要感到大草原的些许微风,立刻就会知道这里有一个地质史上的降落点,在此可以避开那最残忍的入侵者——未来。鹈鹕们发出奇特的、古老的哼鸣声,朝着欢迎它们的、属于昔日时代的荒野,展开翅膀威严地盘旋降落。

那里已经有了其他避难者,它们个个都以自己的方式接受时间进程中的短暂休息。加拿大燕鸥像一群兴奋的孩子一样在泥滩上方尖叫,仿佛消退中的冰原已经流动着最早融化的冰雪,它们想捕食的鲤鱼正在冰冷的水中直打冷战。一队沙丘鹤以尖叫声来反抗它们怀疑或畏惧的所有对象。一支天鹅舰队安静优雅地航行在水湾上,感叹着像它们一样卓著的事物总是转瞬即逝。在沼泽汇入大湖的地方有一棵饱经暴风雨摧残的白杨树,一只游隼从树顶扑向一只路过的鸟。它已经饱餐了一顿鸭肉,但还是乐于吓唬一下那只尖叫的水鸟。早在阿加西斯湖覆盖这片草原的时期,这种做法就已经是游隼的餐后运动了。

要为这些野生动物的态度分类并不难,因为每只鸟的内心感受都是直接流露在外的。只有一个避难者是例外,我无法读懂它的心思,因为它拒绝和人类入侵者妥协。其他鸟儿轻易就会信任穿着工作服的傲慢自负的人类,但西鹮鹃却绝对不会这样。我尽量小心地靠近沼泽边的芦苇,看到的却只是它无声地潜入水湾时的银光一闪。而后,它躲到远处岸边的芦苇帘幕后面,以清脆的叫声向它的所有同类预警,但警示的是什么呢?

我一直没有猜出答案,因为这种鸟和人类之间存在着某种障碍。我的一位客人在他的鸟类名单中查找了一下西鹮鹃,草草记下它那"克里克——克里克"的叫声,或许还有些无意义的话,然后就不再多想了。他并未感觉到,那不仅是鸟儿随意的鸣叫,还包含着隐秘的信息。这种声音不该只是模拟性地记下来,而是应该得到阐释和理解。但在这方面,不论过去还是现在,我都和我的客人一样无能为力。

春意渐浓,清脆的叫声变得持久。在黎明,在黄昏,在每片解冻的水域,都能听到它们银铃般的声音。我猜想,幼小的西鹅鹋现在已经开始了水上生涯,正在向父母学习西鹅鹋的哲学。但是要想看到它们的教学场景,并不是件容易的事。

有一天,我脸朝下趴在麝鼠窝的污泥中。在我的衣服吸纳了污泥颜色的同时,我的眼睛也接收着沼泽的学问。一只雌潜鸭带着一群小潜鸭巡游而过,小鸭子毛茸茸的,长着粉红色的嘴和泛绿的金色绒毛。一只弗吉尼亚秧鸡几乎碰到了我的鼻子。一只鹈鹕的影子掠过池塘,一只黄脚鹬啼啭着落到池塘上。我不由想到,我需要冥思苦想才能写出一首诗,而黄脚鹬只要抬抬脚,就是一首更优美的诗。

一只水貂在我身后滑行上岸,鼻子在空气中嗅闻着。沼泽鹪鹩一次又一次地进入一丛芦苇,那儿传出雏鸟叽叽喳喳的声音。我在阳光下几乎要打起瞌睡时,开阔的水塘里首先出现了一只鸟的头,上面闪烁着野性十足的红色眼睛。在它发现一切都很平静后,那个银色的躯体就出现了,它和鹅一样大,流线型的轮廓像一枚修长的鱼雷。接着第二只西鹅鹋也进入了视线,而我还没反应过来它是在何时从何处出现的。两只珍珠似的银色幼鸟骑在它宽宽的背上,并被巧妙地圈在隆起的双翅之内。我屏住气,但还没等我恢复正常呼吸,这三只鸟就已经拐过水流的转弯处了。此时我听到芦苇帘幕后面清晰地传出鸟儿充满讥嘲的叫声。

科学和艺术最珍贵的礼物应该是历史感,不过我猜想西鹅鹋对历史知道得比我们更多,尽管它既不懂科学也不懂艺术。它那迟钝、原始的头脑丝毫不知道是谁赢得了黑斯廷斯战争[①]，但它似乎能感觉出是谁赢得了时间之战。假如人类和西鹬鹞的种族同样古老，我们或能更好地了解它们叫声的含义。想想吧，短短几个具有自我意识的世代已经赋予了我们多少传统、自豪、轻蔑和智慧！而鹬鹞早在人类出现之前就已存在了数不清的年代，时间的延绵不绝又会带给这种鸟多少自豪感呢？

鹬鹞的叫声或许有某种奇特的权威，可以统领并协调沼泽的合唱。或许鹬鹞具有某种来自远古的权威，手握着指挥整个生物区的权杖。当水位逐年下降，拍击湖岸的涌浪为一个又一个沼泽筑起一个个暗滩或沙洲时，是谁在为浪花打着拍子？是谁让西米和芦苇吸收阳光和空气，以免麝鼠在冬天饿死，以免沼泽在缺乏生机的丛林中被藤蔓吞噬？是谁在白天说服鸭子耐心地孵卵，在夜晚激起好打劫的水貂的杀戮欲望？是谁在要求苍鹭以长嘴叉鱼时的准确度？是谁在敦促猎隼加快速度？当这些生物执行各自的任务时，我们并没有听到敦促命令的声音，因此，我们认为它们的动作都是自发完成的，它们的技巧是天生的，它们的勤劳是无意识的，而且野外的生物都不知疲倦。不知疲倦的或许只有鹬鹞，或许是鹬鹞在提醒它们，任何一种生物若想生存下去，都必须不停地觅食、战斗、繁衍和死亡。

在伊利诺伊州与阿萨巴斯卡流域之间的大草原上，曾延伸着成片的沼泽，而如今这里的沼泽正向北退缩。人类无法只靠沼泽生存，因此，人类的生活需要没有沼泽。"进步"不能容许农田和沼泽、驯顺和野性在宽容与和谐中共存。

[①] 黑斯廷斯战争（Battle of Hastings），1066 年 10 月 14 日，哈罗德国王（Harold II）的盎格鲁－撒克逊军队和诺曼底公爵威廉一世（William of Normandy）的军队在英国的黑斯廷斯地域进行的一场交战。

所以我们出动挖掘机和喷火器，利用堤坝和排水管，抽干了玉米地带，又把小麦地带抽干。蓝色的湖变成绿色的泥沼，绿色的泥沼变成厚厚的泥，厚厚的泥变成片片麦田。

有一天我的沼泽会被修上堤坝抽干水，然后躺在小麦下面被人遗忘，就如同昨天和今天都将在流逝的岁月里被人遗忘。在最后一条泥荫鱼在最后一个池塘里做出最后一摆之前，燕鸥将尖鸣着对克兰德博伊说再见，天鹅将带着圣洁的高贵神情盘旋着飞向高空，而鹤群也将奏响它们告别的号角。

第三部分

关于乡野的沉思

乡野

土地和乡野经常被人混淆。土地为玉米、沟壑和抵押贷款提供了栖身之所，而乡野是土地的个性特征，是土壤、生命与天气的和谐共存。乡野丝毫不知道抵押贷款或各类机构，也不知道烟草路①。对于自称拥有乡野的人的迫切需要，乡野只是保持淡漠。我的农场的前任主人是个私酒酿造者，但农场的松鸡对此一点都不会在意，它们高傲地飞过树丛，仿似国王的贵宾一般。

贫瘠的土地蕴寓着富足的乡野，反之亦然。只有经济学家才会误以为物质的丰盛就等于富足。富足的乡野在物质上可能会存在明显的匮乏。乡野的特质往往无法一眼看出，而且也不可能总是显而易见。

比如说，我知道一处清爽的湖岸，岸边是松树和水流冲出的沙滩。整个白天，你都只会把那里当作浪花拍岸的一处地方，当作划船前行时无法穷尽的黑色缎带，或是借以记录里程的乏味去处。但在黄昏将至时，轻拂的风可能会推动着一只鸥鸟绕过一个岬角，岬角后面突然飞出一群乱哄哄的潜鸟，显示出那里有个隐

---

① 《烟草路》(*Tobacco Road*, 1932) 是美国作家考德威尔 (Caldwell) 用幽默笔调表现当时美国南方贫困生活的小说。这里借指美国的贫困乡村。

秘的小湾。你心中骤然涌起想上岸的冲动，想踩在熊果铺就的地毯上，想从凤仙花丛中摘一朵花，想偷采岸边的李子或越橘，或者到沙丘后面平静的矮树丛里偷猎一只松鸡。这既然是个小湾，会不会有鳟鱼所栖身的溪流呢？于是，船桨连连猛击着船舷上缘那些哗哗作响的小漩涡，船头向湖岸急冲，而后就是进入葱茏的树林深处寻找宿营地。

之后，晚餐的炊烟懒散地飘在水湾上，火苗在低垂的枝条下面跳跃。这是一片贫瘠的土地，然而却是富足的乡野。

有些树林常年葱翠，却明显缺乏魅力。从道路上远观，树干平滑的高大橡树和美国鹅掌楸似乎赏心悦目，然而一走进树林，你可能就会发现那里只有低等的植物和混浊的水流，而且野生动物贫乏。我解释不出为什么一条红褐色的细流不是溪流，也无法有逻辑地推演证明，如果没有成群鸣叫的鹌鹑，树林只是荆棘遍布的地方。然而每个常在野外活动的人都知道这些事实。认为野生动物仅仅供人捕猎或观赏，这是极端错误的观点，而且这种观点往往体现了人们如何区分富足的乡野与普通的土地。

有些树林外表看似平凡，一旦进入其中就大不相同。没有什么比玉米带的林地更显平淡了，然而，在八月，林地中一株被压碎的唇萼薄荷，或熟透了的足叶草的果实会告诉你，这就是该来的地方。十月的阳光照耀着山核桃树，可以有力地证明这里是丰饶的乡野。你能感受到的不仅是山核桃树，而且是核桃树背后的一连串事物——或许是黄昏时的橡树木炭、一只棕色的小松鼠，还有远处一只自娱自乐的横斑林鸮。

不同的人对乡野的审美情趣各有差异，正如人们对歌剧或油画各有不同的品味一样。有些人愿意被赶着成群地去参观"风景区"，认为山上只要有瀑布、峭壁或湖泊，就是华美瑰丽的。这些人认为堪萨斯平原是如此单调乏味。他们只看到无边的玉米地，却看不到牛群喘着粗气哼哼着穿过大草原。对他们来说，历史出自校园。他们远眺低悬的地平线，却不能像探险家德·瓦加那样，在草地上从野牛肚皮下面眺望地平线。

和人一样，乡野常常在质朴的外表下隐藏着神秘的宝藏，要找到这些珍宝需要长期在乡野生活并与乡野为伴。生长着刺柏的山麓丘陵再乏味不过了，但是当那经历了千载夏日、满载靓蓝色浆果的山丘中突然蹿出一群叽叽喳喳的松鸦的蓝色身影时，一切立刻变得充满生机。成片的玉米田是单调无趣的，但当大雁在三月的天空中向玉米田打起招呼时，那沉闷的氛围随即就消散于无形了。

闲暇时间

下面这句说教是阿里奥斯托[①]的至理名言,虽然我不知道这句话出现在他作品的哪一章哪一节。他说的是,"无知的人在空闲时是多么痛苦啊!"

能被我当成真理进行宣扬的话语并不多,这句话是其中之一。我乐于挺身宣布我相信这句话是真实准确的,在未来、在过去,甚至在吃早餐前都是如此。不会享受闲暇的人是无知的,哪怕他拥有世间的全部学位;会享受闲暇的人在某种程度上是有知识有教养的,哪怕他从未进过学校的门。

拥有若干种嗜好的人对没有任何嗜好的人谈论嗜好,我想不出比这更容易犯的错误了。因为这必然意味着给别人指定业余爱好,结果恰恰与拥有嗜好的益处背道而驰。是嗜好在跟随你,而不是你勉强选择嗜好。指定一种嗜好就和指定一个妻子同样危险,获得愉快结局的可能性也同样难料。

所以我们要明白,谈论嗜好只是已经沉迷其中的人在彼此交流心得体会,已经形成的嗜好使我们无论如何都要去做他人难以

[①] 阿里奥斯托(Lodvico Ariosto,1474—1533),意大利诗人,代表作品为长篇传奇叙事诗《疯狂的奥兰多》。

理解的事情。别人如果愿意，当然也可以倾听，若有可能，他们也能从我们的行为中得到启迪。

但是究竟何为嗜好？它与通常追求的普通目标之间的分界何在？我一直无法对这个问题给出令自己满意的答案。从表面上看，我很想总结说，让人满足的嗜好必须在很大程度上是没用处、没效率、费时费力或落后于潮流的。当然，现今许多最能让我们心满意足的爱好都涉及手工制作，但是通常用机器制造这些东西可以更迅速更经济，有时还会更优质。不过我必须公允地承认，在此前的年代里，制作机器本身可能就是奇妙的嗜好。我想，伽利略通过新的弩炮来表现圣彼得不慎忘记归档分类的某一自然法则[①]，从而引起教会世界的震怒时，肯定体会到了真正的个人满足感。然而在今天，不论工业领域如何注重新机器的发明，把机器作为嗜好都已变得平庸。或许我们问题的真实核心就在于：嗜好是对所处时代的叛逆。嗜好是在社会进化的短暂涡流中，坚持那些与之逆向或为之忽视的永恒价值。倘若真是如此，那我们也可以说，每个拥有嗜好的人的本性都是激进的，而与其同类的人从根本上看都是少数派。

不过这样说比较严肃，而变得严肃对有嗜好的人来说是个严重错误。有一条公理就是：任何一种嗜好都既不寻求也不需要理性的证明。愿意去做，这已经是充分的理由。如果我们一定要找出原因解释嗜好为什么有用处或有益处，我们就把嗜好变成了事业，也就使之降格，成为以获得健康、权力或利益为目的而进行的不光彩的活动。举哑铃不属于嗜好，那只是在表示自己要做于己有益的事，却不是在坚持自由。

---

① 此处指伽利略通过对炮弹从射出炮口到落地的轨迹是一条数学抛物线的论证，来解释运动在不同方向上的分量，以及这些分量在各种情况下的叠加与合成。

在我的孩提时代，我们镇上的一栋小屋里住着一位上了年纪的德国商人。他总是在星期天出门，到密西西比河沿岸凿下岸边突出的石灰岩。他足足凿下了成吨的岩石碎片，所有的碎片都贴上了标签并进行了编目分类。碎片中含有微小的茎状化石，这种被称为海百合的水生生物已经灭绝了。镇上的人认为这个谦逊和蔼的老人有点儿不正常，但是对谁都不会造成伤害。有一天，报纸报道说镇上来了些有身份的陌生人。据说他们是伟大的科学家，有些来自国外，有些是世上最有影响的古生物学家。他们前来拜访那位无害的老人，来了解他对海百合的看法，并把他的看法作为定律接受下来。直到老人去世时，整个镇上的人才意识到，他是海百合领域的世界级权威，是知识的创造者、科学史的缔造者。他是个了不起的人，与他相比，当地的企业管理者只不过是粗俗的开发者。他收集的化石陈列在地方博物馆，他的名字世人皆知。

我认识一位热爱种玫瑰的银行总裁，玫瑰让他成为快乐的人，也让他成为更优秀的银行总裁。我认识一位热爱种番茄的车轮制造商，他知道关于番茄的所有知识，而且也知道关于车轮的所有知识，虽然二者的因果关系并不确定。我还认识一位对甜玉米着迷的出租车司机，他只要开口畅谈，就会让你对他丰富的知识感到惊诧并慨叹世上竟有那么多应该知道的事情。

我所知道的现今最有魅力的嗜好，是重新出现的驯鹰术。在美国有若干个上瘾的人，在英国或许有一打，的确属于少数群体。买一个用来射死苍鹭的弹药筒只需一点点钱，但是要训练一只鹰去捕苍鹭，鹰和饲鹰者必须在几个月或几年的时间里辛苦训练。弹药和鹰都是致命的媒介。弹药是化学工业的完美产品，我们可以写出其致命反应的公式。鹰是进化过程中产生的完美精英，而进化依然是极端神秘的魔法。没有人能够了解这些猛禽仆人与我们分享的掠食直觉，或许将来也不会有人了解。鹰在扑向猎物时眼睛、肌肉和飞羽的完美协调，不论现在还是将来都没有一种人造的机器能够合成。被击落的苍鹭不宜食用，因此没什么用处（从前的饲鹰者似乎也吃过这种鸟，就像童子军在夏天使用弹弓、木棒或弓箭捉到受跳蚤骚扰的棉尾兔时，会把兔子熏烤后吃掉）。而且，哪怕是出现最微小的驯鹰技术上的差错，结局都只会是下面二者之一：鹰或者像智人一样被驯化，或者头也不回地飞向蓝天。总而言之，驯鹰是近乎完美的嗜好。

制造和使用长弓是另一嗜好。门外汉认为弓在专业人士手中会是有效的武器，这种想法并无益处。每年秋天，威斯康星州只有不到100个人登记用宽头箭猎鹿，这100个人之中能猎到一头鹿的人只有一个，而且这个人会为这意外收获感到惊讶。但是每5个持来复枪猎鹿的人就有1个能猎到鹿。所以，作为一名弓箭手，根据我们的记录，我要愤然否认有关弓箭效用的断言。我只承认，如果你上班迟到了，或忘记了在星期四把垃圾桶按时拿出去，那么制造射箭用具可以充当有效的借口。

人无法独自造出枪支，至少我做不到。但我可以造一张弓，而且有些弓也能用来打猎。这让我想到，对嗜好的定义或许应该修订一下。在现今这个时代，良好的嗜好或者是制造某件东西，或者是制造用以制造这件东西的工具，然后使用这件东西去做某件不必要的事情。等我们过了现在这个阶段之后，良好的嗜好又将是这一切的逆转。这就又回到挑战时代的问题上了。

良好的嗜好也必然是场赌博。我注视着那粗糙笨重的易裂枝干，想象着有一天，这其貌不雅的木头会呈现光彩夺目的完美武器，想象着弯成完美弧形的弓将在瞬息之间以耀眼的箭劈裂天空。但与此同时，我也必须想到另一种可能：弓在瞬息之间爆裂成无用的碎片，而我又将每晚坐在长凳上，用一个月的时间辛辛苦苦再造一张弓。总之，一切嗜好的基本属性就是很可能出现失败，而生产线制造福特车时具有的是确定无疑的必然性，二者形成了鲜明的对比。

良好的嗜好可能是对于庸常事物的孤独反抗，也可能是志趣相投的一群人共同进行的合谋。这一群人有时也可能属于一个家庭。这两种情况下的嗜好都是一种反叛——如果是不抱希望的反叛反而更好。人们津津乐道的不满情绪在社会传统之下慢慢累积，并酝酿出种种被认为是愚蠢的想法，倘若整个政治群体突然完全接受这些想法，出现的将是我能想象得到的最混乱的情况。不过，这种危险并不存在。不盲从是社会动物进化的最高成就，而且这种属性的发展不会比其他的新机能更快。科学不久前才开始发现，在"自由"的野蛮人以及更自由的哺乳动物与鸟类内部，存在着何其惊人的组织系统。人类中的大多数仍然隶属群居世界，而等级制已经成了群居世界的负担，或许嗜好正是天地万物对这种负担产生的最早的否定行为。

环河

在早期的威斯康星州，令人惊叹的景象之一就是环河，那是一条汇入自身、循环奔腾、永无休止的河流。发现它的是保罗·班扬，关于班扬的传说故事就讲述了他如何让许多原木在这永不休息的河水上漂流。

没有人会认为班扬是在用环河进行比喻，不过这其中的确蕴涵着一个比喻。威斯康星州不仅是有一条环河，实际上它本身就是一条永无休止的环河，这条环河的水流就是能量之流。能量流出土壤，先后进入植物和动物，然后复归土壤，如此循环生生不息。"尘归尘，土归土"，正是环河概念的脱水版本。

人类乘坐着顺环河而下的原木，明智审慎地去除一些树节，从而控制原木的方向和速度。这一技艺使我们获得了"智者"这种特别的称谓。去除树节的技巧被称为经济学，对于古老路途的记忆被称为历史，对于新路线的选择被称为治国才能，关于即将到来的浅滩或急流的交谈被称为政治。一些人不仅想除掉所在原木上的树节，而且想改造整条河流中的原木船队。这种集体进行的与自然的对话被称为国家计划。

我们的教育体系很少把生物的连续体描绘成河流。环河的水道是由土壤、植物群和动物群共同构成的,从年幼时起,我们就被灌输了关于这三者的知识(生物学)、关于它们的起源的知识(地质学和进化)、关于它们的开发技巧的知识(农学和工程学)。然而,究竟什么是具有干旱、洪水、滞水和沙洲的水流,这一概念的意义只能自己推知。要了解这条生物溪流的水文学,我们思维的角度必须转换为与进化呈直角,并且探察生物界的集体行为。这需要的正与"专门化"相反;我们必须对整个生物界的图景有越来越多的了解,而不是越来越多地纠缠于细枝末节。

生态学试图采取这种与达尔文学说成直角的思考方式。这种科学是个咿呀学语的婴儿,而且和其他婴儿一样全神贯注于自己创造的话语。它起作用的时间是在将来。生态学注定成为有关"环河"的知识,它是一种迟来的努力,要把我们有关生物世界的共有知识转化为有关生物航行的集体智慧。这就归结为对自然环境和野生动植物的保护。

对自然环境和资源的保护是人与土地之间的一种和谐状态。这里的土地指的是土壤表面、土壤之上和土壤之中的所有事物。与土地的和谐就像与友人相处,你不能在砍下他的左手的同时珍惜他的右手。也就是说,你不能喜欢猎物却厌恶捕食者;不能保护水域却毁弃山岭;不能建造林地却破坏农场。土地是个有机体,它的各个部分就像我们身体的各部分一样,相互之间既有竞争也有合作。竞争与合作都属于内部机制的运转。你可以小心谨慎地管理调节各个部分,但是哪个部分都不能抛弃。

20世纪的杰出科学发现并非收音机或电视机,而是土地有机体的复杂性。只有最了解土地的人才能认识到我们在这方面所知甚少。无知的极点莫过于在评价动植物时说,"它有什么用途?"不论我们理解与否,土地有机体整体上的良好运转都意味着每一部分的良好运转。如果生物区系已经在始自亘古的悠长岁月里，构筑出了我们喜欢但不理解的事物，那么只有傻瓜才会毁弃其中看似无用的部分。聪明的维修者首先要注意的，就是保存好每一个齿轮和机轮。

保存土地机制的所有组成部分，这就是自然资源保护的首要原则。但我们是否已经学会了这样做呢？还没有，因为就连科学家也还不能认识事物的所有组成部分。

在德国的施佩萨特山的南面山坡上生长着世间最壮观的橡树，美国的家具制造者如果需要品质最优良的木材，就会使用这里的橡木。情况本应更好的北面山坡却只长着普通的欧洲赤松。两面的山坡同属一个国有森林，两个世纪以来受到了同样的精心照料，又为什么会出现这样的差异呢？

踢开橡树下的枯枝落叶，你会发现树叶落地后很快就开始腐烂。在松树下却堆着厚厚的针叶，这些树叶腐烂的速度慢得多。为什么呢？因为在中世纪，曾有一个喜欢狩猎的主教把南面的山坡作为猎鹿场保护起来，拓荒者在北面的山坡放牧、耕种和收割，与我们今天在威斯康星和爱荷华州的林地所做的事情相同。直到过度垦荒的阶段结束，北面的山坡才重新种植了松树。但是土壤的微生物群在垦荒过程中已经发生了变化，物种的数目减少了很多，或者说，土壤的消化系统失去了一些器官。要弥补这些损失，两个世纪的保护还远远不够。若想发现在施佩萨特山上是哪些小齿轮和机轮决定着土地与人是否和谐，我们需要现代的显微镜，以及对土壤科学的百年研究。

生物群落若要存在下去，其内在的程序必须保持平衡，否则某类构成群落的生物就会消失。大家很清楚的是，一些特定的生物群落委实存在了很长时间。1840年的威斯康星州的土壤、动物群和植物群，与 12 000 年以前冰河期结束时的情况基本相同。我们知道这一点，是因为这里的动物尸骨和植物花粉保存在泥炭沼泽里。连续的泥炭层所保存的花粉数量的差异，甚至可以揭示天气情况的变化。大量的豚草花粉出现在大约公元前 3000 年的泥炭层中，这意味着连续发生的旱灾，或者一大群在此践踏的野牛，或者严重的草原大火。反复发生的这些不利情况并未消灭此地的 350 种鸟类、90 种哺乳动物、150 种鱼、70 种爬行动物，还有数千种昆虫和植物。所有这些生物作为内部平衡的生物区系维持了许多个世纪，这体现出原有生物区系惊人的稳定性。科学无法解释维持稳定的机制，然而外行人也能明白它的两种作用：一、肥力从岩石中被汲取出来，而后沿着极其精密的食物链循环，使肥力积累与流失的速度相同或者更快。二、土壤肥力的地质积累与动植物的多样性并存，稳定和多样性显然互为依赖。

我担心美国的自然资源保护仍是更多地注重形式。我们尚未学会从小齿轮的角度思考问题。看一看爱荷华州和南威斯康星州的草原吧，这是我们自己的后院。什么是草原最珍贵的部分呢？是肥沃的黑土地，即黑钙土。是谁打造了黑钙土？是草原植物，是上百种的草、草本植物和灌木；是草原上的真菌、昆虫和细菌；是草原上的哺乳动物和鸟。所有这些生物都在同一个生物区系中共生，在充满合作和竞争的活跃群落里并存。经过上万年的生存与死亡、燃烧与生长、追捕与奔逃、冰封与雪融，这个生物群缔造了被我们称为大草原的黑暗而残酷的大地。

草原帝国源自何处，我们的祖辈并不知晓，也无从得知。他们把草原的动物斩尽杀绝，把植物驱赶到铁路路基和公路两旁的最后避难所。工程师视植物群为杂草杂木，用压路机和割草机对付它们。这之后的植物演替过程，任何一个植物学家都可以预测。草原花园成了偃麦草的避难所，公路局在天然花园消失后雇用了庭园设计家，在偃麦草当中种植榆树以及一丛丛具有艺术造型的欧洲赤松、日本小蘖和绣线菊。自然资源保护委员会的成员前去参加某个重要会议时，会路过此地并赞赏人们美化公路的热忱。

将来有一天，我们对于草原植物群的需求将不只是为了观赏，也是为了重构草原农场那遭到破坏的土壤。到了那时，许多物种大概已经无影无踪。我们的心意没错，可我们还不认识那些小齿轮和机轮。

我们在努力保护较大的齿轮和机轮时仍然极其幼稚。一个物种濒临灭绝时，稍加忏悔就足以让我们自诩品行高尚。等到这个物种最终绝迹之后，我们痛哭一场就又重蹈覆辙。

一个恰当的例子就是，棕熊最近已在西部饲养家畜的大多数州绝迹。没错，黄石公园里还有棕熊，但是外来寄生虫不停骚扰它们，枪手埋伏在每个庇护所的边缘等待它们，新建的度假牧场和道路也在不断缩小它们的活动范围。每年，有棕熊的州都在减少，棕熊的数量越来越少，活动范围越来越窄。我们自我解嘲说，在博物馆里陈列一只棕熊就够了，但这只是我们力求心安而求得的谬论。我们忽视了历史的明确主张：一个物种必须在许多地区得到保护，才有可能保存下来。

我们需要了解小齿轮和机轮，需要大众对它们加以重视。但我有时也认为，还有一种东西是我们更加需要的，《森林和溪流》杂志曾在刊头将之称为"对自然景致的优雅品味"。那么，我们在培养"对自然景致的优雅品味"上取得了什么进展吗？

在湖区的北部地区还有一定数量的狼，每个州都设置了鼓励捕狼的奖赏。此外，为了控制狼的数量，每个州都在向美国渔业与野生动物署的专家寻求帮助。然而，这个机构和一些自然资源保护委员会都在抱怨，越来越多的地方无法给越来越多的鹿提供足够的食物。林务官也在抱怨周期性出现的兔患。既然如此，为什么还要推行灭狼的公共政策呢？我们可以从经济学和生物学的角度来讨论一下。哺乳动物学者说，狼是控制鹿群过快增长的自然力量；狩猎爱好者则回答说他们会处理掉过多的鹿。这样再争论十年之后，可供争论的狼也就都不存在了。保护一种自然资源的规定总是会抹去另一种资源。

在湖区，我们培植了林场苗圃，我们重新种树，希望能以此重现昔日的北方森林。植树造林的进展让我们感到欣慰，然而这些苗圃里找不到北美崖柏和美加落叶松。为什么没有崖柏呢？因为它生长得太慢，不是被鹿吃掉了，就是被赤杨挡住了光照剥夺了营养。失去崖柏的北方森林并不会给林务官带来烦恼。实际上，由于无法带来经济效益，崖柏在过去就曾遭到人们清除。出于同样的原因，今后在东南部森林中也不会再有山毛榉了。某些树种被清除出未来的植物群，是由主观因素造成的。还有一些树种减少了数量，是因为受到外来疾病的伤害，栗树、柿树和乔松就是例子。把任何一种植物都视为独立的实体，以个体表现的优劣为由促进或阻碍这种植物的生长，这会是合理的经济学吗？这样的做法会对动物、土壤以及森林作为有机整体的健康带来什么影响？对自然景致的优雅品味让人明白，经济问题需要予以分开考虑。

作为保罗·班扬的接班者和继承人，我们既不知道自己在对河流做些什么，也不知道河流在对我们做些什么。我们在这个州消除原木上的节瘤，凭借的只是力量而非技巧。

我们已经完全改变了生物之流。如今的食物链始自玉米和苜蓿，而非橡树和须芒草；流经的是牛、猪和家禽，而非赤鹿、鹿和松鸡；进入了农夫、摩登女郎和大学新生体内，而非印第安人体内。只要查一下电话簿或政府部门的名册就能知道，这一生物之流的流量巨大，可能远远超出了班扬之前的流量。不过奇怪的是，它一直没有成为科学的测量对象。

在新的食物链中，养殖的动物和栽种的植物不具有链接纽带所应有的韧性。农民在拖拉机的帮助下通过劳动来维系这些链环。此外，一种新的动物也在帮忙进行鼓舞，那就是农学教授。班扬削除树节是自学的结果，如今我们有了站在岸上提供免费指导的教授。

我们每次用一种人工培育的动植物替代野生动植物，或者用一条人工水渠替代自然水流时，都会造成土地循环系统的重新调整。我们不了解这些调整，也无法预知它们什么时候会发生。除非结局很糟，否则我们甚至意识不到发生过调整。不论是美国总统为了一条航行运河重建佛罗里达，还是某个农夫为了牧场而重建威斯康星的一片草原，人们都在忙于新的修补工作，无心顾及最后的效果。这么多新的修补工作都还算无痛，这充分证明了土地有机体的活力和适应性。

生态教育的惩罚之一，就是让人意识到自己孤独地生活在满身创伤的世界中。但对一般人来说，土地所承受的大多数伤害都是隐形的。生态学家或许应该自我保护，假装科学造成的后果和他并不相干。否则他必须做一名医生，在一个自认为很健康、不愿听到反对声音的社群中，看出死亡的印记。

政府对我们说需要控制水患，并且把流经我们牧场的弯曲小溪改直；工程师对我们说，小溪现在已能容纳更多的洪水。但是在这期间，我们失去了古老的柳树林。冬天的夜里，再也不会有猫头鹰在柳树上啼叫；晌午时分，再也不会有牛在柳荫下甩着尾巴赶苍蝇。同时我们也失去了盛开着穗裂龙胆的小片沼地。

水文学家已经论证过，小溪的蜿蜒是水文功能的必要组成。生态学者很清楚，冲积平原属于河流，人们可以出于类似的原因与环河和平共处，不去过多地改变水道。

让我们用下面两个标准来评估生态的新秩序：一、它是否能保持肥力？二、它是否能保有动植物的多样性？土壤在开发的最初阶段会是一派欣欣向荣的景象。众所周知，感恩节的由来就在于拓荒者庆祝作物丰收，此外，当时也出现了野生动植物的兴盛。数十种可提供食物的外来杂草加入了本地的植物群，土壤仍然肥沃，一块块可耕地和牧场呈现出多样化的地景。拓荒者记录下了大量的野生动物，在某种程度上就是这种多样性的结果。

新拓垦的土地都具有这种特点，即高强度的新陈代谢。这可能代表着正常的循环，也可能说明一直贮存的肥力开始燃烧，或者说是生物群开始发烧。我们无法让生物群咬住温度计，看一看它是在发烧还是温度正常，我们只能通过土壤所受的影响进行事后判断。是什么样的影响呢？答案就写在 1 000 块田地的沟渠上。农作物的亩产量基本是保持稳定的。农业技术的可观进步只是在弥补土壤的损耗。在一些地区，例如干旱尘暴区[①]，生物之流已消退到无法通航的程度，班扬的继承人已搬到加利福尼亚，到那里去酝酿"愤怒的葡萄"[②]。

剩下的本地动植物之所以还存在，只是因为农业的范围还没

[①] 指 20 世纪 30 年代初美国俄克拉荷马州及其他大平原地区的沙尘暴危害严重的区域，当时许多人被迫搬离这些地区。
[②] 愤怒的葡萄：《愤怒的葡萄》是美国作家斯坦贝克（Steinbeck）的代表作，描写贫苦农民从俄克拉荷马州平原流落到加利福尼亚州的悲惨经历。

有扩展到那里，否则它们也将遭到灭顶之灾。当前农业的理念是"清洁的农牧业"，这意味着食物链纯粹追求经济利益，并清除所有不符合经济目标的环节，这是以强凌弱带来的短暂而不平等的和平。与此相反，多样化意味着有这样一条食物链，能够让野生动植物与养殖的动物或栽培的植物和谐共存，从而追求共同的利益——稳定、多产和美丽。

清洁的农牧业也确实想恢复土壤，但它在达到这一目标的过程中只采用外来的植物、动物和肥料。它并不明白，最需要的是当初构建起这一地区土壤的本地动植物。稳定能够由外来的动植物加以合成吗？麻袋里装的化肥就足够使土壤肥沃了吗？这些都是引起争论的问题。

没有一个在世的人知道真正的答案。证明清洁农牧业可行的是东北欧，那里已经完全是人造的地景，但仍保持了一定程度的生物稳定性。

证明清洁农牧业不可行的是包括我们这里在内的其他所有进行尝试的地方，以及进化提供的无言的证明。在进化过程中，多样性和稳定性如此紧密地结合在一起，就像一件事物同时起了两个名字。

我有一只捕鸟用的猎犬，名叫古斯。古斯无法找到雉鸡时，就对黑脸田鸡和草地鹨产生了热情。这种替代品不可能带来满足感，但是，它激发出的热情掩盖了找不到真正猎物的失败，也减轻了由此造成的沮丧。

我们这些倡导自然资源保护的人也是一样。从一个时代之前开始，我们就试图说服美国的土地所有者控制烟火、种植森林、管理野生动植物，却未得到很好的回应。我们实际上没有森林学或造林法。土地私有者几乎不会自愿采取措施减少土壤侵蚀，控制污染，管理农场、猎物或野生花卉。许多时候，私有土地的滥用情况甚至比我们进行说服之前还要严重。你如果不相信，可以去看一看在加拿大草原上燃烧的秸秆草堆，看一看格兰德河如何冲走肥沃土壤，看一看帕卢斯和奥扎克地区的山上纵横的沟渠，以及爱荷华州南部和威斯康星州西部的碎石区。

为了减轻这一失败给我们带来的沮丧，我们也给自己找了只草地鹨。不清楚是哪只狗最先嗅到了草地鹨的气味，但我知道田野上的每只狗都对此投入了极大热情。我自己则发现，我们采取的办法是：如果土地私有者不采取自然资源保护措施，那我们就成立一个自然资源保护部门，为他们做这件事。

这个替代品和草地鹨一样，既具有优点，也有成功的希望。在保护部门所能买得起的贫瘠土地上，情况的确令人满意。但问题是，它无法阻止肥沃的私有土地变成贫瘠的公有土地。这样做可以缓解我们真实的挫败感，却会让人忘记我们还没有找到一只雉鸡。

草地鹨是不会对我们加以提醒的。它突然发现自己的地位重要起来，正为此洋洋自得。

如果考虑到谋利动机在破坏土地时造成的惊人结果，我们会犹豫是否不该通过这样的动机来恢复土地。我倾向于认为，我们高估了谋利动机的覆盖范围。为自己营建一个漂亮的家，会有利可图吗？让子女接受更高的教育，会有利可图吗？不，这些事很少有利可图，但我们都乐于去做。事实上，正是这些伦理和美学前提构成了经济体系的基础。一旦接受了这些前提，经济力量就会整合社会体系的更小范畴，使之与这些前提保持一致。

目前，针对土地状况的伦理和美学前提尚不存在，但我们的孩子必须生活在这片土地上。我们认为，孩子是我们在历史名册上的签名，土地却只是能赚到钱的场所。到目前为止，只要人们分得的红利足够送孩子上大学，拥有一块沟蚀农田、一片遭到破坏的森林或一条受了污染的溪流，还都不会被视为社会的耻辱。无论土地出了什么毛病，都有政府出面解决。

我认为问题的根源就在于此。自然资源保护教育必须竖立的就是土地经济学的伦理支柱，以及整个世界对于了解土地机制的渴望。这才是开展自然资源保护工作的前提。

大自然的历史

不久前,一个星期六的晚上,两名中年农场主上好了闹钟,准备在星期天凌晨天还不亮时起床。他们按时起床,挤好牛奶,然后跳上一辆小货车,迎着风雪驶向威斯康星州中部的沙地郡县。那里是出产交税证明、美加落叶松和野生饲草的地方。到了傍晚,他们带回来一卡车的落叶松幼苗和为着奇异经历而雀跃的心。最后一棵幼苗是借着灯笼的光亮种在自家沼泽上的。然后他们又去挤牛奶。

与"农人种植落叶松"相比,"人咬狗"在威斯康星州都不算什么新闻。1840年之后,我们一直在挖掘、焚烧、排水、砍树。美加落叶松已经从这些农场主所在的地区消失了,那他们又为什么想重新种植呢?原因是他们希望在20年后让泥炭藓重新出现在林中树下,然后是杓兰、猪笼草,还有威斯康星州原始沼泽其他濒临绝迹的野花。

这些农场主纯属堂吉诃德式的行为,得不到任何部门提供的奖励,当然也没有能够获利的希望。这种做法的意义又该怎样理解呢?我称这种做法为"逆反"——反对的是那种只从经济利益看待土地的可憎态度。人们都以为,为了在土地上生存就必须征服土地，因而完全开垦的农田就是最好的农田。但这两位农人从经验中认识到，完全开垦的农田只能勉强维持生计，而且使生活受到了限制。他们的想法是，可以在种植农作物的同时种植野生植物，从中寻找乐趣。他们决定在一小块沼泽地上种植当地的野花。这种对土地的期盼大概与我们对孩子的期盼相似——不仅有机会谋生，也有机会表现并发展一系列自然的或经过训练的天赋能力。与土地上的固有植物相比，还有什么更能表现这片土地的能力呢？

这里我要谈的是野生的事物可以给我们带来乐趣，而自然史的研究既是娱乐也是科学。

历史并不会让我的工作轻松进行。博物学者需要努力弥补的事情很多。曾有一个时期，绅士和淑女经常漫步乡野，不过目的是搜集喝茶时的话题，而不是探寻世界的形成之谜。那时的鸟类学家把所有的鸟都称作"小鸟儿"，植物学家所写的是拙劣的诗文，而所有的人都在叫嚷着"看那美景"。不过，只要看看现今的鸟类学或植物学爱好者的杂志就会发现，一种新的态度已经形成，只是这种态度几乎与当前正式的教育体系无关。

我认识一位化工专家，他利用空闲时间整理旅鸽的历史，回溯我们动物区系中的这个成员令人叹惋的灭绝过程。在他出生前旅鸽就绝迹了，他采取的办法是阅读日记、信件和书籍，以及这个州印出的每份报纸。他对旅鸽的了解超出了他之前的任何一个人。我估计他在搜寻关于旅鸽的资料时，曾读过十万份文件。任何把这浩瀚工程当作任务的人都会不堪重负，他却欣悦地沉浸其中，仿似猎人满山搜寻罕见的鹿，或是考古学家为了找到一只神圣金龟而在埃及四处挖掘。不过这种工作所需的当然不仅是挖掘，要找的东西被寻获后，就需要以最高超的技巧对之进行诠释。这种技巧无法从别人那里学到，只能在挖掘的过程中培养出来。在当今历史的后院里，数百万的平庸之辈只会感到厌倦，这个人却从中发现了奇遇、探险、科学和消遣。

我还知道，在俄亥俄州有位家庭主妇对北美歌雀进行研究，研究的地点是真真切切的后院。一百年前曾有人对这种最常见的鸟进行科学的命名和分类，之后这种鸟就被人忽视了。这位俄亥俄州的鸟类爱好者则认为，鸟和人一样，在名字、性别和服饰之外，还有更多值得了解的事物。她开始在花园设陷阱捕捉歌雀，给每只鸟戴上塑料脚环。通过脚环的不同颜色，她可以辨别、观察并记录这些鸟儿的旅行、觅食、战斗、歌唱、求偶、筑巢和死亡，以此破解歌雀群落的密码。这样过了十年，她对于歌雀社会、歌雀政治、歌雀经济和歌雀心理的认识，胜过了任何一个人对任何一种鸟的认识。科学开辟出了通往她家门口的道路，各国的鸟类学家都来和她探讨问题寻求建议。

这两名业余爱好者都出了名，不过他们开始研究时根本没想到成名，名望是意外的收获。我所谈的也不是名望。他们获得的是比名望更重要的个人满足感，而满足感也是其他很多业余爱好者的收获。但我要问的是，为了鼓励自然史领域的业余研究者，我们的教育体系做了什么呢？若要找到答案，或许可以去听一听动物学系的正规课程。那里的学生正在默背猫骨头上隆起部位的名称。研究骨骼当然重要，不然我们就无法了解那创造了动物的进化过程。可是为什么要记下隆起的部位呢？有人告诉我们这属于生物学的训练。可是，难道我们不需要接触活生生的动物，了解它们在阳光下的种种表现吗？不幸的是，对活着的动物的研究在当前的动物学教育系统中并不存在。我所在的大学里就没有开设鸟类学或哺乳动物学的课程。

植物学教育也不会鼓励学生对活生生的植物产生兴趣,只是没有动物学教育那么极端。

学校对户外研究的排斥由来已久。生物学出现在实验室时,业余的自然史研究还处于把各种鸟类都称为"小鸟儿"的阶段,专业的自然史研究则是给物种分类,积累动物饮食习惯的记录而不对这些习惯进行诠释。于是,实验室研究方法开始蓬勃发展并与户外研究形成竞争态势,后者成了停滞的死水。没过多久,实验室生物学就自然而然地被人视作较优越的科学形式,并在继续发展的过程中,把自然历史挤出了教育制度。

当前这种默记骨头形式的教育马拉松,就是这一完全符合逻辑的变化过程的余波。这种教育当然也有其他正当理由。学医的人需要它,动物学的教师也需要它。不过我认为,相比之下,普通人更需要的是理解生机盎然的世界。

在这期间,野外研究已经形成了和实验室研究同样有科学性的技巧与观念。作为业余爱好者,学生不再只是愉快地漫步乡野,列出一系列的物种名称、迁徙日期和平胸鸟的名称。现在每个人都可应用的技巧包括:给鸟上脚环,在羽毛上做记号,统计有多少只鸟,对鸟的行为和环境进行实验,等等。这些都属于量的研究方法。如果业余爱好者具有想象力和耐力,也可以选择真正有科学性的自然历史问题,或去解决和太阳一样未经探索的新奇问题。

现在的观点是,实验室的研究和野外研究不应互相竞争,而应互为补充。不过,这种新的情况还没有影响学校的课程设置。扩充课程体系需要资金,因此,对自然历史感兴趣的学生在大学里得到的不是鼓励,而是冷落。大学教给学生的只是怎么解剖猫,而不是以欣赏的目光睿智地审视乡野,然而这两方面的内容都应讲授,倘若二者不可兼得,我们应舍前者而取后者。

生物学教育是培养公民的途径。为了更清楚地了解生物学教育的失衡和贫乏,我们可以带某个很聪明的学生一起到野外去,在那里问他几个问题。他肯定了解植物的生长过程和猫的身体结构,不过我们要看看他对土地的构造能了解多少。

我们驱车沿着密苏里州北部的一条乡间道路行进。那儿有个农庄,看一看院子里的树和田里的土壤,能不能说出当初的开拓者是从草原还是从森林开垦出这个农场的?他在感恩节时吃的是草原榛鸡还是野火鸡?哪些原来生长在这里的植物消失了?它们为什么会消失?草原植物对这片土壤上的玉米产量有什么影响?为什么这里的土壤现在遭到了侵蚀,以前却没有?

假定我们是在奥扎克山旅游。那里有一块废弃的田地,其间的豚草矮小稀疏。这是否能告诉我们,为什么这块地的抵押人失去了回赎权?事情发生在多久以前?是不是可以在这片田野上寻找鹌鹑?远处的墓园隐藏了什么样的人类故事,故事是否与这些矮小的豚草有关?如果这一流域的豚草都这样矮小,是否可以警示我们溪流将来有可能泛滥?是否可以向我们揭示溪流里鲈鱼和鳟鱼的前景?

许多学生会认为这些问题荒诞不经。事实并非如此。任何一个有观察力的业余博物学者都应明智地思索这些问题,并且乐在其中。你也会看到,当今的自然史只是偶尔探讨动植物本身的个性、习惯和行为。当今的自然史主要关注的是动植物彼此之间的关系、动植物与哺育它们的土壤和水之间的关系,以及动植物与歌颂"我的故土"却不知其运行机制的人类之间的关系。有关这些关系的科学就被称为生态学。不过被称为什么名称并不重要,重要的是，受过教育的公民是否清楚他在整个生态机制中只是一个小小的齿轮；他是否清楚，如果与生态机制协作，他就会拥有无限的精神和物质财富，如果拒绝协作，他最终会被生态机制碾压成尘。教育如果不能教给我们这些，那么教育的宗旨又是什么呢？

我们追求与土地的和谐，如同追求人类的绝对公正和自由。在追求这些更高层次的目标时，重要的不是获得的结果，而是奋斗的过程。只有在机械化的企业里，我们才能期望所付出的努力会很快或彻底达到所谓的成功。

我们如果表明自己是在奋斗，就意味着我们从最初就明白，所需要的事物必须来自内心。单纯依靠来自外界的力量，不足以推动人们为某个理念而奋斗。

因此，我们的问题就是，当很多人已然忘记土地的存在，当教育和文化几乎完全脱离了土地，怎样才能让人们为了与土地的和谐而奋斗。这也是自然资源保护教育所面对的问题。

美国文化中的野生动植物

原始人的文化往往以野生动物为基础。因为,水牛不仅为平原上的印第安人提供食物,也极大地影响了他们的建筑、服饰、语言、艺术和宗教。

文明人的文化基础已经改变,但是仍然保留了一部分源自荒野的文化。这里我要讨论的就是以荒野为根源的文化具有什么价值。

文化是不可度量的,我也不会浪费时间这样做。我要说的是,具有思考能力的人普遍认为,在能使我们重新接触野生世界的经验、户外运动和习俗中,都可以找到文化上的价值。我不揣冒昧,把这些价值分为三类。

首先,如果一种经验能让我们想起民族的起源和发展,亦即激起我们的历史意识,这种经验就是有价值的。这种历史意识的最佳意义就是"民族主义"。就我们民族来说,由于找不到其他简称,我就把这种意识称为"拓荒者的价值观"。比如说,一个身为童子军的男孩鞣好了一顶浣熊皮帽,在小径下面的柳树丛中装成开拓者丹尼尔·布恩时,他就是在重演美国历史。他已经从文化上做好了准备,可以面对当今黑暗而血腥的现实。又比如,农场的一个小孩在吃早餐前查看他所设的陷阱,然后带着一身麝鼠气味走进教室时,他就是在重演毛皮交易的浪漫传奇。不论是在社会里还是在个体身上,"个体发生"都在重复着"种群发生"。

第二,如果一种经验能让我们想起对"土壤—植物—动物—人"这一食物链的依赖,想起生物群系的基本结构,这种经验就是有价值的。文明以各种机器和媒介干扰了人与土地的这种基本关系,导致人们对土地的认识日渐模糊。我们以为是工业在养活我们,却忘了工业是靠什么养活的。从前,教育也曾贴近而非远离泥土,例如,有一首童谣讲述的是带一张兔皮回家给婴儿做斗篷,还有很多类似的民谣和故事都可以让我们想起,人类曾经依靠自然狩猎带给家人衣食。

第三,如果一种经验能够遵循被统称为"户外运动精神"的伦理限制,那么这种经验就是有价值的。人类改进狩猎工具的速度超过了自我完善的速度,"户外运动精神"就是主动限制这些装备的使用,从而在追逐猎物时发挥技巧的作用,减少器械的作用。

野外生物的伦理学具有特殊的优点。通常来说,没有观众会对猎人的行为进行喝彩或加以指责,猎人不论做什么都是为了自己的良心,而不是为了一群旁观者。这一事实的重要性不论怎样强调都不为过。

我们不应忘记的是,自愿遵守伦理准则可以增进猎人的自尊,而漠视伦理准则就会使猎人走向退化堕落。例如,不要浪费优质的肉,这是所有狩猎准则的共同规定。不过,现在的事实却是威斯康星的猎鹿人每次合法猎取两头雄鹿,都至少会杀死一头母鹿或幼鹿并把它们的尸体留在森林里。或者说,约有一半的猎人只要看到鹿就会射击,直到射中法律允许猎杀的鹿。遭到非法猎杀的鹿就那样被留在它们倒下的地方。这样的狩猎毫无社会价值,而且会使这些猎人养成习惯,进而在其他领域也违反伦理准则。

因此，拓荒精神以及与土地有关的经验看似只有两种可能性：或者没价值，或者有更多价值。但是伦理经验可能也有负面价值。

我们植根于户外的三种文化食粮，基本上就可以这样解释。但这并不等于文化获得了滋养。获取价值从来都不是自动完成的，只有健康的文化才能吸收养分并得到发展。那么，我们目前的户外娱乐滋养了我们的文化吗？

拓荒时期产生了两种观念，一是"轻装上阵"，一是"一颗子弹，一头公鹿"。这正是户外活动体现的拓荒精神的精髓。拓荒者必须轻装。因为交通不便，缺少资金，没有机关枪战术所需的武器，射击就必须经济准确。其实，人们开始接受这两种观念时都是由于别无选择。我们是把必须做的事扮成出于好心而做的事。

不过，这两种观念后来发展成了户外活动的准则，成为户外活动者自动遵守的限制。建立在它们之上的，是自立、刚毅、野外生活能力和枪法等独特的美国传统。这些理念是无形的，但是并不抽象。罗斯福总统是出色的狩猎家，并非因为他挂起了很多战利品，而是因为他用小学生都能懂的语言表述出了这一模糊的传统。在斯图尔特·爱德华·怀特的早期作品里，我们可以发现更微妙、更准确的表达。基本上可以说，这些人了解文化价值，创造了文化价值的发展模式，从而也就创造了文化价值。

随后出现了器械制造者，或者售卖户外活动用品的商人。这些人用无数新奇的装备把美国的户外活动热爱者武装起来。这些设计原本是自立、刚毅、野外生活能力和枪法的辅助，结果却常常替代了这些传统。新装备塞满了口袋，或者挂在脖子和皮带上摇晃着。卡车和旅行拖车满载着各种户外装备，每一种装备都是越来越轻便精良，然而总重量已由从前的磅位变成了吨位。装备的交易量是个天文数字,这个数字是作为"野生动植物的经济价值"而被认真公布的。然而这些做法的文化价值又在哪里呢?

我们以猎鸭者作为最后一个例子。他坐在铁船上,躲在充当诱饵的人造鸭子背后,自己不用费力,突突作响的马达就会把他带到埋伏地点。如果寒风刺骨,罐装的化学燃料可以让他取暖。他模仿着一种他希望具有诱惑力的声调,用工厂制造的鸣叫器向飞过的鸭群喊话,这是在家时从唱片上学到的。鸣叫器没什么意义,不过诱饵还是发挥了作用,一群鸭子盘旋着飞了过来。必须在它们绕第一圈时就开枪,因为沼泽里埋伏着很多带着类似装备的猎人,他们可能会先开枪。鸭群离他70码时,他扣下了扳机,因为他那杆枪的喉缩多变器已经设置成无限远,而且他的超级Z式子弹数量充足,广告上说射程很远。子弹在鸭群中炸开,几只被打断了腿的鸭子掉下来,不知会死在哪里。这个猎人感受到了什么文化价值吗?或许他只是在为水貂提供食物吧?下一次从埋伏地开火的人与鸭群的距离会是75码,否则还能用别的方法猎到鸭子吗?这就是当前的猎鸭模式,是所有公共猎场和许多狩猎俱乐部采用的典型模式。哪里还有"轻装"的理念和"一颗子弹"的传统呢?

这些问题没有简单的答案。罗斯福并不小看现代的来复枪,怀特也经常使用铝锅、尼龙帐篷和脱水食品。但他们只是适当地接受种种器械的帮助,而非受其役使。

我不想装得知道什么是适当,也不知道恰当与不当地使用器械的界限在哪里。不过我可以清楚地说,器械的起源和它们的文化效应有很大关系。自制的狩猎或户外生活用品常常可以加强而非破坏人和土地之间的关系。用自制的鱼饵钓鳟鱼的人在鱼之外另有收获。我自己也会使用工厂制造的很多小物件。但事情必须有个限度，超过了限度，花钱买到的这些用品就会破坏户外活动的文化价值。

并非所有的狩猎都和猎鸭一样堕落。仍有人在捍卫美国传统，或许弓箭运动和用鹰狩猎的复兴就代表了这方面的努力。但总的趋势显然是机械化程度的加深，文化价值则随之萎缩，尤其是拓荒者的价值和伦理的约束。

我感到美国的狩猎爱好者是困惑的，他不明白自己出了什么问题。更大型、更优良的设备有益于工业，为什么无益于户外休闲？他还没有明白，户外休闲基本上应是自然的、返璞归真的，这些娱乐的价值寓于对比之中，而过度机械化无疑是把工厂迁入森林或沼泽，从而破坏了这些对比。

没有哪个领导者会告诉猎人出了什么问题。关于户外活动的刊物已不再代表户外活动，而成为户外用品的广告板。野生动物管理者忙于生产供人射击的动物，无心关注射击的文化价值。从希腊将军色诺芬到美国总统罗斯福，每个人都说户外活动有价值，既然如此，人们就认为这一价值是不会被磨灭的。

对于不使用枪支火药的户外活动，机械化的影响有各种结果。现代的望远镜、照相机和鸟的铝制脚环等物品，都不会降低鸟类学的文化价值。如果没有船外马达和铝制小舟，钓鱼的机械化程度似乎比狩猎低得多。但是另一方面，机动化的交通工具只留下星星点点的野地供人旅行，因而破坏了野外活动的乐趣。

在边远林区用猎犬来猎狐，有趣地体现了或许无害的局部机械化的情况。使用猎犬是最纯粹的狩猎之一，它具有真正的拓荒精神，表现了人和土地之间最直接最精彩的戏剧关系。因为狐狸有意被猎人留在枪口之外，所以，这其中也体现了猎人在道德上的节制。可是人们现在却开着福特车追逐狐狸！和猎角声交织在一起的，是廉价小汽车的喇叭声！不过，似乎没有人会发明一只机器猎狐犬，或者在猎犬鼻子上拧紧一支多管猎枪，也没有人会用留声机或其他省力的捷径来教人训练狗。我想制造商们在狗的王国里已经无计可施了。

把狩猎的弊病全归咎于这些辅助用品，实际上不太公正。登广告的人提出了各种概念，但概念很少像实物一样诚实，尽管它们可能都没什么用。特别值得一提的是指引去处的专栏。知道哪里有打猎或钓鱼的好去处，是一种非常私人化的财富，就像鱼竿、猎狗或猎枪一样，是个人出于善意借出或赠予的东西。但是在我看来，把它们放在广告专栏这个市场上为了促销而叫卖，似乎是另一回事了。把它作为免费的公共服务交给所有的人，无疑更是另一回事。现在就连自然资源保护部门都在公然告诉人们，哪里能钓到鱼，哪里会有一群为了觅食而冒险飞落的野鸭。

所有这些混乱都倾向于把户外活动中的个性因素非个性化。我不知道正当和不当做法该在哪里分界，但我认为，指引去处的服务已经超出了理性的范围。

如果狩猎和钓鱼的情况不错，那么指引去处的服务所吸引的人数能达到理想数量就可以了。但是，如果狩猎和钓鱼情况不佳，登广告的人就必然诉诸更有诱惑力的手段，例如钓鱼摸彩，即在养殖的鱼身上贴上号码，钓到有中奖号码的鱼就能拿到奖品。这种科学和赌技的怪异混合，必然会让许多资源几近枯竭的湖泊面临过度垂钓的命运，同时也让许多地方的商会成员感到飘飘然。

野生动物管理人员如果认为自己和这些事情无关，那他们就太懒散了。生产商和推销员是同一类人，两者是一路货色。

野生动物管理人员试图控制环境，在野外养殖猎物，从而把打猎从开发转为生产。这种转变的发生，对文化价值会有什么影响呢？必须承认，拓荒精神和自由开发之间是有历史联系的。丹尼尔·布恩没有耐心坐等农作物的收成，对野生动物的产量更是如此。而老派的猎人不愿接受生产猎物的想法，或许也是对拓荒者的价值观的继承。生产猎物的想法受到抵制，或许是因为违背了拓荒精神的自由传统。

机械化无法为被它破坏的拓荒精神提供文化替代品，至少我这样认为。然而，养殖或管理的确提供了一个替代品，即野生资源管理。在我看来这一替代品至少有相同的价值。为了野生动物的繁殖而管理土地，具有与其他形式的耕作相同的价值。它在提醒人们不要忘记和土地的关系。另外，它还包含道德的约束，不控制食肉动物而进行的猎物管理则需要更高层次的道德约束。因此我们可以得出结论，猎物的生产削弱了拓荒精神，但却强化了其他两种价值。

如果我们把野外视为冲突的场所，非常活跃的机械化进程与完全处于静态的传统在此互相对决，那么，文化价值的确是前景黯淡。但是，我们的户外活动观念为什么不能像新发明那样强劲地发展呢？或许拯救文化价值需要采取攻势。就我个人而言，我认为时机已经成熟。猎手们可以为自己决定未来事物的形式。

例如，过去十年里出现了一种崭新的户外活动形式。这种活动不会伤害野生动植物；它虽然使用新设备，却不会受到设备的役使；它解决了活动区域的问题，大大增加了一个地区的人类承载能力。这种活动没有动物猎捕量的限制，也没有禁猎季节；它需要的是教师而不是监察官；它需要新的具有最高文化价值的森林知识。这种活动，就是野生动植物研究工作。

野生动植物研究最初是专业人员的工作范畴。更难解决的问题无疑必须依靠专业人员，但是仍有许多问题适于不同程度的业余爱好者。机械发明的研究领域早就扩展到了业余爱好者之中。但是人们刚刚注意到，生物学领域的业余研究同样具有娱乐价值。

业余鸟类学家玛格丽特·莫尔斯·尼斯在自己的后院里研究北美歌雀。她已经超越了许多鸟类研究机构里的专业人士，成了鸟类行为研究的世界级权威。银行家查尔斯·布罗利出于兴趣给鹰上脚环，他发现了当时还没有人注意到的事实：一些鹰冬天在南方筑巢，然后到北方森林去度假。在曼尼托巴平原种小麦的农场主诺曼和斯图亚特·克里德尔研究农场上的动植物群，由于深谙从当地植物到动物生长周期的所有知识，就成了这方面的公认权威。新墨西哥山中的牧牛人埃利奥特·巴克写了一本关于美洲狮的书，为这种难以捉摸的猫科动物提供了非常出色的介绍。不要以为这些人寓工作于游戏之中，他们只是意识到，最大的乐趣就寓于观察和研究未知的事物之中。

目前大多数业余爱好者已知的鸟类学、哺乳动物学及植物学，和在这些领域可能或可以发现的事物相比，只是幼童的游戏。原因之一就是，整个生物学教育（包括野生动植物教育）的结构设置，旨在永远垄断专业研究。业余爱好者只能进行虚构的发现之旅，只能去证实专家已经知道的事情。需要让年轻人明白，有一艘船就建造在他们心中的船坞里，这艘船也可以在大海上自由自在地航行。

我认为，野生动植物管理行业面临的最重要的工作，就是推广野生动植物研究。野生动植物还有一种价值，尽管现今只有少数生态学者能够看出这种价值，但它对整个人类的发展却具有潜在的重要性。

我们已经知道动物群具有一些行为模式，动物个体意识不到这些模式，却帮助构成了这些模式。例如，兔子并不知道生命的循环周期，却是这个循环的载体。

我们无法在个体身上或在短时间内辨明这些模式。即使对一只兔子进行最集中最审慎的研究，也无法发现兔子数量增减的周期。只有在对兔群进行数十年的研究之后，才能发现兔子数量的循环周期。

这会引出一个令人不安的问题：人类种群是否也存在我们所不清楚，却由我们协助构成的行为模式？暴乱和战争、骚动和革命是否出于这种模式？

在许多历史学家和哲学家的诠释中，人类的集体行为是个体有意志的行为汇聚而成的结果。外交的所有问题都假定政治团体具有高尚人士的特质。另一方面，一些经济学家把整个社会视为某个进程中的玩物，而我们对进程的了解大半是滞后的。

可以合理地认为，和兔子的社会进程相比，人类的社会进程具有更多受意志影响的内容；但我们也可以合理地认为，人类作为物种，对自身的某些群体行为模式还毫不知情，环境还从未唤起人们对这些模式的注意，此外我们也可能误读了某些群体行为模式。

这种对人类群体行为原理的疑惑，使人类对可类比的高等动物产生了特别的兴趣，并为这些动物赋予了特殊的价值。埃林顿①等人曾指出高等动物的文化价值。长久以来我们一直无法抵达这丰富的知识宝库，因为我们不知该在何处或如何进入。现在，生态学正指导我们在动物群里寻找自身问题的相似物。通过了解生物界中某一小部分的活动情况，我们可以猜测整个结构的

---

① 埃林顿（Paul Errington），美国生物学家，利奥波德的同事和朋友。

运作方式。理解这些的深刻意义并对其进行批判性评估的能力，就是未来的森林知识与技巧。

总之，野生动植物曾经哺育我们并塑造了我们的文化，而且现今仍在为我们的闲暇时光带来乐趣。可是我们却试图靠现代机械来收获这些乐趣，并因而损害了它的一部分价值。倘若我们能够投入现代人的心态与才智，那么我们收获的将不仅是乐趣，还有智慧。

鹿径

那是八月的一个炎热的下午,我正悠闲地坐在一棵榆树下时,发现有一头鹿穿过了东面1/4英里处的一小块空地。鹿踏出的一条小径穿过我们的农场,因此从小木屋往那个方向看去,任何经过的鹿都会落入视线。

我意识到,我在半个小时前挪动椅子时,已经把椅子放在了观察鹿径的最佳地点,而且几年来,这成了我下意识的习惯做法。于是我又想到,如果砍掉一些灌木,我或许能扩展观察范围。天黑以前,我砍掉了一排灌木,之后的一个月里我发现了几只在以前可能看不到的鹿。

连着几个周末,我都要把砍了树的地方指给客人,想看看他们对此的反应。大多数人很快就忘了这件事,其余的人则和我一样,一有机会就往那里看。我很快就得出了清晰的结论,喜欢户外活动的人可分四类:猎鹿人、猎鸭人、猎鸟人,以及不想打猎的人。分类与性别、年龄或装备无关,而是基于人类观察外界时的四种不同习惯。猎鹿人习惯性地注视道路的下一处转弯,猎鸭人注视天宇,猎鸟人注视猎犬,不想打猎的人什么也不需要注视。

猎鹿人坐下时,要背靠着某个支撑点,坐在能看到前方的位置。猎鸭人坐下时，要藏在某样东西身后，能看见高空的位置。不想打猎的人只需要找个舒服的地方坐。这些人都不会注视狗。但猎鸟人注视的只有狗，而且总是知道狗在哪里，不论狗此时是否在视线之内。狗的鼻子就是猎鸟人的眼睛。很多猎人在狩猎季节只知道带着猎枪，却从未学会观察他们的狗或解读狗对气味的反应。

也有一些出色的户外活动者不属于这些类型。鸟类学家靠耳朵搜寻目标，仅仅用眼睛追随耳朵所搜寻到的东西。植物学家靠眼睛近距离搜寻目标，他们寻找植物的能力令人惊叹，但却几乎不会注意到鸟类或哺乳动物。林务官只会注意到树木以及依赖树木存活的昆虫和菌类，但是对其他一切都不关心。此外还有眼睛只盯着猎物的猎人，他们认为其余一切都毫无趣味或价值。

有一种令人费解的捕猎模式，我无法将之和上述任何一个群体联系在一起。这就是寻找动物的粪便、足迹、羽毛、巢穴、栖息地，以及动物擦痒、斗殴、掘土、进食、搏击或捕猎所留下的痕迹，这些被林区人统称为"解读迹象"。这是罕见的技巧，而且似乎往往和书本知识相背离。

与解读动物所留痕迹类似的行为，是解读植物所留的痕迹，但这同样是罕见的技巧，而且更会令人困惑。我可以举一个非洲探险者的例子来说明这一点。这位探险者在一棵树的树皮上发现了狮子的抓痕，位置是 20 英尺高，所以他认为抓痕是在树没长高时形成的。

被称为生态学家的人自诩生物学万事通，他们试图通晓一切并完成所有事情。可想而知，他们没有成功。

大雁的音乐

若干年前,高尔夫球在这个国度被普遍视为社会的点缀,或者有钱人闲暇时的惬意消遣,而商人们几乎无法对这一运动产生好奇心,更不必说产生浓厚兴趣了。但是今天,为了让社会普通成员都能接触到高尔夫球,很多城市都在建自己的高尔夫球场。

其他大多数户外休闲活动也都发生了这种观念的改变,半个世纪以前的无聊行为成了当今社会活动的必要组成。不过奇怪的是,对于狩猎和钓鱼这两种最古老最常见的户外休闲活动,这种改变的影响还只是刚刚开始。

我们当然已经模糊地认识到,一个疲惫的商人在野外待一天会有益健康。我们也认识到,由于野生动植物的毁灭,野外生活已经失去了诱惑。但是我们尚未学会从社会福祉的角度来表述野生动植物的价值。人们从不同的角度证明野生动物保护具有合理性,有人说野生动物可以提供肉食,其他人则从消遣、收益,或者科学、教育、农业、艺术、公共卫生,甚至军事需求等方面找理由。事实是,所有这些都只是广义的社会价值的要素,而野生动植物如同高尔夫球一样,是一种社会财产。但到目前为止,还几乎没有人清晰地认识到或完整地表达出这一事实。

绿头鸭的振翅声和呱呱叫声会触动一些人的心弦，对这些人来说，野生动植物具有更宽广的意义。这不只是后天培养的品位。在瞄准和追逐猎物中寻找乐趣，是人类天生的本能。高尔夫球是高雅运动，对狩猎的爱好却几乎是生理特点。不喜欢高尔夫球没关系，不过如果不喜欢观赏、追逐、智胜鸟兽或给鸟兽拍照，就很难说是正常的了。那样的人是文明得过了头，我个人会不知怎样与之交往。婴孩看到一个高尔夫球时不会激动得颤抖。但是，如果一个男孩第一次看见鹿时不为之雀跃，我肯定不会喜欢这个男孩。因此我们在这里讨论的是心灵深处的东西。即使没机会发挥和控制狩猎本能，人仍然可以生活下去，就如同有些人的生活中可以没有工作、游戏、爱情、事业或其他重要冒险。不过缺失了这些东西在如今会被视为不适应社会。人们越来越把运用正常本能的机会视为不可剥夺的权利。毁灭野生动物的人则在剥夺人们的权利之一，而且是彻底剥夺，一劳永逸。在最后一角空地被混凝土建筑覆盖之后，我们仍然可以拆掉建筑重修游乐场。但是，当最后一只羚羊离我们而去时，即或把世间的所有游乐场联合在一起，对于弥补这一损失仍是无能为力。

如果野生鸟兽是社会财产，那它们有多少价值呢？我们可以说，有些人继承了狩猎的狂热，没有野生鸟兽的生活会使之倍感失落。不过这样回答没有确立任何可比较的价值，而如今，在各种必需品间进行选择有时是必需的。比如说，一只野生大雁有多少价值呢？我有张交响乐演出的票，价格并不便宜，钱已经花出去了，还算值得。但是，为了看到一只大雄雁在黎明时分嘎嘎叫着飞进我设的圈套，我会放弃去听音乐会。天气寒冷刺骨，而我笨手笨脚，没有打中大雁，但我仍然很开心。结果并不重要，重要的是我看到了它,当它出现在西方的灰色天空时,我听到了雁鸣,听到了掠过它那伸展开的羽翼的呼呼风声。而且我感觉到了它,即使是现在回想起来,我仍感到妙不可言。这只雄雁肯定已让十个人感受到了这种兴奋,其价值完全可以与交响乐演出的入场券相比。

我的记录显示,这个秋天我已见到了一千只大雁,在它们从极地到海湾的惊人旅程中,每只大雁都有可能在某个地方带给人们花钱买不来的欣喜。或许有一群大雁让一些小学生兴冲冲地赶回家讲述他们的奇遇;或许在某个暗夜,有一群大雁从高空为整座城市奏响大雁小夜曲,唤起了无尽的疑惑、回忆和希望;或许还有一群大雁,让某个耕作中的农民停下来憧憬远方、旅程和人群,在此之前他的生活只是乏味的苦工,他对生活没有任何想法。我确信,这千只大雁可以给人们带来有价值的丰富收获。金钱具有的只是交换价值,如同画的售价或诗歌的版税。那么替换价值呢?倘若再没有画作、诗歌或大雁的音乐呢?这样的想法令人伤感,但问题必须得到回答。若有迫切的需要,或许会有人再写出另一部《伊利亚特》,或者再画出另一幅《晚钟》[①],但是有谁能再造出一只雁?只有造物主。"我,耶和华,必应允他们。这是耶和华之手所做,是以色列的圣者所创。"

用同一个天平衡量雁的音乐和艺术,是否不够庄重?我想不会,因为真正的猎人只是个不去创作的艺术家。在法国的岩洞中,是谁在骨头上画下了第一幅图画?是一个猎人。在现代生活中,是谁看到美丽生灵时会为之兴奋,并忍饥受冻目不转睛地追随?是所有的猎人。是谁写下伟大的猎人诗篇,歌咏那些令人惊叹的风雪、冰雹、星辰、闪电、云朵、狮子、鹿、野山羊、渡

[①]《伊利亚特》(*Iliad*) 是古希腊诗人荷马的著名史诗。《晚钟》是法国画家米勒(1914—1875) 的名画。

鸦、鹰和雕,还有马的颂辞?是劳作着的约伯——不论在哪个时代他都是伟大的戏剧艺术家之一。诗人歌颂大山,猎人攀爬大山,都是出于同一个原因——对于美的陶醉。评论家描写动物,猎人智胜动物,都是为了同一个原因——把美纳为己有的渴望。二者的差异主要是程度、自觉性和所用语言的问题,当然语言是划分人类行为的诡异的裁决者。如果我们的生活可以没有大雁的音乐,那我们也可以没有星辰、落日或《伊利亚特》。但问题是,如果没有这些东西,我们只会成为傻瓜。

野生动物有什么道德和宗教上的价值呢?我知道一个故事,讲述了一个男孩从相信无神论到信仰上帝的转变,因为他看到一百多种属于莺科的鸟儿,每种都如彩虹般美轮美奂,而且这些鸟每年都要飞越数千英里的迁徙旅程。科学家对这些鸟儿进行了明确描述,却并未真正了解它们。在千百万年中,各种元素要经过什么样的偶然汇合,才能产生如此美丽的鸟儿?又有哪种机械的突变理论,可以解释蓝翅林莺的颜色、鸫的晚祷、天鹅之歌或大雁的音乐?与许多采取了归纳法的神学家相比,这个男孩肯定有更坚不可摧的信仰。将来还会有许多男孩子来到世间,像以赛亚那样"看见、知道、思考,进而明白,这是主的手所做",然而他们是在哪里看见、知道或思考呢?难道是在博物馆里?

与其他户外活动对比,狩猎和钓鱼会对人的性格产生什么影响?我已经指出,对狩猎和钓鱼的渴望是心灵深处的东西,既出自本能,也是为了竞争。鲁滨逊的儿子没见过网球拍,不打网球也照样可以生活,但他肯定会打猎或钓鱼,有没有人教他都是一样。不过在主观利益方面,打猎或钓鱼并未确立任何优越性。对于性格的形成,更重要的是什么呢?对这个问题的探讨可以持续下去直至永久,就像在学校里讨论是男孩还是女孩更优秀一样。

我不想在此多费笔墨，只想强调有关狩猎的值得重视的两点。第一，户外活动的伦理规范并非固定的准则，而是由个人确立并遵守的，有资格对其进行裁决的只有上帝。第二，普遍意义的狩猎需要借助狗和马，然而在我们这个依靠汽油驱动的文明社会里，最严重的缺欠之一，就是缺乏驾驭猎犬或骏马的经验。昔日的人们相信，毫不了解狗和马的人算不上绅士，这种看法的确蕴涵着很多真理。在西方，对动物的虐待行为受到众人鄙夷。这种判断本性的经验方法早在"性格分析"出现之前就已通行于养牛地区，而且该方法将继续被人们采纳，哪怕性格分析不再适用。

不过，要证明两种不错的东西哪一种更佳，意义其实不大。关键是，喜欢狩猎和钓鱼的美国人大概有六百万到八百万。这个种族的人普遍具有对狩猎的狂热。促使他们去往户外的任何诱因都能使之受益，而对这些诱因的任何损害都会使之受伤。如何对抗这种损害就这样成了社会问题。

结论如下：我是天生的狩猎狂，也是三个儿子的父亲。他们年幼时，总是把用于捕猎的诱饵当玩具，还拿着木头枪在空地上乱跑。我希望能让他们拥有强健的体魄、良好的教育，甚至独特的技能。不过将来，如果山里不再有鹿，树丛中不再有鹌鹑，草地上不再有轻唱的鹬，他们又该如何应用这些特质呢？或许有一天，当黑夜降临沼泽时，再也听不见赤颈凫或绿翅鸭的戛然长鸣；当晨星渐渐隐没在东方泛白的天空时，再也看不见乘风高翔的翼翼飞鸟；当黎明的清风吹过古老的杨树林，当柔和的晨光自山丘而下，渐渐照亮古老的河流，悠然漫过宽广的褐色沙洲时，再也没有大雁的音乐。倘若如此，他们该怎么办？

第四部分

结 论

土地伦理

天神一般的奥德修斯在特洛伊战争后终于重返家园。他用一根绳子绞死了家里的一打女奴,原因是怀疑她们在他离家时行为不端。

他的做法在当时不会引起任何质疑。那些女孩子是他的财产,对财产的处置不论过去还是现今,都只是合算与否的问题,无所谓正确与否。

奥德修斯时代的希腊其实并不缺少正确与否的观念。在他的黑色船队终于驶过深暗如酒的海洋回到家园之前,他的妻子在漫长岁月里坚持的忠贞就可证明这一点。当时的伦理结构涵盖了妻子,但并未延伸到奴隶身上。此后的三千年里,伦理标准扩展到行为的众多方面,单纯由合算与否来衡量的行为则相应地减少了。

伦理规范的演变

伦理规范的扩展到目前为止还只有哲学家研究过,但它实际上是生态进化的一个过程。这个过程的演进既可以用哲学术语,也可以用生态学术语加以描述。从生态学的角度看,伦理规范是对生存竞争中的行动自由进行限制；从哲学的角度看，伦理规范是对社会行为和反社会行为进行区分。两种定义指的是同一事物，源于相互依存的个体或群体进行合作的趋势。生态学家把这种合作称为共生现象，政治和经济是高级的共生现象，人们置身其中后，具有伦理内涵的协作机制就取代了原有的一些自由无序的竞争。

随着人口密度的增长以及工具效能的提高，协作机制也日趋复杂。例如，与界定乳齿象时代的木棒和石头的反社会用途相比，界定汽车时代的子弹和广告牌的反社会性用途就复杂多了。

摩西十诫等早期伦理规范针对的只是个人之间的关系，之后增加的伦理规范针对的是作为个体的人与社会间的关系。"己所欲，施于人"这一重要原则试图把个人和社会结合起来，而民主则试图把社会组织和个人结合起来。

目前还没有任何伦理规范可以规约人与土地以及人与土地上的动植物的关系。土地就像奥德修斯的女奴一样，只被视为财产。人和土地的关系仍然严格地遵循经济原则，人们需要的是对土地的特权，而不是义务。

如果我正确地解读了种种迹象，那么把伦理规范扩展到人类环境中的上述第三种要素，在进化上是可能的，在生态上是必要的。这是一系列步骤中的第三步，前两步已经完成了。自从先知以西结和以赛亚的时代以来，具有独立精神的思想家都坚称，对土地的掠夺既不恰当，也不正确。然而他们的信念尚未得到社会的认可。我把当前的自然资源保护运动视为确认这种信念的开端。

伦理规范可被视为应对生态形势的指导模式，这种全新的复杂模式引起了如此迟滞的反应，以致普通的个人无法看出社会采取了什么权宜之计。个体应对这种形势的指导模式是动物本能，而伦理规范或许是一种正在形成的群体本能。

群体概念

到目前为止，所有伦理规范都依赖一个前提：个人属于群体，群体中的成员则相互依存。个人受本能的驱使，为在群体中取得一席之地而参与竞争，个人的伦理规范则促使他与其他成员合作（或许也是为了获得可供竞争的场所）。

土地的伦理规范扩展了群体的范围，纳入了土壤、水和动植物，这些东西可以统称为土地。

情况乍听起来很简单。对于自由的土地和美好的家园，难道我们不是已经在高唱我们的爱和责任了吗？答案是肯定的，但我们爱的是谁？当然并非土壤，我们正让土壤仓促不堪地流向下游；当然并非江河湖海，在我们眼中，它们的作用只是转动涡轮、供船航行和排走污水；当然也非植物，我们已经无动于衷地毁掉了整个植物群落；当然也非动物，我们已经灭绝了许多美丽的大型动物。土地伦理规范当然无法阻止对自然资源的宰割、管理和使用，但它的确肯定了这些资源有权利继续存在，而且至少应该在某些地方自然地生存繁衍。

总之，在人与土地形成的群体中，土地伦理让人类的角色从征服者变成普通成员和公民。这必然意味着他对群体其他成员以及对群体本身的尊重。

历史已经让我们明白（至少我希望我们明白），征服者最终都是被自己击败的。为什么呢？因为这个角色意味着权威，意味着征服者知道是什么使群体运转，在群体的生活中什么有价值什么没价值，谁有价值谁没价值。实际上征服者对这些总是一无所知，因此，征服最终只能导致失败。

在生物群落里也有相似的情况。亚伯拉罕[①]认为土地的存在就是为了把牛奶与蜂蜜送到他的嘴里。现在我们对这一观点的信心，恰与我们的教育程度成反比。

今天，普通人相信，科学知道是什么在使生物群落运转。但科学家确信自己对此并不知晓，他们认为生物群落具有极其复杂的机制，或许人类永远不会完全了解其运作情况。

生态学对历史的诠释表明：人类其实只是生物群的一员。很多历史事件目前都还只是从人类活动的角度加以解释的，但这些事件实际上是人和土地的生物性互动。事件的决定因素，既包括生活在土地上的人的特性，也包括土地的特性。

以密西西比河流域的开拓为例。在独立战争之后的年代里，有三个群体彼此争夺，都想取得此地的控制权，他们是当地的印第安人、法国和英国的商人，以及美国的拓荒者。这种不稳定的形势的结局是，移民进入了肯塔基州的藤茎荒地。历史学家不知道，如果底特律的英国人多给印第安人一些支持，那么情况会有什么不同。不过让我们思考这样一个事实：在拓荒者的牛、犁、火和斧子所代表的不同力量的共同作用下，肯塔基的野地植物变成了禾草。如果这片黑暗而残酷的土地上固有的植物演替，在这些力量的作用下带给我们没有价值的苔草、灌木或杂草，那么情况又会怎样呢？拓荒者布恩和肯顿还能坚持下去吗？会不会有大批移民涌入俄亥俄、印第安纳、伊利诺斯和密苏里等州？美国政府还会不会购买法属的路易斯安那州？会有新兴各州的横贯大陆的联邦吗？南北战争还会发生吗？

---

① 《圣经》中古希伯来人的始祖。

肯塔基州只不过是历史戏剧的一句台词。通常情况下我们都会被告知，人类演员在这场戏剧中要做的是什么，然而很少有人告诉我们，人们的成败在很大程度上取决于不同土壤对占领者所施加的力量的反应。就肯塔基的情况来说，我们甚至不知那些早熟禾来自何处，究竟是当地固有的物种还是从欧洲偷渡而来的。

我们可以把肯塔基和西南的情况所引发的后知后觉进行比较。那里的拓荒者同样勇毅、机智、坚韧。只是他们没有带来早熟禾或其他能经受过度开垦利用的植物。这个地区遭到牲畜放牧的踩蹋后，长出的矮草、灌木和杂草越来越没有价值，直至整个状态回归到不稳定的均势。植物品种的每次衰减都造成土壤流失，每次新增的土壤流失都造成植物品种的进一步衰减，结果导致今天此地越来越严重的衰败状况，受损的不仅是植物和土壤，还有依靠植物和土壤生存的动物群。这一切出乎早期拓荒者的预料，在新墨西哥州的沼泽区甚至有人开挖水渠，结果加快了局势的恶化。自然的进程极为微妙，居民们很少察觉得到，观光客则根本看不出来。在他们眼里，这个遭到破坏的地景仍然绚丽迷人（它的确仍然迷人，但是和1848年的面貌相比已经迥异[①]）。

这一地区此前也经历过一次"开发"，只是结果迥异。普韦布洛印第安人早在哥伦布之前的时代就已在西南地区定居，而他们恰巧没有牧场牲畜。他们的文明灭绝了，但那并非是因为土地的衰竭。

在印度，没有草皮的地方也有人定居，而且显然没有破坏土地，这是因为他们采取了一个简单的办法：把草带给牛，而不是让牛去找草吃（我不知这是源于某种深奥的智慧，还是单纯的好

[①] 1848年2月，在美墨战争中失败的墨西哥和美国签订条约，割让包括加利福尼亚和新墨西哥在内的52万平方英里土地，此后美国移民大批涌入这一地区。

运气)。

总而言之,植物的演替影响着历史的进程,而拓荒者不管怎样,都只是证明了土地固有的自然演替是什么样子。是否能以这种态度来讲述历史呢?答案是肯定的——如果我们能真正视土地为群体,如果这样的观念能深入人心。

生态学的意识与良知

自然资源保护是人与土地的和谐状态。虽然经过了近一个世纪的宣传,资源保护的进程仍像蜗牛一样迟缓,所取得的进展大多是书面的虔诚和会议上的发言。长久以来,我们仍然是每前进一步就要后退两步。

如何解决这一困境呢?最常见的答案是"加强资源保护教育"。没有人会对此提出异议,然而,需要加强的只有教育的分量吗?教育的内容是否也有所缺失呢?

很难对教育的内容进行简洁恰当的概括,但是按我的理解,其内容大致是遵守法律,公平选举,参加某个组织机构,在你自己的土地上实施有利的保护措施,其余的事情则留给政府。

这个方案是否过于简单,因而无法完成任何有价值的事情呢?它没有区分正误,没有指明义务,不号召人们付出,也不主张改变当前的价值哲学。在土地使用方面,它只主张开明的利己行为。这样的教育会带领我们走多远?有个例子或许可以提供部分的答案。

到1930年时,除了在生态方面完全无知的人以外,谁都知道威斯康星州西南部的表层土壤正向海洋流失。1933年,农场的人被告知,如果他们愿意在五年里采取某种补救措施,政府会派资源保护队协助他们,并提供必要的机械和材料。大部分人都接受了这一提议,但是,当五年的合约期满时,这些措施已普遍被人遗忘,农场主继续采用的,只有那些能立刻带来明显经济利益的措施。

这就引发了一种想法:如果农场主自己制订规则,他们或许会明白得更快些。于是威斯康星州的州议会在1937年通过了《土壤保护区法令》。它实际上是在告诉农场主:"如果你们自己制订土地使用的规则,政府将为你们提供免费的技术服务,为你们提供专用机械的借贷。每个郡都可以制订自己的规则,它们将具有法律效力。"几乎每个郡都迅速组织起来接受政府协助。但是,经过了十年的运作,仍没有哪个郡能制订出一条独立的规则。这期间的确也有些可见的进步,例如作物间作、牧场更新,以及在土壤上施用石灰。但是,在圈起林地禁止放牧,禁止在陡坡上犁地或放牛这些方面,可以说是毫无进展。总之,农场主选择了有利可图的措施,忽略了那些于群体有利,但于自身未必有利的措施。

如果有人疑惑为什么没有预先制订出规则,他得到的答案将是:因为群体尚未准备好支持规则,教育必须先于规则。但是,实际施行的教育并未提及人对土地的高于利己主义的义务。最后的结果就是,我们有了更多的教育,但土壤减少了,健康的森林减少了,只有洪水仍和1937年一样频繁。

事情的费解之处是,在改善道路、学校、教会和球队时,高于利己主义的义务会被视为理所当然。然而,在改善水土流失方面,在保存农场风景的优美或多样性方面,这种义务却未被视为理所当然,也从未有人就此进行严肃认真的讨论。土地使用的伦理规范仍然完全受到经济上的利己主义所支配,这和一个世纪以前社会伦理的情况并无差异。

总之,我们请农场主做些轻而易举的事来保全他们的土壤,他们所做或所能做的也只有这些。农场主即或是砍光山坡上75%的树木,把牛赶到林间空地放牧,并任由山坡上的雨水、石头和土壤一起流入当地溪流,只要他在其他方面表现得体,那他依旧是受人尊敬的社会成员。只要他在田地里撒上石灰,沿等高线种植庄稼,他就仍有资格得到土壤保护区的所有待遇和补贴。保护区是社会体系中的美丽部分,但是我们太胆怯太急于求成,因此没有告诉农场主他们的义务有多么重要,结果致使保护措施得不到正常的投入、运转和发展。如果缺乏良知,义务也就毫无意义,我们所面临的问题就是把良知所针对的范围从人扩展到土地。

如果在思想的重点、忠诚、热情和信念方面没有内部的变化,也就不会有伦理规范的重大变化。哲学和宗教都还不知晓自然资源保护的存在,这足以证明自然资源保护尚未触及人类行为的基础。我们试图使自然资源保护变得容易,结果却使它变得无足轻重。

土地伦理的替代品

当历史的逻辑渴望面包,而我们却递出一块石头时,我们要绞尽脑汁解释石头和面包多么相似。现在,我将描述一些可以替代土地伦理这块面包的石头。

完全基于经济动因的自然资源保护体系的基本弱点就是,土地群体的成员大多数没有经济价值,例如野花和鸣禽。在威斯康星州的2.2万种本土高等植物和动物中,是否有5%以上可以卖出、食用,或有其他经济用途,恐怕都令人怀疑。但是这些动植物隶属于生物群落。我相信生物群落的稳定依赖于它的完整性，果真如此，那么这些动植物就有继续生存下去的权利。

如果某种没有经济价值的生物受到威胁，而我们又碰巧喜欢它，我们就会找出借口使它在经济上变得重要。20世纪初期，人们以为鸣禽即将消失，所以鸟类学家立即采取救助行动。他们提出了一些明显没有根基的证据，例如，如果没有控制昆虫数量的鸟类，昆虫将把我们吞噬。看来，证据要想有效就必须具有经济性。

今天重读这些托词令人痛心。我们还没有土地伦理规范，但是至少倾向于承认鸟类有生存下去的生物权利，不论这是否能带给我们经济利益。

类似的情况也存在于食肉的哺乳动物、猛禽或水禽当中。生物学家曾经有些夸大地说这些动物通过杀死弱小的动物来维护大多数猎物的健康，它们为农场控制了啮齿类动物的数量，它们只捕食不具价值的物种。在此，证据要想有效，同样必须具有经济性。只有最近几年才出现更真实的论证，认为食肉动物是生物群的成员，人们无权因为某种真实或想象中的利益而消灭它们。遗憾的是，这种理智的观点还只是说说而已。在野外，人们正愉快地消灭着食肉动物，例如，在国会、在自然资源保护部门和各个州议会的许可下，灰狼即将被赶尽杀绝。

某些树种生长缓慢或木材价格太低，所以被有经济头脑的林务官从群体中开除出去，北美崖柏、美加落叶松、柏树、山毛榉和铁杉就是例子。在欧洲，林业从生态学角度上看是比较进步的，没有多少商业价值的树种被视为本地森林群落的成员，从而合理地保存下来。此外，他们发现山毛榉等树种对于增强土壤肥力具有重要作用。森林、森林中的不同树种，以及地面上的动植物之间，理所当然地存在着相互依赖的关系。

缺乏经济价值有时不仅是某个物种或群体的特征，也是整个生物群落的特征。沼泽、泥沼、沙丘和沙漠都是例子。我们对这些地方的处理方式是把它们交给政府，作为保护区、遗迹或公园来管理。困难的是，这些地区往往与较有价值的私有土地交织在一起，政府不可能拥有或控制这样分散的土地。我们最终只好任由这样一些地方大面积地消失。但是，如果土地私有者具有生态学意识，那么他将自豪地成为这类地区中的一个合理部分的监护人，因为这个地区让他的农场和社区更加美丽多姿。

在某些情况下，认为这些荒地缺少利益的看法被证明是错误的，但那也只是在这些地区中的大部分都已失去之后。一个很充分的例子就是，人们现在纷纷把水重新灌入麝鼠沼泽。

美国的自然资源保护有一种明显的倾向，就是把拥有土地的人该做而没做好的全部必要工作都托付给政府。政府的所有权、经营、补贴或管理，现在已经遍及林业、牧场管理、土壤和水域管理、公园和野地保护、渔业管理以及候鸟管理，同时还在向各个领域渗透。政府自然资源保护的拓展大多数是恰当的、理性的，有些还是必不可少的。我绝不反对政府的资源保护，事实上，我生命中的大部分时间都已投身到资源保护工作之中。但是问题依然存在：这项工作的最终意义是什么？税收基础足以使之达到它的最终目的吗？政府的自然资源保护工作发展到什么程度时，会像乳齿象一样，因自己的体积过大而有碍行动？若有答案，答案似乎就寓于土地伦理规范之中，或是寓于能向土地所有者分派更多责任的其他力量。

产业性的土地所有者和使用者，尤其是木材商和畜牧业者，经常高声抱怨政府的所有权和管控扩展到了他们的土地上。但是他们几乎都不愿采用唯一可见的替代方法：在自己的土地上自愿进行自然资源保护。

要求土地私有者为群体利益做些无利可图的事时，他只会摊开双手拒绝。如果需要他花钱，他的反应倒还说得通，但是如果只需要他有些远见、思想开明，或付出些时间，那他本不该犹疑。近年来土地使用补贴的惊人增长，很大程度上归因于政府借以推行自然资源保护的机构：土地部门、农学院和服务机构。我所知道的是，这些机构并未宣讲对土地应负的伦理责任。

总而言之，一种只以经济私利为基础的资源保护体系是绝对失衡而且无望的。它容易忽略并最终抹杀土地群落中许多缺乏商业价值的成分，而这些成分就我们所知，是整个体系健全运转的关键。这个保护体系误以为生物时钟之内有经济价值的零件离开无经济价值的零件以后，仍然可以运行。它常把许多功能交给政府实施，结果整体变得过于庞大、复杂或分散，政府最终会力不从心。

对这些情况，唯一显而易见的补救方法就是让土地所有者负起对土地的伦理责任。

土地金字塔

一种伦理规范若要补充并指引经济与土地的关系，首先应把土地想象成一种生物机制。因为只有涉及我们能够看到、感觉到、理解、喜爱或信任的事物时，我们才会产生伦理感。

自然资源保护教育经常使用的意象是"自然的平衡"。因为冗长得无法详述的理由，这个比喻没有准确说明我们对土地机制有限的了解。一个更贴切的意象是生态学中使用的"生物金字塔"。

我先概述一下作为土地象征的金字塔，然后再从土地使用的角度探讨一下这个象征的内涵。

植物从太阳吸收能量，这些能量在生物区系里循环流动，生物区系可以用一个多层金字塔来象征。金字塔的底层是土壤，之上依次为植物、昆虫、鸟类和啮齿动物，再向上经过不同的动物群，最终达到由较大的食肉动物组成的顶层。

处于同一层次的物种的相似之处，并不在于其来源与外表，而在于食物。金字塔的每一层都从下层获得食物和其他所需物质，同时也为上层提供食物和其他所需物质；每往上一层，动物的数目都随之递减，因此，每只食肉动物都要有数百只动物作为捕食对象，这些被捕食的动物又要有数千只可供其捕食的动物，数百万只昆虫，直至无数的植物来支撑。这个系统的金字塔形式反映了从顶层到底层的数值增长。人类和熊、浣熊、松鼠同属中间层，既吃肉，也吃植物。

生物对食物与其他物质的依赖路线被称为食物链。土壤—橡树—鹿—印第安人这条食物链，现在基本已转变成土壤—玉米—牛—农场主的食物链。包括我们自己在内的每个物种都是众多食物链上的一环。除了橡树，鹿还会吃上百种其他植物，除了玉米，牛还会吃上百种其他植物，所以这两者都是数百条食物链中的一环。复杂得似乎无序的食物链构成了金字塔，其整体的稳定性证明，这是个高度组织起来的结构，其运作依赖各个部分的互相合作与竞争。

起初，生命的金字塔是低矮的，食物链短而简单。进化使金字塔层层增高，环环加长。人类是增加金字塔高度和复杂性的万千物种之一。科学给我们带来了许多疑问，但至少能让我们确定一件事情：进化的发展趋势使生物区系变得更加复杂多样。

所以土地不仅是土壤,而是在土壤、植物和动物中循环流动的能量的来源。食物链是向上传递能量的活的通道,死亡和腐烂让能量回归土壤。循环是开放的,一些能量在腐烂过程中被消耗掉,一些能量从空气中吸收进来,还有一些能量储存在土壤、泥炭和长寿的森林里。循环路线是可持续的,就像慢慢增加的生命储备。流向下坡的水总是导致流失,但量不大,而且可以从受侵蚀的岩石那里得到弥补。流失的能量储存在海洋之中,在一定的地质时间现身,形成新的土地和新的金字塔。

能量向上流动的速度和特征取决于动植物群的复杂结构,如同树液向上流动依靠树木复杂的细胞组织。如果没有这种复杂性,即使是普通的循环或许都不会发生。结构是指由分子组成的物种的特定数量、种类和作用。作为能量单位的土地要顺利发挥作用,就离不开土地结构的复杂性,二者之间存在着相互依赖的关系,这是土地的基本特征之一。

倘若循环路线的某一部分出现变化,那么其他很多部分都必须与之适应。变化不一定会阻碍或改变能量之流。漫长的进化就是一系列自发的变化,最终结果是使能量的流动机制更加精微,或使其循环路线加长。不过,自然进化带来的变化通常是缓慢的、局部的。迅猛、广泛、前所未有的改变,是由人类发明工具带来的。

改变之一是动植物群的组成。大型食肉动物被从金字塔的顶端砍除;食物链在历史上首次缩短而非变长。外来的驯化物种取代了野生物种,野生物种被迫迁往新的栖居地。在世界范围的动植物群的整合中,一些物种越界而逃,成了有害生物,一些物种则被消灭。结果往往难以预料,其中表现出的是无法预知而且往往难以追踪的结构再调整。农业科学在很大程度上就是新害虫的出现与控制害虫的新技术之间的竞赛。

另一种改变涉及能量通过动植物回归土地的过程。土壤具有吸收、储存和释放能量的能力,也就是肥力。农业透支了土壤的能力,过多地以驯养物种替代原有物种,可能会破坏能量流动的通道,或者耗尽贮存的能量。耗尽能量或耗尽维系土壤的有机物后,土壤流失的速度会比形成的速度快,这就是流失与侵蚀。

水和土壤一样,是能量循环的组成部分。工业在造成水污染或筑坝拦水后,可能会由此毁掉能量循环所需的那些动植物。

交通运输带来了另一种根本的变化。在某一地区生长的动植物如今会在另一个地区被消耗掉,并回归另一个地区的土壤。运输工具提取岩石和空气中储存的能量,然后把这些能量带到别的地方使用。例如,我们用海鸟粪肥给菜园施氮肥,而氮是鸟从赤道另一边的大海里的鱼身上提取的。以往的循环路线是区域性的、自给自足的,如今已经成为世界范围的聚合。

贮存的能量会在人类改变金字塔的过程中释放出来。这在拓荒时期往往造成假象,似乎不论是野生动植物还是驯养的动物、栽培的植物都在蓬勃生长。这种生物资本的释放,会倾向于遮掩或延缓迅猛改变所招致的惩罚。

土地作为能量循环的缩略图表达了三个基本观念:

一、土地不仅是土壤。

二、本土的动植物能使当地能量的循环开放顺畅,外来的动植物未必能做到这点。

三、人类造成的改变与进化带来的改变不同,其影响远比预期的更加深远。

这些观念引发了两个根本问题:土地能否使自己适应新的秩序?我们能否采取不那么剧烈的方式来达到预期的改变?

生物群系承受剧烈转变的能力似乎各不相同。比如说，西欧的生物金字塔已和恺撒当年在那里发现的金字塔大不相同。生物群失去了一些大的动物；湿润的森林变成草地或耕地；很多新的动植物被引进，其中一些成了脱逃出来的有害生物；存活下来的当地动植物在分布和数量上发生了很大变化。但土壤仍在，外来的肥料使土壤仍然保持肥沃；水在正常流动；新的结构似乎在发挥作用并将持续下去。能量循环没有出现明显的停止或混乱。

因此，西欧的生物区系是具有抵抗力的。它的内部进程坚韧灵活，能够抗拒压力。至今为止，不论改变是多么猛烈，那里的金字塔都能发展出某种新的妥协方式，从而使西欧适合人类及当地的其他大部分动植物生存。

另一个例子是日本，这里的能量结构似乎也没有因激烈转化而瓦解。

其他文明地区大都呈现出了结构瓦解的情况，具体体现为从早期征兆到后期耗损的各个阶段，一些几乎未受文明影响的地区也是一样。小亚细亚和北非的情况因气候变化而显得纷乱，气候变化可能是结构耗损的原因，也可能是结果。美国各个地区的结构瓦解程度都不同，最严重的是西南部、奥扎克山和南部的部分地区，最轻微的是新英格兰和西北部。在情况不太严重的地区，对土地的合理使用可以抑制能量结构的瓦解。在墨西哥、南美洲、南非和澳大利亚的一些地方正发生着激烈迅猛的能量损耗，但我无法预料其前景。

这种几乎遍及世界的土地结构破坏似乎与动物所患的疾病相似，只不过它不会以完全解体或死亡作为终结。土地会恢复，然而复杂性会减弱，而且对人和动植物的承载能力也会降低。许多目前被视为"充满机会之地"的生物群，实际上已经是在依靠剥削性的农业，或者说，那里的土地承载力已经越过了极限。从这一意义上看，南美洲的大部分地区是超载的。

在干旱地区，我们试图依靠垦荒弥补耗损的过程。但很明显的是，垦荒工程的预期寿命常常是短暂的。在美国西部，最长的垦荒过程可能也无法持续一个世纪。

历史和生态学的证据似乎可以共同支持一个概括性的推论：人为改变的程度越是轻微，金字塔结构的重新调整就越有可能成功。人口密度不同，改变的激烈程度也就不同。稠密的人口要求比较激烈的转变，因此，如果北美能设法限制人口密度，就应该比欧洲更易于维系能量结构的稳定。

这一推论与我们的流行观点背道而驰。流行的观点认为，人口密度稍微提高，就会让人类生活更加丰富，因此人口密度的无限提高会使人类生活变得无限地丰富。生态学知道，人口密度和人类生活的关系不会无限扩展，人口密度提高的所有收益都受到报酬递减律的制约。

不论人类和土地的关系的方程式是什么样子，我们目前都还无法知道与之有关的所有条件。最近在矿物质和维生素方面的发现，揭示了自下而上的循环中存在一些料想之外的依赖关系：某些物质的微小含量决定了土壤对于植物以及植物对于动物的价值。那么自上而下的循环呢？那些正在消失的物种，被我们视为美的享受而加以保护的物种呢？它们曾帮助形成土壤，对土壤的维持又有哪些我们想不到的重要作用呢？韦弗教授建议我们利用草原野花，去重建干旱尘暴区遭到破坏的土地。谁知道有一天，我们会出于什么目的来利用鹤、秃鹫、水獭和灰熊呢？

土地的健康和有关分歧

因此,土地的伦理规范反映出的是生态意识,而生态意识则意味着承认个人对土地的健康负有责任。土地的健康指土地自我更新的能力,自然资源保护则是我们为理解并维护这种能力所做的努力。

众所周知,资源保护论者之间存在着意见分歧。这在表面上看似乎只会让人困惑,但在仔细观察后就会发现,许多专门领域中都存在着对同一问题的两种歧见。每个领域都可分为 AB 两组。A 组的人认为土地就是土壤,其功用是生产商品;B 组的人认为土地是生物区系,其功用比较广泛,但是广泛到什么程度,人们还并不清楚。

我自己的领域是林业,其中 A 组的人满足于像种卷心菜一样种树,因为树木纤维是林业的基本产品。他们认为不必抑制猛烈的改变,他们的意识是农业式的。B 组的人则认为,林业和农业具有根本差异,因为林业使用自然的物种,是在管理自然环境而非创造人工环境。B 组的人原则上倾向于自然的再生产,他们由于生物和经济两方面的原因,既担心栗树等物种的消失,也担心北美乔松可能绝种。让他们担忧的还有次生林的所有间接机能,包括野生动植物、娱乐、水域、荒野地区。我个人认为,B 组已经产生了生态意识。

在野生动物的领域里也有类似分歧。A 组的人认为,动物的基本产品是娱乐和肉类,评价标准是获得的雉鸡和鳟鱼的数量。只要单位成本允许,人工繁殖就是目前乃至永久的依靠对象。而B 组的人则担心生物区系的所有附带问题:为了生产一种猎物,在食肉动物方面会付出什么代价?我们是否应该更多地依靠外来的物种？山林管理怎样才能恢复数量越来越少的物种，例如几乎没有希望再捕到的草原榛鸡？如何保护生存受到威胁的禽类，例如黑嘴天鹅和美洲鹤？管理原则能否扩展到野花上？可以清楚地看到，这一领域和林业的情况一样存在着两种分歧意见。

对于范围较广的农业领域，我没有发言权，但这个领域里似乎也存在类似的分歧。科学耕作在生态学诞生之前就已开始发展，因此，预期中的生态学观念的渗透大概要缓慢一些。此外，由于农业技术的生产本质，农场主必然比林业人员或野生动植物管理者更彻底地改变生物区系。不过农业界也存在对现状的诸多不满，这些不满似乎会带来"生物耕作"的新视野。

这些现象中最重要的或许是一种新迹象的出现：磅数或吨数并非衡量农产品营养价值的标准，肥沃土壤的产品在质量和数量上可能都更优异。我们可以在耗尽肥力的土壤上施肥来增加产量，但是未必能增加其营养价值。这种观念可能会引来太多的歧见，因此，我把解释工作留给更有能力进行说明的人。

不满农业现状的人标榜"有机耕作"，虽然存在对有机产品的盲目崇拜，但是他们强调土壤上那些动植物群的重要性，在思路上是符合生态学的。

农业的生态基础和土地利用的其他领域一样，很少为大众所了解。就连受过教育的人也几乎都不知道，过去几十年里，技术上的惊人进步只是改善抽水设备，而不是保护水源。技术几乎无法弥补一英亩的土壤所失去的养分。

在所有这些分歧中，我们可以看到若干对反复出现的基本矛盾：作为征服者的人类与隶属生物群的人类；用以磨利人类武器的科学与用以探索宇宙的科学；以及作为奴仆的土地与作为有机

整体的土地。在这样的时刻,罗宾逊[①]对特里斯特拉姆的告诫同样适用于智慧的人类——地质时期中的物种之一:

> 不论愿意与否,你都是君王,
> 因为你,特里斯特拉姆,
> 是经过时间考验的少数人之一,
> 这些人离去前都改变了世界的面目。
> 想想你将给世界留下什么。

展望

我认为,如果没有对土地的热爱、尊重和赞赏,或者不高度重视土地的价值,那么人和土地间的伦理关系就不可能存在。当然,我所说的价值远比单纯的经济价值宽广,我指的是哲学意义上的价值。

阻碍土地伦理发展的最大障碍或许就是我们的教育和经济体系正在背离,而非走向土地意识。许多媒介和无数的物质设备使现代人与土地分离,不再有生死相依的关系。对现代人来说,土地是城市之间生长着农作物的地方。如果在没有高尔夫球场或风景区的土地上自由生活一天,他们就会倍感厌烦。如果农作物可以在液体中而非土地上栽培出来,他们会觉得更可接受。对他们来说,人造的仿制品完全可以替代木材、真皮、羊毛和其他天然的土地产物。总之,他们认为土地已经"过时"而不适用了。

土地伦理遇到的另一个几乎同样严重的阻碍,就是农场主的

[①] 罗宾逊(Edwin Arlington Robinson, 1869—1935):美国诗人,此处所引诗句出自长篇叙事诗《特里斯特拉姆》(*Tristram*),该作品曾获普利策奖。

态度，因为农场主仍把土地视为敌手或奴役他的工头。从理论上看，农业机械化应该能起到减除农民负担的作用，但是实情如何还有待探讨。

若想从生态学的角度认识土地，必要条件之一就是懂得生态学，但生态学无法和教育并行。实际上，高等教育似乎往往有意回避生态的概念。对生态学的理解不一定源于被称为生态学的课程，也可能是地理学、植物学、农学、历史或经济学等。事情就是如此，然而不论是什么名称的课程，有关生态知识的培训都是欠缺的。

倘若没有少数人在明显地反对"现代化"潮流，土地伦理规范的情况似乎毫无希望。

要使土地伦理规范顺利迅速地发展，必须做到的一点就是，不要把正当的土地使用纯粹视为经济问题。除了从经济适宜性来考虑外，还要从伦理和美学的正确性来考虑所有的问题。一件事情如果有助于维护生物群的完整、稳定和美感，就是正确的，否则就是错误的。

不言而喻，经济可行性限制着我们可以为土地做的事与不可以做的事，过去如此，将来亦然。经济决定论者认为，经济决定着一切土地的使用，这显然是谬误，我们必须摈弃这一长久制约我们的谬论。无数的行动和态度，或许包括土地的全部关系，都是由土地使用者的品位和喜好所决定的，而不是由其钱包决定的。许多土地关系都取决于投入的时间、远见、技能和信心，而不是金钱的投资。土地使用者持有什么观念，他就是什么样的人。

我特意把土地伦理刻画成社会进化的产物，因为像伦理规范这样重要的东西从不是写出来的。只有最浅薄的学历史的人，才会以为十诫是摩西写的。十诫原本是群体一起思考的结果，摩西只不过是为某次"研讨"写下了暂时使用的摘要。我说"暂时",是因为进化发展不会停止。

土地伦理规范的发展过程既有理性也有感性。良好的意愿为自然资源保护铺筑道路,结果可能却是劳而无功,甚至带来危险,原因就在于没有批判性地了解土地或认识土地使用中的经济导向。我认为,当伦理的疆界从个体扩展到群体时,理性的内涵就随之增加了。

任何一种伦理都有相同的运作机制,即社会对正确行为的认可,以及社会对错误行为的指责。

总的说来,我们目前面对的是态度和做法的问题。我们使用挖土机改建阿尔汉布拉宫殿,并为我们的进展感到骄傲。挖土机这种工具毕竟有许多优点,让我们很难放弃,但我们需要更和缓与更客观的标准,来判断使用它的得失利弊。

荒野

荒野是人类用以打造文明这一产品的原材料。

荒野从来不是纯一均质的原材料。它极其多样，因此生产出的人工制品也是多种多样，而制成品的差异就是人们所说的文化。异彩纷呈的世界文化反映出，生成这些文化的荒野是同样的多姿多彩。

有史以来，人类首次面临两种紧迫的变化。其一，荒野即将从地球上适宜人类居住的区域消失；其二，现代交通和工业化将带来世界范围的文化杂合。二者无法避免，或许也不应避免，然而问题是，我们对即将发生的变化能否稍做改变，从而保留某些即将丧失的价值？

对于正在挥汗劳作的人来说，铁砧上的原料就是等待征服的对手。同样，对于拓荒者而言，荒野也是对手。

然而，对于休息之余能够暂时用哲学家的眼光看世界的劳动者来说，这待加工的原料给劳动者的生命赋予了内涵和意义，因此值得他喜爱和珍视。所以，这里完全是个恳求：请将最后残存的荒野像博物馆展品一样保存下来。总有一天，那些希望感受或研究自身文化传统之根源的人，将会从残存的荒野中得到启迪。

残存的荒野

今日的美国是在形形色色的荒野中开创出来的,但是这些荒野地区大多已经消失。因此,在任何实际的规划中,要保留的残存荒野在规模与程度上必然有极大差异。

没有谁能再看到长着高草的大草原,尽管那草原的花海曾轻抚拓荒者的马镫。如果我们还能在四处找到 40 英亩大的方块地,让草原植物作为物种在那里保留下来,也就该知足了。这类植物曾有上百种之多,许多都美丽绝伦,不过土地所有者对它们中的大多数一无所知。

短草平原倒还保留了一些。卡比萨·德·瓦加曾在短草平原上从野牛肚皮下远眺地平线,如今那里虽已受到牛羊和旱田耕作的严重破坏,仍在约有上万英亩土地的地方残留下来几处。如果州议会大厦可以在墙上铭文纪念 1849 年到加州淘金的人,那么淘金者大举迁徙的景象是否也值得在几处国家大草原保护区里留下纪念呢?

没有谁能再看到大湖之州的原始松林、海岸平原的低洼林地或巨大的硬木林。现在,每种林地只要能有几英亩做样本,我们也就该知足了。不过,还有几片上千英亩大小的枫树和铁杉林,还有阿巴拉契山的硬木林、南方的硬木林泽和柏树林泽,以及阿迪龙达克山脉的云杉林。但是残余的荒野很少能逃避开今后的砍伐,更难避开建设观光道路所带来的破坏。

退缩最迅速的荒野就是沿岸地区。房舍和观光道路几乎已经毁掉了太平洋和大西洋的海岸线,而苏必利尔湖正失去五大湖区未开发湖岸线的最后一大部分。再没有其他类型的荒野会像沿岸地区这样与历史交织在一起,也没有其他类型的荒野比沿岸地区更接近完全消失的边缘。

在落基山脉以东的所有北美地区，只有一处较广阔的地域作为野地保护区正式保留下来，即位于明尼苏达和安大略的奎提科-苏必利尔公园。河流湖泊镶嵌在这广阔壮美的独木舟地区，它大半位于加拿大，面积大小也是由加拿大决定的。但是它的完整性最近受到了两方面的威胁：其一是由水上飞机提供服务的钓鱼区不断发展；其二是关于管辖权的争论，即位于明尼苏达州的部分应该完全属于国家森林，还是部分归该州所有？整个地区都面临蓄水发电的危险。荒野支持者之间的争议与失和令人惋惜，因为这最终可能导致权力落入执鞭之手。

在落基山脉纵贯的各州，数十处国家森林被保留为荒野，并且禁止修建道路和旅馆，也不允许有其他不利的用途。荒野的面积从10万英亩到50万英亩大小不等。国家公园也承认上面的原则，但还没有明确划定保护界限。这些联邦属地都是荒野保护规划的重点，但还达不到记录中力图让人相信的可靠程度。当地对新建旅游道路的需求，使野地这里缺一块，那里少一片。为了控制林火，道路也要不断延伸，最后会逐渐形成公路。资源保护队闲置的营地，也会推动人们修建新的但往往没用处的道路。战争期间的木材短缺，必然使许多道路的扩建成为军事需要，不论合法与否。目前，许多山区正在大举兴建滑雪索道和旅馆，丝毫不管这些地区此前已被指定为荒野保护区。

侵占野地的最不光彩的手段之一，就是控制食肉动物。具体做法是，为了管理大型猎物而除掉荒野里的狼和狮子。之后，大型猎物（通常是鹿或赤鹿）迅速繁衍，几乎啃光所有的草木，这样就必须鼓励猎人去捕捉过剩的猎物。然而，现代的猎人不愿涉足汽车到不了的地方，因此就必须修路通往捕猎的场所。野地不断被道路分割，而且这种情况会继续下去。

落基山的荒野地区包括多种森林，从西南方的刺柏到俄勒冈"无边无际绵延起伏的森林"。不过这个地方缺少荒原，或许是因为某种尚不成熟的美学把风景的定义局限在湖泊和松树上了。

在加拿大和阿拉斯加，仍然有广阔的处女地。

> 在那里，无名的人沿着无名的河流游荡，
> 在陌生的山谷独自面对莫测的死亡。

这一系列具有代表性的地区能够而且应该被保存下来，尽管许多地区缺少经济价值，甚至对经济价值有负面影响。当然会有人主张，没必要为这一目标刻意制订规划，最终总会有足够的荒野存留下来。但是，近来的全部历史都可证明，这一令人欣慰的假想是不会实现的。就算野地能够保存下来，野地上的动物群呢？很多动物目前已经面临灭绝的危险，包括北美丛林驯鹿、几种大角羊、纯种的森林野牛、荒地灰熊、淡水海豹和鲸鱼。失去了独特的动物群，荒野的存在又有什么意义呢？一些组织和开发团体正在积极谋划北极荒地的工业化，更庞大的计划也在运作之中。极北地区的荒野目前尚无正式的保护措施，尽管仍然广袤，但面积已经开始缩小。

无人知晓，加拿大和阿拉斯加将在多大程度上发现并抓住机会，任何想使荒野永存的努力，通常都会遭到拓荒者的嘲弄。

供休闲的荒野

人类为生存而进行的格斗，在多少个世纪以来一直是经济行

为。这类搏斗消失时，合理的本能促使我们用体育活动和竞赛的形式将之保留下来。

人和动物之间的自然格斗也是一种经济行为。这种搏斗如今已在狩猎和钓鱼这些消遣活动中保留下来。

对于更加阳刚、更具原始意味的拓荒旅行与生存技能来说，公有的荒野区域首先是以消遣形式使之永久保存的场所。

这些技能有的已被推广，具体内容在调整后已然适应美国的情况，但技能本身是世界通行的，例如打猎、钓鱼和徒步旅行。

不过有两种技能就像山核桃树一样，为美国所独享。其他地方也有人进行模仿，但它们只有在美国大陆才充分发展并臻于完美。一是划独木舟旅行，一是跟随马队旅行。不过二者都已退化，如今，哈德逊湾的印第安人有了小汽船，登山者有了福特车。假如我要依靠独木舟或驮马维持生计，大概也会接受取代辛苦劳动的汽船和汽车。然而为了消遣而到野外旅行的人，如果发现自己不得不和机器竞争，只会倍感沮丧。在众多汽艇的包围下扛着独木舟上岸未免愚蠢，在一间夏日旅馆的草地上放马吃草未免滑稽，此时还不如待在家里。

荒野地区首先为野外旅行的原始艺术提供了庇护所——特别是划船和骑马旅行。

有人会争辩是否需要保留这些原始艺术。我不想进行辩论。对于这些原始艺术，你若非清楚地了解，就是已经垂垂老矣。

欧洲人的狩猎和钓鱼活动则不同，他们通常缺少美国在荒野地区保存下来的东西。欧洲人会尽量避免在林中宿营、做饭或完成自己的工作。他们把琐碎的事情交给赶猎物的人和仆人，伴随打猎的是野餐的氛围，而不是荒野情趣。技巧的衡量主要局限于捕到的猎物或鱼。

有人指责野外活动"缺乏民主",因为和高尔夫球场或旅游营地相比,荒野所能承载的消遣活动很有限。这种论调的基本谬误,就是把适于大规模生产的哲学应用到了旨在反对大规模生产的事物上。休闲的价值不能用数字表示。休闲在价值上应和体验的强度成正比,也应和异于日常生活的程度成正比。这样看来,依赖机械的休闲活动充其量是淡然无味地消磨时间。

机械化的消遣娱乐已经占据了 9/10 的山林。为了表示对少数派起码的尊重,那剩余的 1/10 应该献给荒野。

为科学所用的荒野

有机体最重要的特征就是保持健康,亦即内部的自我恢复与更新的能力。

两种有机体的自我更新过程会受到人类的干预和控制,一是人类自身(通过医药和公共卫生),一是土地(通过农业和自然资源保护)。

人类控制土地健康的努力目前还不太有成效。众所周知,如果土壤不再肥沃,或者流失的速度超过形成的速度,或者出现不正常的洪水或干旱,那么土地就生病了。

人们同样也看到了其他方面的失常,却未将之视为土地生病的症状。某些动植物不明原因地消失了,尽管人们已努力保护;某些害虫突然成灾,尽管人们已努力控制。我们对这些现象无法做出简单解释,因此必须视之为土地有机体生病的症状。它们发生得太频繁了,我们无法将之归为进化的正常事件。

我们对土地病症主要采取了局部性的处理方法,这反映出我们对问题的片面认识。土壤不再肥沃时我们就施加肥料,至多会改变所种植物和所养动物的品种。我们从未想过，构建土壤的野生动植物对于保护土壤可能同样重要。例如，人们最近诧异地发现，烟草的收成取决于土壤此前是否生长过野生豚草。这种出乎意料的依存链条可能普遍存在于自然界中，却从未进入我们的视野。

土拨鼠、黄鼠或田鼠增殖成灾时，我们就把它们毒死，而不会寻找引起它们数量激增的外部原因。人们简单地认为，动物造成的麻烦都要归因于动物。尽管最新的科学证据指出，植物群失衡是啮齿动物成灾的真正原因，但是几乎没有人沿着这一思路追寻下去。

在许多人工林里，原本生长着三四棵树的地方只能存活一两棵树。原因何在？能够思考的林务官知道，原因或许不在于树本身，而在于土壤的微型植物群，与破坏所需的时间相比，恢复土壤植物群需要更多的年月。

自然资源保护的许多处理方式显然是表面化的。控制洪水的水坝和引发洪水的原因无关；构建堤防和梯田并未触及土壤侵蚀的原因；维持猎物和鱼类供应的保护区和养殖场，没有解释它们自身为何无法提供足够的数量供给。

总之，种种迹象表明，土地和人体一样，病症发生在某个器官，而病因可能在于另一个器官。被称为自然资源保护的举措在很大程度上只是局部缓解生物体的疼痛。这些措施有必要存在，但是不等于能治愈病症。我们在积极推行土地治疗术，然而有关土地健康的科学尚未产生。

土地健康学首先需要的是土地常态的基本数据，需要作为有机体的健康土地的运作图。

我们有两个范例可以参考。一是东北欧，尽管人类已在此居住了许多个世纪，这里的土地机能仍然大体保持正常。据我所知，这是唯一能做到这一点的区域,因此必然会吸引我们加以研究。

还有一个完美范例,就是荒野本身。古生物学以充分的证据说明了荒野自给自足地存在了相当悠长的岁月,物种很少灭绝,也不会失控,天气和水构建土壤的速度与侵蚀土壤的速度相仿或更快。因此,荒野作为研究土地健康的实验室具有出人意料的重要性。

蒙大拿州的生理机能无法在亚马孙河流域加以研究。每个生物区都需要自己的荒野,供人们对使用过和未使用过的土地进行比较研究。当然,现在要挽救比体系失衡的荒野区域更多的东西已经是太迟了,而且残留的荒野太小,已经不能保持各方面的常态。就连那些占地 100 万英亩的国家公园都不够大,无法保护当地的食肉动物或消除家畜带来的动物疾病。于是,黄石公园失去了狼和美洲狮,导致赤鹿正在毁灭那里的植物群,尤其是冬日的植被。与此同时,疾病也造成灰熊和大角羊的数量缩减。

尽管面积最大的荒野地区也出现了部分紊乱。但是生态学研究者韦弗仅需几英亩的野地就能发现,为什么草原植物群比取代它们的农作物耐旱。韦弗发现:草原植物在地下进行"团队合作",用根系覆盖土壤各层,农业轮作的植物则把根系过于集中在某一层土壤而忽略其他各层,渐渐就会缺水。从韦弗的研究中产生了重要的农艺原则。

研究者托格瑞迪亚克也只需几英亩的野地就能发现,长在田地里的松树永远不会像未开发的森林土壤上的松树那样高大或不怕风吹,因为后者的根是沿着老根的路线扎下去的,因而能扎得更深。

通常,如果不把荒野和患病的土地进行对照,我们确实很难知道健康的土地会有多么良好的表现。大多数早期在西南部旅行过的人都说山中的河流本来非常清澈，但别人仍然怀疑，他们是否只是偶然在最好的季节看到了这些河流。防治土壤侵蚀的工程师一直没有基本数据，直至有人在墨西哥奇瓦瓦地区的马德雷山发现了这样的河流。由于害怕印第安人，这一地区一直没人放牧或做其他事情，河水在最混浊的时候也只是略带乳白色，完全能看清抛下的鳟鱼鱼饵。河流沿岸的水边长着青苔，而亚利桑那州和新墨西哥州的这类河流大多数布满砾石，不长苔藓，边上没有土壤也不长树木。一项值得考虑的睦邻合作就是，通过建立跨国性的实验站来保护和研究马德雷山的荒野，并以此作为治疗美墨边界两边土地的典范。

总之，现有的荒野地区不论大小，都可以成为土地科学研究的标准。它们的这种价值表明，为人提供休闲并非荒野的唯一用途，甚至也不是主要用途。

野生动植物的荒野

国家公园不足以保护大型掠食动物的生存繁衍。看看大灰熊的濒危境地和已经没有狼的公园吧。同样，国家公园也不足以保护大角羊，大多数羊群的数量都在缩减。

出现这种情况的原因在某些例子中很清楚，在其他例子中则是模糊的。公园对于像狼这类活动空间广阔的动物来说当然太小了。由于尚不清楚的缘由，很多动物似乎无法作为孤立的群体繁殖兴盛起来。

国家公园周围往往是比较原始的国有森林，让这些森林也成为濒危动物的保护区，似乎是扩大野生动物生存空间的最可行的办法。这些区域一直没有发挥这一作用，灰熊的情况就是悲剧性的证明。

我在1909年第一次来到西部时，在每处主要的山区都能看到灰熊，但是连续旅行几个月都有可能看不到自然资源保护部门的人。现在"每丛灌木后"都有某个自然资源保护机构的人。这些机构不断增加，最雄健的哺乳动物却渐渐撤往美加边境。据官方报道：美国境内还有6 000只灰熊，其中5 000只在阿拉斯加，有灰熊的州只剩下5个。人们或许有不言而喻的想法：只要灰熊能在加拿大和阿拉斯加存活下来就很好了。但我不这样认为，阿拉斯加的熊是独特的物种，把灰熊放逐到阿拉斯加就像把幸福逐回天堂，那可能是我们今生永远无法到达的地方。

拯救灰熊需要大片远离道路和家畜的地区，或者家畜造成的损害已经得到弥补的地区。创建这类地区的唯一途径，就是买下分散的家畜牧场。但是，尽管有很大权力购买或交换土地，保护部门在这方面却几乎毫无成就。林业部在蒙大拿州设立了一个灰熊养护区，然而又在犹他州的山区牧场鼓励养羊业，全然不顾这个地区栖息着该州仅存的灰熊。

永久的灰熊保护区和永久的荒野地区当然是同一问题的不同名称。要对其投入热忱，就必然需要自然资源保护的远见和历史的洞察力。只有能看到进化盛景的人，才有可能珍惜荒野和灰熊，因为荒野是进化的演出剧场，而灰熊是进化的杰出成就。然而，假如我们的教育真能起到作用，就会有越来越多的人懂得，为新的西部赋予意义与价值的，正是古老西部的遗物。将来的年轻人会像探险家路易斯和克拉克一样在密苏里河上扬帆航行，或者和詹姆斯·卡彭·亚当斯一样登上内华达山。每一代人都会发问：白色的大熊在哪里？如果回答是，在自然资源保护论者还没有留意时它就消失了，那将是多么令人扼腕叹息的答案。

荒野的捍卫者

　　荒野这种自然资源只会缩小不会扩大。人们可以阻挡或减缓对荒野的侵犯，使之成为休闲消遣、科学研究或保护野生动物的场所，但是就其完整意义而言，产生新的荒野是不可能的。

　　所以，任何一个荒野规划都是防护行动，从而尽量减少荒野的衰退。1935年成立的荒野协会"旨在拯救美国残存的荒野"。塞拉俱乐部① 也在为了这一目标而努力。

　　然而仅仅有少数几个团体的努力是不够的，我们也不能只因为国会制定了一项荒野保护的法令就心满意足。除非所有的资源保护部门都有人在关心荒野，否则，这些团体可能总要到错过采取行动的时机后，才知道已经发生了新的侵害。同时，为数不多的具有荒野思想的公民必须在各地密切观察，保持警觉，在需要时勇敢地采取行动。

　　在欧洲，荒野已经退缩到喀尔巴阡山和西伯利亚。每个头脑清醒的保护论者都会为之叹惋。在英国，能保留的土地这一奢侈品几乎比其他任何文明国家都少，但是那里也在积极开展一项迟来的活动，目的是拯救若干半荒野地区。

　　能否看出荒野的文化价值，归根结底在于人类思想上的谦卑态度。肤浅无知、不再植根于土地的现代人，自以为已经发现了重要的东西，空谈着自认可以延续千年的政治或经济帝国。而只有真正的学者才明白，历史是由从单一起点展开的连续旅程构成的，人类一次次回到这出发点，由此再次上路，寻求另一套永恒

---

① 塞拉俱乐部（Sierra Club），或译为"塞拉山友会"、"山岳协会"，是美国的一个著名环境组织，由环保主义者约翰·缪尔（John Muir）于1892年在加利福尼亚创办，拥有上百万会员。

的价值观。只有真正的学者才知道,为什么自然的荒野给人类事业赋予了内涵与意义。

环保美学

除了爱情和战争,很少有其他活动可与被称为户外休闲的嗜好相比。它可以无拘无束地进行,可以有各类参与者,或混合着利己欲望与利他主义的矛盾。人们通常都认为回归大自然对人有益。但益处究竟在哪里?要做些什么才能鼓励人们追求这一目标?这些问题的答案五花八门,只有对事情不加鉴别地接受的人才不会心存疑虑。

休闲娱乐在老罗斯福的时代成为一个独立的问题,当时,把乡野逐出城市的铁路又开始把城市居民一起带到乡间。人们也开始注意到,离开城市的人越多,人均能享有的宁静、幽寂、野生动植物和风景就越少,为此要走的路也越来越远。

这种尴尬情况的发展最初是缓慢的、局部的,汽车的增加则使之扩展至良好公路所能延伸到的最远界限,当年曾经遍布于偏远未开拓之地的事物随之变得稀缺。但人们仍然需要这些事物。周末度假的人就像喷发的太阳离子一样涌出每个城镇,一路产生着热量和摩擦。旅游业提供食宿,从而更快、更远地吸引更多离子似的游客。关于岩石和小溪的广告指示人们,在最近才遭踩躏的地方之外,哪里还有新的世外桃源、优美风景、猎场与垂钓之处。当局把道路延伸到更偏远的地区,然后买下更多的偏远地区,让更多的人沿着道路加速涌入。制造业生产的新机械冲击着原始的大自然,森林生活技巧成为使用机械的技巧。为庸俗事物的金字塔加上尖顶的是汽车拖挂的房车。有些人在森林和山中寻找的,只是从旅游或打高尔夫球之中就能得到的东西,对这些人来说,眼前的情况可以接受。但对于想寻求更多东西的人来说,休闲娱乐成了一无所获的自我毁灭过程,成了工业化社会的重大失败。

乘车而来的游客干扰破坏了荒野,这并非局部现象。哈德逊湾、阿拉斯加、墨西哥和南非都在退让,之后就是南美洲和西伯利亚。摩霍克河畔印第安人的击鼓声,已被世界各地河畔的汽车喇叭声取代。人类不再漫步于葡萄藤或无花果树下。他们在汽车油箱中装入无数生物贮存的动力,在漫长的岁月里永远渴望前往新的牧场。他们像蚂蚁一样挤满了各大洲。

这就是户外娱乐,最新的模式。

如今谁在从事这些活动？从中追寻的是什么？几个例子可以带给我们答案。

首先看看任意一处鸭子栖息的沼泽。成排停放的车辆把它团团包围,芦苇茂密的沼泽边上,每个狩猎点都蹲伏着所谓的社会栋梁。自动枪已上膛,扣住扳机的手指时刻准备着突破政府和公益的限令把鸭子打死。这些人已饱食终日,却仍然贪婪地向上帝索取肉食。

在附近树林里漫游着另一个栋梁,他正在寻找罕见的蕨类或新的林莺。这不需要窃取或劫掠,因此他鄙视那些猎杀者。不过他年轻时八成也是个动物杀手。

在附近某个度假胜地还有另一类"热爱自然的人",他们在桦树皮上写下拙劣的诗句。到处都是驾车旅游者，这些非专业人士以累积里程为消遣，在一个夏天就可以跑遍所有的国家公园。现在他们正向南挺进，直奔墨西哥城。

最后是那些专业人士，他们借着无数自然资源保护组织的旗号，为寻觅大自然的公众提供所需要的事物，或者促使公众对他们能提供的事物产生需要。

有人或许会问，为何要把这些千差万别的人归入同一类型？因为，他们每个人都在以自己的方式做一个猎人。然而他们又为何都自称是自然资源保护者呢？因为要猎捕的东西在其掌握之外，他们希望能借助某种巫术般的法令、拨款、区域规划、部门重组或其他符合大众意愿的形式，把这些猎捕对象留在原地供人消遣。

休闲娱乐通常被列为经济资源。参议院委员会用真切的数字告诉我们，大众在这方面花的钱是多么可观。休闲娱乐确实有经济性的一面。可垂钓的湖畔的一间小屋，甚至沼地上的一个猎鸭地点，其价钱可能相当于附近的整个农场。

休闲娱乐也有伦理准则。在寻找未遭破坏之地的过程中形成了相关规则和戒律。我们都听说过户外注意事项；我们教育年轻人；我们印制《户外运动概念》之类的小册子，谁愿意为该理念的宣传付一美元，我们就把小册子挂在谁的墙上。

然而事实上，这些经济和伦理的表现只是原动力的结果而非原因。我们想接触大自然，从中寻找乐趣。这就如同歌剧表演的情况，经济机制的用途是创造和维护表演设备与技巧效果，专业人员也以此维生，然而不能说二者的基本动因或存在理由是经济性的。埋伏着的猎鸭人和舞台上的演唱者装束迥异，但都在做同一类事情，都在以自己的行动重现日常生活中所固有的戏剧场面。二者归根结底都是美学实践。

有关户外休闲的公共政策引起了争议。对于这种活动的定义以及如何维护其资源基础，同样认真尽责的公民们可能看法迥异。荒野协会试图禁止修建通向偏远地区的道路，而商会则想延伸这些道路，二者都以休闲为名。动物饲养者用猎枪杀死鹰，爱鸟人拿着望远镜保护鹰，前者是为了狩猎，后者是为了观察鸟类。两派人经常互相辱骂诋毁，但他们实际上只是在考虑休闲过程中的不同组成部分。这些部分的特点或性质有很大差异，一个既定的政策可能适用某个部分，然而却背离另一个部分。

所以说，现在这个时候，我们似乎应该分离这些组成部分，并重新审视每一种独特部分的特点或性质。

让我们从最简单、最明显的户外休闲组成部分着手，即户外活动者可能会搜寻、发现、捕捉并带走的东西。在这一类别下，是猎物和鱼等产自野地的东西，以及鹿角、兽皮、照片和标本之类的收获象征或纪念。

这一切都基于"战利品"的概念。它们带给我们的快乐在于或应该在于寻找与获得的过程。战利品是份证明，不论那是一颗鸟蛋、一堆鲈鱼、一桶蘑菇，还是一张熊的照片、一朵野花的标本或一张塞进山顶石堆的字条。它证明其拥有者曾到过某个地方做过某件事情，曾在征服、智胜或占有等古老战绩中运用了技巧、毅力和鉴别力。战利品所具有的这些内涵品质，往往远远胜过它们的物质价值。

但是，战利品对于数量的追求具有不同的反应。繁殖或管理可以增加猎物和鱼的产量，让单个猎人收获更多，或让更多的猎人收获同样多的数量。过去十年里出现了野生动物管理的行业，一些大学在讲授专业技巧，并且研究如何得到更多、更好的野生动物。但是，这种增加产量的做法如果推行过度，就会受制于报酬递减律。集约型的猎物或鱼类管理使之人工化，从而降低了战利品的单位价值。

比如说，我们可以把养殖场里养大的一条鳟鱼放入过度捕捞后的溪流。溪流里已经没有野生鳟鱼了。溪水遭到了污染。由于滥砍滥伐和粗暴对待，溪流被淤泥堵塞，或者温度升高。没有人会说，这条鳟鱼的价值等同于从高高的落基山上某条天然溪流里捕获的野鳟鱼。尽管捕捉这条人工饲养的鳟鱼也需要技巧，但它的美学价值要低得多（某个专家则说，鳟鱼的肝在孵化饲养后会退化，因此可能会早夭）。不过现在，几个捕捞过度的州，几乎完全依靠人工饲养的鳟鱼。

人工饲养有不同的程度，但是人工产品的密集使用可能会把全部自然资源保护技巧推向人工化，从而降低了所有战利品的价值。

为了保护这昂贵且有几分无助的养殖鳟鱼，自然资源保护委员会认为需要杀死所有光顾养殖场的鹭和燕鸥，以及放养鳟鱼的溪流里的所有秋沙鸭和水獭，似乎这是不得不采取的行动。对于牺牲一种野生动物以换取另一种野生动物，钓鱼的人或许觉得没什么损失，但是鸟类学者愤慨不已。实际上，这种人工化的管理，是以另外一种或许更高级的休闲娱乐为代价来购买捕鱼权，是拿所有人的股本给一个人付红利。这种生物学上的商业冒险活动在猎物管理界已经盛行。在欧洲保存着既往很长时间之内的猎物捕获量的统计资料，我们甚至可以从中找到猎物和食肉动物的"兑换率"。例如，在德国的萨克森尼，每捕获七只鸟就等于杀死一只鹰，每捕获三只小型猎物就等于杀死一只掠食动物。

人工化的动物管理通常会引发对植物的损害，例如鹿对森林的伤害。这发生在德国北方、美国宾夕法尼亚东北部、凯巴布高原，以及其他许多不太出名的地区。鹿在失去天敌后过度繁衍，它们所食用的植物则难以继续存活或繁殖。处于人工管理下的鹿威胁了植物的生存，这些植物包括欧洲的山毛榉、枫树和红豆杉，美国东部各州的平地铁杉和崖柏，西部的短叶紫杉和蔷薇。从野花到林木，组成植物群的所有成员都渐渐枯竭，而鹿也因此营养不良又瘦又小。雄鹿的角曾经装饰过封建城堡的墙壁，但是在今天的树林里，已经没有长着那种美丽鹿角的鹿了。

在英国的石南荒野，人们在繁殖鹧鸪和雉鸡以供捕猎的过程中过度保护了兔子，因此新的树木难以生长；在许多热带岛屿，为了食肉和狩猎而引入的山羊毁掉了当地的植物群和动物群。人们很难估计，失去天敌的哺乳动物和失去天然食用植物的牧场之间，发生了什么样的互相伤害。农作物陷入了不当生态管理造成的上下夹攻，只有依靠无止境的赔偿和带刺的铁丝网来弥补。

于是我们可以概括说，密集使用降低了猎物和鱼等生物战利品的价值，并对其他资源造成伤害，包括其他动物、天然植被和农作物。

这种贬值和损害在照片等间接获取的战利品上尚不明显。宽泛地说，即使每天都有一群游客对着一处风景拍照，或者一处风景被拍过很多照片，风景本身仍不会因拍照受到实质伤害。相机工业是依附荒野存在的少数无害领域之一。

因此，我们对两类被作为战利品大量追求的物品，具有迥异的反应。

现在，我们考虑一下休闲娱乐的更为微妙复杂的成分：在大自然中独处时的感受。有关荒野的争论可以证明，这是受到一些人高度重视的稀有价值。官方定义下的荒野地区是没有道路的，道路只延伸到荒野的边缘。于是，野地被宣传为无与伦比，而它们也的确如此。然而小径很快就挤满了人，坐飞机来的人也不少，突发的大火或许会使该地区被运送消防队员的道路分成两半。广告宣传造成游客涌入，也有可能促使导游和行李运输行业借机涨价，让人发现荒野政策并不民主。对于把偏远地区正式划归荒野的新奇做法，当地商会最初只是观望，但在从游客带来的利益中尝到甜头后，就只想赚更多的钱，而不在乎此地是否还是荒野。来自人类的压力日增，随之而来的吉普车和飞机就这样消除了人们在大自然中享受孤独的机会。

简言之，广告和促销之风使荒野地区越来越少，任何想阻止荒野范围进一步缩减的努力都颓然退场。

无须更多讨论，事实已很清楚。人们蜂拥而上，只会直接减少在大自然中悠然独处的机会。就此而言，当我们把道路、营地、小径和厕所称为娱乐资源的发展时，就已经犯了一个错误。这类容纳人群的设施没有创建或发展任何东西。相反，修建这些设施就像往已经很稀的汤里注水。

现在我们把在大自然中享受孤独的成分与我们所说的"呼吸新鲜空气和转换环境"的成分进行一下对照。这种成分很简单但是很独特，对此的追求不会破坏或冲淡其价值。喧嚷着走进国家公园大门的第一千个游客和第一个游客呼吸的空气几乎相同，得到的体验也同样异于星期一在办公室的感受。甚至可以认为，群体朝向户外的进发加强了这一对比。因此我们可以说，与照片这项战利品一样，新鲜空气和转换环境这一成分，可以不受损伤地承受人类的蜂拥追求。

我们再来谈另一种成分：对自然过程的感知。土地和土地上的生物通过自然的过程获得了独特形式，并以此继续存在下去。前者就是进化，后者就是生态。被称为"自然研究"的东西尽管艰涩，却构成了大众对感知自然的初步探索。

感知的突出特征是，它不会消耗或削弱任何资源。例如，有人把鹰扑向目标视为进化戏剧的一幕。另一个人却只认为这是对他煎锅内的食物的威胁。被视为一出戏剧的这一景象，可能会让一百个目击者感到兴奋；被视为威胁的这一景象，只会让举起猎枪把鹰打死的那个人兴奋。

唯有增进感知，才是户外休闲工程中真正具有创造性的部分。

这是重要的事实，但它在"改善生活"方面的潜力尚未得到清晰的了解。拓荒者丹尼尔·布恩进入森林和大草原的"黑暗而血腥之地"时，所拥有的正是"户外美国"的本质。他并未提到"户外"一词，但他所发现的正是我们现在所追寻的，而且我们在此谈论的是事物，而非如何命名。

不过，休闲娱乐并非特指户外，而是指我们对户外的反应。丹尼尔·布恩的反应不仅取决于他所看到的事物的品质，也取决于他用心灵之眼观看这些事物的素养。生态学让我们的心灵之眼发生了改变。当年布恩只是看到了事实，生态学则揭示了事实的起源和功能；当年布恩只是看到了某些属性，生态学则发现了其中的机制。我们没有对这项改变加以衡量的具体标准，但我们可以有把握地说，与当今能胜任的生态学家相比，布恩只是看到了事物的表象。对于动植物群落不可思议的复杂性，对于当时正值青春花季的美国，对于美国这一有机体的本质之美，布恩和今天的巴比特一样，既看不到也不了解。美国人的感知能力的发展，才是美国休闲资源唯一真正的发展。其他所有冠以发展之名的行动，至多是延缓或遮掩稀释的过程。

我们不能贸然断定，认为巴比特必须拿到生态学博士学位才能看清他的国家。一个拥有博士学位的人可能和承办丧事的人一样，对他所面对的神秘世界麻木冷漠。和所有真正的心灵珍宝一样，感知可被分为无限微小的部分而不失其本质。城市里的一块野草地与森林里的红杉传递着相同的信息。但是农夫在牧牛场看到的事物，在南太平洋考察的科学家可能无法感受到。总之，我们无法用学位或金钱换得感知，它在本土和异域都可以生长。几乎一无所有的人，可以和富有的人一样有效地运用感知。对于感知的寻求而言，蜂拥而起去追求休闲，既没有基础也没有必要。

最后是第五个成分，即妥善的管理。通过投票而非使用双手进行自然资源保护工作的户外活动者，是不会知道这一成分的。只有在具有感知力的人把管理艺术应用于土地上时，这一成分才得以实现。也就是说，这一享受属于那些穷得买不起休闲活动的土地所有人，以及具有敏锐目光和生态思想的土地管理人。购买风景参观权的游客，以及花钱请州政府或聘用下属为其看管猎物的户外活动者，完全忽视了这一成分。政府以公有经营取代对休闲地的私人经营，却在不知不觉中把许多想要提供给公民的东西转让给了负责的官员。从逻辑上讲，我们这些林务官和狩猎管理者应该为管理野生产品的工作付钱，而非领取报酬。

农业界在某种程度上已经意识到，运用于作物生产的管理意识可能和作物本身一样重要，但自然资源保护界尚未意识到这点。美国的狩猎者有些蔑视苏格兰荒原和德国森林中的集约型狩猎管理方法。他们在某些方面是对的，却完全忽略了欧洲的土地所有者在这一过程中发展起来的管理意识。这种意识很重要，而我们尚不具备。当我们断定必须用补贴吸引人们种植森林，或用猎场收费权来吸引人们饲养猎物时，我们只是在承认，农场主和我们自己都不了解荒野资源管理的乐趣。

科学家有一警句：个体发生重复着种群发生。这就是说，个体的发展重复着种族的进化史。这在精神和物质方面都是正确的。寻求战利品的人是再生的穴居人。寻求战利品是年轻人或年轻种族的权利，没必要为此歉疚。

当今令人不安的是，某些寻求战利品的人永不成长，在他们身上，追求孤独、感知和管理的能力尚未萌生，或者已经丧失。他们像机动化的蚂蚁，还没有学会观察好自己的后院，就涌向各个大陆；他们只知消耗，却从不会为户外活动履行义务。休闲业的策划者为这样的人稀释了荒野的价值，使战利品人工化，同时笃信自己是在为大众服务。

在休闲娱乐中寻求战利品的人具有一些特性，这些特性会以微妙的方式促成他们的失败。他们为了享受，必须占有、侵犯或盗用。因此，无法亲眼看到的荒野对于他们是没有价值的；因此，公认的观点是：未经利用的偏远地区对社会是没有贡献的。地图上的空白之处对缺乏想象力的人来说是没有用的荒地；对具有想象力的人而言则是最有价值的地方（如果我永远到不了阿拉斯加，那么我在那里所能享有的是否真的没有价值？我是否真的需要一条道路，通向北极苔原、育空河的大雁栖息地、阿拉斯加棕熊及麦金莱山后面的绵羊草原）。

总之，低层次的户外活动看起来会耗尽其资源基础，而高层次的户外活动至少可以在很少或不去消耗土地与生命的前提下，在某种程度上创造出自身的满足感。让休闲过程有变质崩溃之忧的就是：交通运输发展了，人们的感知能力却未得到相应的发展。发展休闲娱乐，并非是把道路修建到美丽的乡野之中，而是要让仍不够美丽的人类心灵有能力感知乡野之美。

附录 I

像山一样思考
——利奥波德生平

奥尔多·利奥波德（Aldo Leopold，1887—1948）是美国著名生态学家和环境保护主义者，野生动物管理研究的始创者，现代环境伦理与荒野保护运动的先驱和社会活动家。利奥波德终生从事野生动物保护、林业资源管理、荒野保护和相关的研究工作，除了涉及林业保护、野生动物管理外，还包括土地荒漠化治理、水土保持、狩猎管理等方面。他是美国历史上第一位野生动物管理学教授，担任过美国林业工作者协会森林政策委员会主席，是美国荒野协会的创立者。利奥波德一生发表了大量论文，他把自己多年野外工作和林业管理工作的经验与哲学、生态学、伦理学的观点融合在一起，形成了有关自然伦理的新观念。他在自然生态保存和环境伦理学方面的声誉至今还很少能有人与之媲美。

1887年，利奥波德出生于美国艾奥瓦州伯灵顿市一个富裕的商人家庭，由于受喜欢打猎的父亲和祖父的影响，利奥波德在年少时就培养起了对大自然的兴趣和对野外生活的热爱。1906年，利奥波德成为耶鲁大学林业专业的研究生，1909年毕业后作为联邦林业局的职员被派往亚利桑那和新墨西哥州担任林务官，1912年出任新墨西哥州北部国家森林的监察官，之后一直在美国西南部从事森林管理和监督工作，直到1924年担任威斯康星州麦迪逊市的美国林业生产实验室负责人。但是这个实验室的宗旨是要产生更高的林业经济效益，而利奥波德此时已经注意到野生资源保护不应只从经济效益出发，而应尊重土地与自然环境。这种根本分歧终于使他在1928年离开美国林业局，开始依靠社会资助在美国各地从事野生生物考察。这标志着他的观念由之前的保护主义转向生态学思想。

从1933年开始，利奥波德任教威斯康星大学农学院，并逐步形成了完整的土地生态伦理观念。1935年，他与自然科学家罗伯特·马歇尔一起创建了"荒野学会"，以保护日渐缩小的荒野大地与荒野上的自由生命为宗旨。同年4月，利奥波德在威斯康星河畔购买了一处被人类耗尽资源后遗弃的沙地农场，此后的13年里，他每年种植上千棵树以恢复农场的生态完整性，并在此从事与生态环保相关的观察与研究。农场木屋的生活帮助他形成了对待土地与自然的高尚的伦理观念。不幸的是灾难不期而至，1948年4月21日，利奥波德邻居的农场起火，利奥波德在赶赴火场救火的途中心脏病猝发逝世。

附录 II

本书中出现的动植物名称（英汉对照）

alder	桤木，赤杨
alfalfa	紫苜蓿
angleworm	蚯蚓
antelope	羚羊
antennaria	蝶须
arbutus	野草莓树，五月花
aspen	山杨
aster	紫菀
auk	海雀
avocet	反嘴鹬
balsam	凤仙花
baptisia	赝靛
barberry	小檗，伏牛花
barred owl	横斑林鸮
bass	鲈鱼
basswood	椴树
bearberry	熊果
beaver	河狸

beech	山毛榉
begonia	秋海棠
bitterbrush	（产于北美洲西部干旱地区的）蔷薇科淡灰色灌木
bittersweet	南蛇藤
blackberry	黑刺莓
black duck	绿嘴黑鸭
bluebell	野地风信子，风铃草，滨紫草
blueberry	越橘
bluebill	有蓝色喙的鸭子，北美潜鸭
bluebird	蓝鸲
bluegrass	早熟禾，肯塔基蓝草
blue jay	冠蓝鸦
bluejoint	加拿大拂子茅
bluestem	须芒草
bobcat	美洲野猫，山猫，短尾猫
bramble	悬钩子属有刺灌木（尤指黑刺莓）
bulrush	香蒲，芦苇
bunchberry	红串果，御膳橘
bur oak	大果栎
burro deer	驴鹿
bush clover	胡枝子
buzzard	（北美）兀鹫（尤指红头美洲鹫）
cantaloupe	罗马甜瓜，香瓜，哈密瓜
cardamine	碎米荠
cardinal	主红雀
cardinal flower	红花半边莲

caribou	北美驯鹿
catalpas	梓树
cheat grass	旱雀麦
chestnut	栗树
chickadee	(北美)山雀
chinch bug	美洲谷长蝽
chub	白鲑
clay-colored sparrow	泥色雀鹀
clover	三叶草
coffeeweed	羊角豆,石决明
condor	神鹰;兀鹰,秃鹫
coneflower	金光菊
coot	秧鸡
cormorant	鸬鹚
cottontail	棉尾兔
cottonwood	三叶杨,棉白杨
coyote	丛林狼,草原狼,郊狼
crabgrass	马唐
cranberry	越橘
crane	鹤
crayfish	淡水螯虾
crinoid	海百合
cypress	柏树
dandelion	蒲公英
deerfly	鹿虻
deermouse	鹿鼠
dewberry	悬钩子

dogfennel	泽兰
dogwood	梾木，山茱萸
draba	葶苈
dragonhead	青兰
duck hawk	游隼
egret	白鹭
eleocharis	荸荠草
elk	驼鹿，赤鹿
elm	榆树
fern	蕨类植物，羊齿植物
fir	冷杉
flicker	扑翅䴕属，啄木鸟科
forster's tern	加拿大燕鸥
fox sparrow	狐色带鹀
foxtail	看麦娘属，狐尾草
fringed gentian	穗裂龙胆
gamble's quai	黑腹翎鹑
geranium	天竺葵
godwit	塍鹬
goldfinch	金翅雀
goldenrod	一枝黄花，菊科
gopher	北美）囊颊兽，（北美和中美洲）地鼠，金花鼠
goshawk	苍鹰
gramagrass	格兰马草
grebe	䴙䴘
grizzly	棕熊，大灰熊

grosbeak	蜡嘴雀
ground squirrel	黄鼠,地松鼠
grouse	松鸡
gull	鸥
gyrfalcon	矛隼
hawthorn	山楂树
hazel	榛树
heath	欧石南
hemlock	铁杉
heron	鹭
hickory	山核桃
holly	冬青
imperial woodpecker	帝王啄木鸟
Indian pipe	水晶兰
indigo bunting	靛青鸟
ironweed	斑鸠菊
jacksnipe	姬鹬
jackpine	北美短叶松
jaguar (el tigre)	美洲虎
javelina	西猯,野猪
jay	鸦科,尤指欧亚松鸦
jewelweed	凤仙花
joe-pye weed	泽兰
junco	灯草鹀
June beetle	六月腮金龟
juniper	刺柏
killdeer	双领鸻

kinglet	戴菊
lady's slipper	杓兰，拖鞋兰
leadplant	灰毛紫穗槐
leatherleaf	矮桂树
lespedeza	胡枝子
lettuce	莴苣
lilac	丁香
linaria	柳穿鱼
live oak	弗吉尼亚栎，槲树
locust	长角豆树，洋槐
loon	潜鸟
lupine	羽扇豆
lycopodium	松
lynx	猞猁，山猫
mallard	绿头鸭
marmot	旱獭
marshhawk	白尾鹞
marten	貂
mayapple	盾叶鬼臼，足叶草
meadowlark	草地鹨
merganser	秋沙鸭
mescal	龙舌兰，威廉斯仙人球
mesquite	牧豆树
milkweed	利筋
miller	粉翅蛾
mimulus	沟酸浆
mink	水貂

mountain mahogany	短叶紫杉
mountain sheep	山地野羊，大角羊
mud minnow	泥荫鱼
mullet	羊鱼鱼，鲻鱼
muskellunge	北美狗鱼
muskrat	麝鼠
nighthawk	夜鹰
nightshade	茄属植物
nightshade berry	龙葵
nutcracker	星鸦
nuthatch	䴓
oak	橡树，栎树
orchid	兰花
oriole	黄鹂
osprey	鹗
otter	水獭
owl	鸱鸮，猫头鹰
oyster shell scale	牡蛎介壳虫；牡蛎蚧
partridge	鹧鸪，松鸡
pasqueflower	白头翁
passenger pigeon	（已经灭绝的一种善于长途飞行的）旅鸽
pelican	鹈鹕
pennyroyal	欧亚薄荷，唇萼薄荷
peregrine	游隼
persimmon	柿树
pheasant	雉鸡

phlox	（北美植物）福禄考，天蓝绣球
pickerelweed	梭鱼草
pileated woodpecker	北美黑啄木鸟
pinon jay	蓝头松鸦
pitcher plant	猪笼草
plover	鸻鸟
poison ivy	毒漆藤
poplar	杨树，美国鹅掌楸
prairie chicken	草原榛鸡
prairie dog	草原犬鼠，土拨鼠
prickly ash	美国花椒
prothonotary warbler	蓝翅黄森莺
puccoon	紫草
pyrola	鹿蹄草
quack grass	偃麦草
quail	鹌鹑，北美鹑，山齿鹑
raccoon	浣熊
ragweed	豚草
redbud	紫荆属植物，美国紫荆
red dogwood	欧洲红瑞木
redhead	美洲潜鸭，红头潜鸭
red squirrel	红松鼠
red pine	美加红松，多脂松
redwing	红翅黑鹂，白眉歌鸫
river birch	红桦
robin	旅鸫
rough-legged hawk	毛脚鵟

ruffed grouse	披肩鸡，流苏松鸡
russian thistle	细叶钾猪毛菜
sage	鼠尾草，路易斯安那蒿（菊科），蓬松驼绒藜（藜科）
sagebrush	蒿属植物，灌木蒿
sagittaria	慈姑
sago	西米棕，西谷椰子
salmon	鲑鱼
sandhill crane	沙丘鹤
sandwort	蚤缀，鹅不食
sawfly	叶蜂
saw-whet owl	棕桐鬼鸮
scotch pine	欧洲赤松
screech owl	锐鸣枭，角鸮
seal	海豹
sedge	莎草，苔草
sheep sorrel	白花酢浆草
shitepoke	（北美，非正式）鹭
shooting-star	折瓣花
shrike	伯劳
sideoats grama	垂穗草
silphium	罗盘葵
skunk	臭鼬
smartweed	蓼
smelt	银白鱼；胡瓜鱼
snipe	沙锥鸟
song sparrow	北美歌雀

sora rail	黑脸田鸡
sorrel	酸模，酢浆草
sowthistle	苦苣菜
sparrow	麻雀
sparrow hawk	食雀鹰
spiderwort	紫露草
spiraea	绣线菊属
sporobolus	草原鼠尾粟
spruce	云杉
spurge	大戟
squirrel	松鼠
starling	椋鸟，紫翅椋鸟
sturgeon	鲟
sugar maple	糖槭
sweet fern	香蕨木
sweet potato	甘薯
sycamore	（北美）悬铃木，美国梧桐
tamarack	美洲落叶松
tassel-eared squirrel	缨耳松鼠
teal	小凫，短颈野鸭，绿翅鸭
thrasher	嘲鸫
thrush	鸫
towhee	唧鹀
tree sparrow	美洲树雀鹀
trefoil	车轴草，三叶草
trumpeter swan	黑嘴天鹅
tulip poplar	美国鹅掌楸

twin flower	北极花
upland plover	高原鹬
veronica	婆婆纳
vetch	野豌豆
vireo	绿鹃
wahoo	翼枝长序榆，卫矛
warbler	莺
weevil	象鼻虫
whale	鲸鱼
wheatgrass	冰草
whisky-jack	加拿大噪鸦
white cedar	崖柏，北美香柏
whitetail	白尾鹿
whitethroat	白喉林莺
white pine	白松，北美乔松
whooping crane	美洲鹤，高鸣鹤
widgeon	野鸭，赤颈凫
wild bean	野菜豆
willet	斑翅鹬
woodcock	丘鹬
wood duck	林鸳鸯
wren	鹪鹩
yellow birch	黄桦
yellowlegs	黄脚鹬
yellow warbler	黄色林莺
yew	紫杉，红豆杉

译后记

《沙乡年鉴》是美国著名生态伦理学家利奥波德的经典文集，它以优美灵动的文字描绘了20世纪中期以前美国南部各州的生态状况，同时通过严肃客观的分析表达了对人与自然的关系、土地伦理、生态良知等问题的看法。利奥波德终生为自然资源保护工作身体力行，直至1948年在前去帮助邻居扑灭农场大火时不幸去世，长眠于他所热爱的大地。他在去世前一个多月整理出的《沙乡年鉴》手稿遂成为留给世界的环保宣言。

20世纪30年代前，利奥波德就已在撰写有关生态保护的专业文章，并在1941年接受纽约诺普出版社的邀请，动手写一部寓生态保护观念于乡野体验之中的自然作品。然而这本书的编写与出版经历了曲折的过程，对文集的内容，以及自然描写与价值论述在书中各自应占的比重，利奥波德与编辑的意见一直无法统一，致使所提交的稿件多次被出版社拒绝。几年间他不断调整写作内容，1948年4月的定稿被牛津大学出版社接受时，全书已由最初的以论文为主转为描述乡野体验的散文与生态理论阐释的有效结合，或许恰是这样的转变才使这本书别具特色。

与中国读者更加熟悉的梭罗、缪尔等以自然写作著称的美国作家相比，利奥波德的文笔毫不逊色。与之不同的则是，利奥波德不仅强调自然的美学价值，更强调其生态价值。利奥波德恰好生活在美国的城市化空前发展的时代，因此更清楚地看到了人类无节制的开发会给生态环境带来什么不良恶果。与他同时代的大多数保护主义者只是从实用主义的角度保护环境与野生动物，终极目的是为了持久开发和利用自然资源，使万物生灵更好地为人类服务。利奥波德则在多年的林业管理工作和野生动物考察中清醒地意识到，人类并非万物的主宰，而只是生态体系的一员，因此不应从经济角度去评估大自然的价值，更不应为了人类自身的利益影响甚至消灭其他物种。但在当时，能够接受这种生态伦理观的人并不多，因此他自称是"少数派"。

利奥波德希望能通过对自己亲身经历的描述，使读者理解他的生态观念。令人遗憾的是，利奥波德未能看到《沙乡年鉴》的出版，而在半个多世纪后的今天，他的生态伦理观念仍未深入人心或得到践行，甚至没有得到充分的理解。人类如今面对的是更大规模的开发和愈发严重的全球生态环境恶化，自然的物种正以骇人听闻的速度从地球上消失。在人类的需求面前，所有的自然保护措施只是权宜之计。只要人们无止境地追求自身的享乐，主张人与自然和谐相处的环保主义者就将是"少数派"，并处于话语权的弱势地位。正因为此，利奥波德对于尊重自然热爱土地、"略微轻视一下业已泛滥的物质享受"的呼吁，时至今日仍然振聋发聩。

利奥波德的手稿于1949年出版时分为三部分，第一部分是按月份排列成年记形式的散文，集中记录了作者在自己的沙郡农场的所见所感，作者确定的书名就由此而来。第二部分叙述了作者在美国南部几个州的经历与思索，第三部分则是关于土地伦理和生态保护的论文。1966年出版的增订本添加了《环河》一书中有关生态环境的随笔，增加的随笔被编排为全新的第三部分，初版的第三部分中的三篇随笔成为增订本的第四部分，但前两部分均保留了初版时的原貌。利奥波德认为人类应怀着谦卑之心平等地对待自然万物，建立并遵循以生态平等主义为基础的伦理道德，从而维护生态系统的完整和稳定。增订本的编排更好地反映了这种伦理观念。这里的译文就是根据增订本翻译的。

据我所知，此书已有三个中文译本。侯文蕙先生根据本书初版所译的《沙乡的沉思》早在1982年就已出版，1997年再版时改名为《沙乡年鉴》。吴美真先生1997年在台湾出版了《沙郡年记》增订本，两年后由三联书店在大陆推出，2004年再版时译名改为《沙郡岁月》。此外，当代世界出版社还在2005年出版了英汉对照的《沙郡年记》，由孙健等人合译。

我认真研读了这三个译本。侯文蕙是研究环境史的专家，其译文具有开拓之功，但是对原文某些语句的理解存在偏差，表达略欠文采。吴美真的译文相对而言更有文学性，但词语的搭配与句式的选用尚需斟酌，这或许和译者来自台湾有关。无论如何，对于向中国读者介绍环保先驱利奥波德的这部著作，侯文蕙与吴美真的译文起到了不可替代的先导作用，也为后来的译者提供了借鉴。而合译本显然参考了吴美真的译文，却又为了显示其不同而随意添加原文中没有的句子，因此误导了读者，违背了翻译的根本原则。拘于后记的形式与篇幅，无法对此具体说明。问题的关键在于，翻译永远无法达到完美，但是每个严肃的译者都不应也不会放弃对完美的追求。

我在翻译时曾尝试着为此书另取译名，却一直无法找到更适合的表述形式。如用文学性较强的"沙乡岁月"或许会更吸引读者，但"沙乡年鉴"毕竟是最切近原文的直译，因此从严谨的角度考虑，还是决定沿用这一译名。这本书不仅是一部文学作品，也是科学论著，其价值体现在富有诗意的文字之中，也源于利奥波德对自然之美的感性体认与对自然生态的理性思考。据此，我在翻译以叙述与描写为主的前两部分，以及第三部分的最后两篇散文时，力求以优美流畅的语言传递出原文那诗意浓郁的景物描摹以及绵长悠远的思绪。而对于原著中以论述为主的文章，则更注重准确地阐述作者那种原始主义与整体主义的自然生态保护思想。

对于文中所涉及的一些重要人名和典故，我在译文中以脚注形式进行了解释。书中出现了大量的动植物名称，这里效仿侯文蕙的做法，在译文后附上了英汉对照表。在翻译原书的专有名词与概念时，我参考了侯文蕙和吴美真的译本，在此要向两位前辈表示诚挚的谢意。利奥波德不仅是个环保主义者，更是对自然万物深怀爱恋并充满忧患意识的诗人与思想家。希望我的这部译文能让读者在字里行间依稀见到作者的音容笑貌，感受到作者广博的心胸、松树般正直的灵魂，也真心希望能有更多的人认真思索自然环境保护的问题，更多的人停下匆忙的脚步，想一想已有多久见不到蓝天闻不到花香。

李静滢

2010 年 4 月 25 日

记于广州

出 品 人：许　永
出版统筹：林园林
责任编辑：许宗华
特邀编辑：陈璐璟
封面设计：墨　非
印制总监：蒋　波
发行总监：田峰峥

发　　行：北京创美汇品图书有限公司
发行热线：010-59799930
投稿信箱：cmsdbj@163.com

官方微博

微信公众号